魅丽文化 花火工作室

你来时星河闪耀 2

| 小红杏 著 |

江苏凤凰文艺出版社
JIANGSU PHOENIX LITERATURE AND ART PUBLISHING

图书在版编目（CIP）数据

你来时星河闪耀. 2 / 小红杏著. — 南京 : 江苏凤凰文艺出版社, 2021.4
ISBN 978-7-5594-5612-0

Ⅰ. ①你… Ⅱ. ①小… Ⅲ. ①长篇小说 – 中国 – 当代
Ⅳ. ①I247.5

中国版本图书馆CIP数据核字（2020）第265248号

你来时星河闪耀. 2

小红杏 著

责任编辑　张　倩
特约编辑　白　鱼
装帧设计　殷舍 Design
出版发行　江苏凤凰文艺出版社
　　　　　南京市中央路165号，邮编：210009
网　　址　http://www.jswenyi.com
印　　刷　长沙金鹰印务有限公司
开　　本　880mm × 1230mm 1/32
印　　张　9
字　　数　233千字
版　　次　2021年04月第1版
印　　次　2021年04月第1次印刷
书　　号　ISBN 978-7-5594-5612-0
定　　价　42.80元

目录

CONTENTS

第一章 /001

倘若他松手，那也许终其一生也再难遇见能让他灵魂激荡的另一个人了。

第二章 /019

她一直在寻找能让自己获得幸福和安全感的方法，却不知道自己让对方失去了幸福与安全感。

第三章 /043

宁佳书不爱与背后论人长短的人争辩，聪明人需要为自己的优秀——向凡人解释吗？

第四章 /069

我热爱我的职业，我有身为飞行员的职业精神。

第五章 /095

佳书从小到大最值得一提的优点，就是眼光好。

第六章 /116

爱一个人和付出都是一种能力，这种能力霍钦拥有，而从前的宁佳书一直欠缺。

目录
CONTENTS

第七章 /143
陷入舆论的旋涡是怎样一种感觉？

第八章 /167
佳书，我不在乎那些非议，也不需要别人来替我在乎，我清楚我选择的是什么。

第九章 /188
因为我们都改变了对方，我爱你，而你也爱我。

第十章 /219
我很欣慰教会你承担责任，但我更后悔，佳书，我宁愿没有教过你这一课。

第十一章 /242
错过一次、两次……还能有第三次机会重逢，毫无芥蒂地彼此相爱，她已经是天底下顶幸运的人。

番外一 /273
一家三口

番外二 /278
公主们

第一章

倘若他松手，那也许终其一生也再难遇见能让他灵魂激荡的另一个人了。

01

宁佳书最近不太走运，被排的班都是短程航线，地上的延误时间倒比天上飞的时间还要长一些。工作之余，她连玩手机游戏都兴致寥寥，不是在睡觉就是干脆关机，偶尔开机瞧见空空如也的未接来电一栏，心口又不禁生出闷气来。

不搭理就不搭理，跟谁稀罕似的。

她狠狠拔下充电器，把刚充满的手机扔到床尾，倒头蒙着被子睡觉，手机铃声就在这个时候响起来。她以迅雷不及掩耳的速度起身，等回过神，电话不知怎的已经在她掌心了，却是个陌生号码。

刚刚生出来的零星喜悦瞬间被砸得七零八落，宁佳书最讨厌这样不受控的情绪，她深吸一口气，皱眉接通。

打来电话的是许久未见面的高中学委，号码是问何西要的，通知她参加毕业八周年的同学聚会。

自附中毕业之后，他们还是头一次举办这样大规模的同学聚会，众人已经在群里交流好几天了，宁佳书之前没开机，自然不知道这一回事。

何西刷着牙趴在门口听她讲电话，白沫直往下落，宁佳书一抬头，恶寒了好一阵，勒令她擦干净地板滚出去。

谁料那边惊喜道："你跟何西住一起啊？"

"是合租吗？真羡慕你们住一块儿，那么多年过去了，你们居然还这么要好。不像我，这些年一个人漂在美国，逢年过节跟孤魂野鬼似的，如果不是遇上我老公，我现在还是孑然一身……"

宁佳书脸上微笑，心里疯狂地翻起白眼。

嫁了个美国中年企业家移民成功，还有大房子住，这女人能把这么巨大的信息量塞在三两句客套寒暄里炫耀，也是种本事。

学委高中那会儿瞧不起何西和宁佳书这两个空有皮囊、念书不认真的同班同学，觉得她们投机取巧。令人唏嘘的是，多年以后，居然是她最先结婚，而且嫁了个有钱的老男人。

“对了，佳书，你这次会带男朋友来吧？”

“他工作很忙，应该没空。”

“别这样，佳书，你都好多年没参加过同学聚会了，大家都很好奇……”

宁佳书有点儿头疼，别说霍钦现在还在跟她冷战，就算两人好得如胶似漆，她也不想让他去参加。

一来，他们是高中校友这事会瞒不住；二来，这类同学聚会约等于出风头大会，和霍钦的气质实在是格格不入。

电话打到最后，宁佳书还是没有答应带男朋友赴约，那边失落至极，又炫耀了几句，才依依不舍地挂了电话。

“你干吗拒绝？霍钦一出场妥妥地横扫全场啊，我还等着看她眼珠子掉出来呢。”何西至今还在记恨学委当年常打她小报告的事，冷笑道，“什么企业家，不就是一有钱的秃顶老头儿吗？亏她好意思带回来。”

宁佳书懒得再应声，躺回被窝里，横竖不得劲，翻来覆去也睡不着觉，脑海里一遍又一遍地回放电话里霍钦最后说的那句话。

仔细想想，她其实能感觉到霍钦清冷平静的表象之下的焦躁不安，尽管她并不懂他在不安些什么。也许确实是她那天的语气太坏了，不分青红皂白的质问伤了他的心，他才会这么多天一通电话也没有打来。

那么，这件事算她做错了？

结束冷战，要先道歉吗？

直接道歉好一点儿，还是先撒撒娇好一点儿？

宁佳书把电话摸出来，面对着聊天记录框犹豫了半天，写了删、删了写，最后又气急败坏地全部清空，将手机扔回床尾。如此反复，她终于在手机的最后一点儿电量耗尽后入眠。

自打同学聚会提上日程后，何西便把收藏的垃圾食品和啤酒统统扔进垃圾桶，开始疯狂地往健身房跑。

原因无他，她刚刚咬牙买下的，打算聚会时穿的昂贵裙子，会将腰腹的缺点展露无遗。这两年，因为疏于形体管理，她腰上已经有了一层赘肉。

人争一口气，树活一张皮。

想当年，她和宁佳书可是并驾齐驱的存在，现在去见老同学，怎么着也不能让众人觉得她被宁佳书甩得老远，一眼分出高下来。

宁佳书轮休，一连跟着何西去了两天健身房，在跑步机上跑到大汗淋漓，剧烈运动后，便也不再想那些乱七八糟的烦心事了。

恰逢她在另一家健身房办的年卡到期，干脆在这边的俱乐部新办一张。

健身房里，漂亮姑娘通常“僧多粥少”，几个身材健美的年轻男教练为谁上去服务争得不可开交，最后还是俱乐部经理亲自把文件拿过来，让宁佳书填会员资料，顺便给两人倒了水。

这个男人有些眼熟，梳了个背头，戴眼镜，一张脸油光水滑的。

宁佳书一向以记忆力出众为傲，竟一时也记不起在哪里见过他。

资料快填罢时，有个白人男子刚做完运动，走过来与这经理闲聊了几句。宁佳书也听了一耳朵，白人说话是美式发音，经理的英文却是澳洲口音，挺地道的，也许是做过留学生。

毕竟在澳洲生活过几年，宁佳书抬头，又多看了那经理一眼，就是这电光石火的一瞬间，她猛地记起来，这个人她的确见过，在周映的相册里。

就算是在富翁如云的S市，周映家里也贫寒得超出人的想象。

家里拿低保，母亲靠做清洁工一路供她念了高中、大学，最后又借遍亲戚朋友，加上贷款才把她送到国外留学，家里住的却还是租了十几年的破筒子楼单间。在嫁给宁父之前，周映唯一能拿得出手、值得骄傲的就是文凭了。

宁佳书知道周映是个精于钻营、有野心的女人，不然也不能借那么多钱顶着压力念到硕士。嫁给宁父与其说是运气好，不如说正在周映的计划之中。就算没有宁父，周映也会想办法攀附其他有钱有势的男人。

若非肚子里有了孩子，让她踏进了宁家门，一结婚，宁父就帮她还清了欠国内亲戚朋友的债和留学时的几十万贷款，按她自己工作赚钱的速度还债，没个十年八年怕是根本不行。更别提住昆士兰的大房子，满柜子奢侈的衣服鞋包，出入有车接送了。

周映把穿学位袍的毕业照挂在书房，相册摆在最显眼的地方，宁佳书在澳洲住的那段时间，出入时看见过好几次，加上这男人一口澳洲口音，当即便记起来了。

男人回头来拿填好的资料，问她："宁小姐，您有想指定的教练吗？"

宁佳书签好名把笔递过去，故意笑起来问他："你叫……"

"我姓方，方醒川。"

"指定你可以吗？"

"啊？"男人明显愣了愣，健身房里，像宁佳书这样的姑娘绝对是香饽饽，看着赏心悦目，不缺钱花，脾气爽快，身材又好，不需要费什么心力。

反应过来后，他笑了笑："我不是教练，是这儿的经理兼合伙人之一。"

"我知道。你没空吗？我一周最多来三次，做我的教练不会很忙。"

澳洲有着风靡全民的"健身文化"，许多澳洲留学生归国后还保持着健身习惯。这位方经理显然就是其中之一，西服下的肌肉鼓鼓囊囊的，一般人不会练到这个地步，宁佳书猜他肯定有教练证。

果然，男人没有犹豫多久便笑着同意了。

盛情难却，更何况是宁佳书这样的大美人，流转的眼波斜过来，谁又能拒绝这样的美意呢？

宁佳书做了一会儿拉伸运动活络筋骨，然后就踏上跑步机开始跑步。

方醒川一直在旁指导，十分热情。

宁佳书没费力气就从方醒川口中得知，他确实是澳洲留学生，在澳洲念书期间为勤工俭学考到了健身教练证，赚到一笔钱，尝到了甜头，归国之后干脆和人拼股，自己做起了小老板。

虽然价格不菲的西服穿在身上，但观他举止，宁佳书猜他从前的生活条件应该不是很好，正和周映是一类人，寒门学子，有野心，逮到机会就铆足了劲拼命往上爬。

直到运动结束，方醒川走开时，何西才终于憋不住道：“你看什么？人都走了，还看呢？”她气喘吁吁地放下保温杯，又道，“我说，你就算跟霍钦吵架，也用不着在健身房里找一个来气他吧？”

“滚。”

“那你到底是什么意思？连我都看不上的男人，你还朝人家放电，无差别攻击？宁佳书你……”

“再胡说八道小心我撕烂你的嘴巴。”宁佳书瞪她，收回视线，抓起毛巾把淋漓的大汗擦干，回更衣室换衣服。

她为什么要故意接近方醒川？

刚刚想起那个男人是谁后，宁佳书就有种微妙的感觉，具体也说不出来什么，她把那归结为女人的第六感。

这世界怎么会有这么巧的事呢？两个 S 市人去了澳洲同一所学校，在同一专业读研，而且还在同一位导师门下，连毕业照上两人都是挨着站的。

回想过年时周映挺着大肚子出门的次数，好几回还十分体恤地表示不用宁父接送，说是回家。但想这锦衣玉食生活过惯了的人，宁佳书可不认为娘家狭窄的出租房有什么吸引周映的地方。

女人恋爱跟打喷嚏一样，是瞒不了藏不住的。

自打回S市，宁佳书好几次见周映精心打扮、容光焕发的模样，心里还吐槽过她怀孕也不安生。

怀疑的种子早就埋下了，只是现在有了点儿冒芽的意思。当然，如果这是她大惊小怪，虚惊一场，宁佳书自己也没什么损失，顶多浪费了打听的心力罢了。

从健身房出来，宁佳书要回家，叫何西把她的东西捎回去。何西不解："你不知道霍钦今天轮休？"

"知道。"

"那你该不会是躲着他吧？"

宁佳书没搭腔，低头径自给车打火。

前段时间她还和霍钦好得蜜里调油，就差搬上去两人一块儿住了，忽然冷下来，连面都不敢碰。她不愿退步，也不知道面对霍钦时该说些什么，怕见面会吵得更激烈。

"我都不知道你在矫情个什么劲儿？这种极品男神你还舍得跟他吵架。"何西嘀咕，转身开了自己车门，"也就是现在了，要放高中那会儿，你让他皱一皱眉头，暗恋他的女生的唾沫星子就能把你淹死。"

"别说我，就说你自己，你觉得你做好结婚的准备了吗？"宁佳书干脆反问。

她们两个能做这么多年的朋友不是没有原因，至少对待婚姻的态度就如出一辙。

何西一时语塞。说话间，宁佳书已经踩下油门，利落地把车倒出车库，只在她视线里留下一股尾气。

"嘿，神气什么！有本事对着霍钦神气。"

02

宁佳书很快意识到回家也不是什么好选项，因为自从罗图怀孕，和宋博闻闹过一场后，家里便不再太平了。

本应该早就做人流的，由于罗图换季感冒拖延了手术时间。白天家里只有宁母在还好，晚上罗父下班，一看到罗图的肚子必定要大发雷霆，一次次逼问那孩子的生父，可惜罗图自己都不知道，哪里能说出个子丑寅卯来。

要不是宁佳书一早发火警告过他们不要和宋博闻往来，这战火肯定还得烧到她头上。

经此一次，罗父算是对宁佳书连面子上的好脸色也没了，他嘴上不说，在心里就觉得是继女把罗图带坏的。

宁佳书半点儿都无所谓，反正她又不吃谁的大米，别人的眼神就算把她烧穿，她也无动于衷。

反倒是宁母被气得连饭都咽不下。她实在想不通，她打再婚起，一直对两个孩子一视同仁，甚至有时因为偏袒罗图而落得自己亲女儿的埋怨，怎么罗图自己私生活不检点，还能怪到佳书头上去？

都说二婚是搭伙过日子，她这些年无时无刻不在为这个家忍气吞声，可到头来只落得埋怨。宁佳书不在家的这几天，她和罗父吵了好几次架，连儿子都睡不好，他现在一听到罗父的声音就哇哇大哭。

在客厅坐了不到十分钟，宁佳书已经被三重奏吵到耳朵里嗡嗡响，父女两个吵，罗父和宁母也吵，还有婴儿哇哇哭得面红耳赤来伴奏。

宁佳书近来已经和便宜弟弟熟悉了点儿，这个臭孩子小小年纪就只要漂亮女人抱。宁佳书一回家，他便往她身上爬上爬下，也算是有点儿讨人喜欢的本领。此时见他哭得这么惨，简直要背过气去，石头心肠也生出几分不忍，宁佳书便顺手把他提起来晃悠了两下。

宁佳书抬头不耐烦地对客厅中央道：“宋博闻不是说了帮你查，你打个电话问问？就算这孩子男方不要，营养费和手术费他们总是该付清的。”

宋博闻的朋友再不成器，也应该穷不到哪儿去，随便给笔钱也能暂时堵住罗父的嘴，宁佳书瞧他都要被气疯魔了。

罗父被这话点醒，立刻道：“对，你赶紧给那小子打电话，让他把人找出来，提起裤子不认账，哪有这么好的事！”

宁佳书抱了会儿弟弟，有点儿觉出不对劲，他两颊通红，哭声里有股呼呼的闷气，胸口跟拉风箱似的，身上也好似有点儿烫。

她不确定是不是哭久了缺氧导致的，干脆招手叫宁母过来：“你瞧弟弟是不是有点儿烧？”

那边罗图开始拨号码，罗父终于不再骂骂咧咧，消停了，或许是知道闹也没有用，在这些权贵子弟面前，要拿捏他们这些小市民跟玩儿似的。

“把免提打开。”他屏声静气地等着接听，目光直要把那手机盯出洞来。

孩子的哭声已经越来越低，但还是免不了干扰到罗父，他不耐烦地回头跟宁母道：“把孩子抱上去，又不是没让他吃饱，你怎么带孩子的？多大了还整天就知道哭哭哭。”

宁母把体温计翻出来，给儿子插在腋下。她向来是个温柔软弱到有些逆来顺受的女人，上一次婚姻失败后更加深了她性格中的这一特质。

但这次，她没有立刻动弹，或许是刚刚的吵架已经叫她精疲力竭，她麻木地跪坐在沙发上，忍住眼泪道：“从儿子生下来，你带过他哪怕一天吗？孩子高烧住院，哪次不是我一个人带去的，你说这些话还有良心吗？”

“你不用上班不用出门，带个孩子有多难？孩子的衣服、纸尿裤、奶粉，哪样不是花我的钱？”

“你……”宁母眼中含泪嘴唇颤抖，她本就不擅言辞，这一刻竟是半句话也分辩不了。

婚后她是没有了收入来源，可上一段婚姻结束她确实分到了一笔钱，那些钱为这个家和孩子花出去了大半，但现下要她一笔一笔去算花在哪儿，一时间怎能说得出来？

宁佳书站起来："现在请个月嫂月薪都还要万把块钱，租个两室一厅每个月怎么着也得五六千，现在养个孩子你不知道要花多少钱吗？那点儿纸尿裤、奶粉钱也值得提？"

房本上写的是宁佳书的名字，相当于他们夫妻俩现在住的是继女的房子。平时不提也就罢了，现下吵架忽然捅破这层窗户纸，罗父脸上简直像被火辣辣地打了一耳光。

"你看看，你看看你养的这是什么孩子，这么多年连声爸都不肯叫也就算了，对长辈连点儿起码的尊重都没有……"

"我姓宁不姓罗，我有亲爸爸。要想得到尊重，起码得做件值得人尊重的事，外面大气不敢出，在家里吆五喝六算什么男人？"宁佳书呛人吵架向来不懂得什么叫客气迂回，罗父的脸色立刻就青白起来。

这次，连宁母都忍不住扯了扯宁佳书的袖子，倒不是宁母觉得女儿说的没有道理，而是担心佳书毕竟是个女孩，和罗父撕破脸没有好处。宁母的性子天生就带了几分息事宁人的优柔寡断，而宁佳书和她截然相反。

便宜弟弟还在哭，宁佳书也没心情和人吵，回头问宁母："时间到了没？你看看体温计多少度？不行就赶紧送医院。"

宋博闻抱着看好戏的心态，速度倒也快，三两下便查清楚了，把那男人的电话发给罗图。

年轻女孩们总天真地以为自己会是这些浪荡子的终结者，付出青春和身体，到头来除了物质上的补偿，别无他物。规则已经既定，罗图在他们眼中，也只是这些不断扑上去的女孩儿中的一个。

宁佳书不再分神关注，原因是便宜弟弟发烧到了 37.5 摄氏度，还有往上升的趋势。宁佳书衣服都没来得及换一件，就被宁母催着下楼开车送弟弟去医院。

小孩生病是极危险的，到了医院挂急诊后又是一阵忙，先是排队交费，然后是各种化验。

两个人都手忙脚乱的，孩子又沉，稍微多抱一会儿就胳膊发酸。好不容易打上针，宁佳书想起刚才宁母说漏嘴的，孩子生病了都是自己一个人照顾，顿时恨其不争：“你又不是有三头六臂，怎么什么都自己做，看把人家惯成什么样了？”

宁母这次竟没像以往一样解释几句，她额头累出的汗把碎发打湿了，茫然地坐在病床边发呆。

宁佳书自己也是一身汗，从健身房回来连澡都没来得及洗。天气已经凉了，外头的风夹着小雨一吹，身上就冷了，宁母要把外套给宁佳书，被她翻个白眼推了回去，说道：“土，你自己穿着吧，别病了又传给你儿子。”

何西打来了一个电话，她刚到家，问宁佳书包里的裙子要不要挂起来。那是上午宁佳书和何西一起逛街时买的，她打算同学聚会的时候穿。

“你看着办吧，我现在跟我妈在医院里，烦着呢。”

“谁病了？”

“我弟。”

何西忽然想起什么，话锋一转，道：“我跟你说，今晚楼上的灯没亮，霍机长还没回来。”

“也可能回家了。”

“那肯定不是，我几个小时前在别人朋友圈里看到合照，机组聚餐呢。”

宁佳书瞬时从椅子上坐直身体，说道：“你把截图发给我看看？”

平时何西肯定不会用这样幸灾乐祸的口气说话。霍钦洁身自好，除去工作，私底下生活是十分规律的——聚餐不会去第二家，不在朋友家过夜，不抽烟、不喝酒，一般在晚上十点钟上床睡觉。这个听起来简单，但在飞行员这个高压又忙碌的职业，他简直就是健康楷模了。

图片一打开，果然，在一众发际线后移的中年大叔中作为颜值担当的霍钦如鹤立鸡群，两侧全是挨过来的乘务组美女，笑意盈盈地一同举杯。

包间的灯光正打在霍钦身上，模糊了男人的神情与轮廓，只一双异常漂亮的眼睛仿佛隔着镜头望过来。

难怪冷战这么多天他连个信儿都没有，真是乐不思蜀，左拥右抱，好不自在！

宁母茫然地看过来，发现宁佳书一巴掌拍瘪了床头柜上的纸杯。

"你干吗呢，佳书？"

"气不顺，理理。"

说话间，宁佳书已经打开自己的朋友圈，拍了张被雨水打湿的水汽朦胧的病房窗户的照片，上传，噼里啪啦地打出一行字："S市秋天第一场雨，真冷。"

最后，她非常刻意地将定位打开，显示位置在医院。

她点了发送后就一刻不停地刷新起来。

她曾经用霍钦的微信把自己置顶，又专门设置成星标朋友，无论发消息还是动态，霍钦打开手机一般能在第一时间看见。

虽然没直说，但霍钦要是没收到这个宁佳书式的和解信号，也就白当她两回男朋友了。

晚上真是刷朋友圈的高峰期，消息一出，几分钟内就收到十来条评论。

和畅秒回追问她生了什么病，怎么病的，严不严重，还想过来探望。

底下更是长长一串叮嘱她注意保养，按时吃药，赶快康复的。

宁佳书切出去玩了会儿游戏，又切回来看动态，又切出去，又切回来，眼看时间接近夜里十一点钟，忍不住打电话给何西：“你头伸出阳台外面看看，人回来没有？”

“没，还没回来呢。”

宁佳书终于怒了，从座位上站起来，徘徊两步，打开拨号盘拨了霍钦的号码，数字按到最后一位，忽然有电话进来，她还没来得及反应，手指就按下接通键了。

“你在哪儿？”是霍钦。

他的声音低沉又带点儿雨的冷冽，也许还有些烦躁和无可奈何。

宁佳书满肚子气，偏又不想跟等闲女人似的拈酸吃醋、面目可憎，过了半晌才道：“医院。”

“我是说，在几楼？哪间病房？”

宁佳书的脑袋“嗡”的一声，身体僵了一瞬，一肚子怨气忽然都跟被针扎破的气球似的漏了个干净。

03

医院的长廊晚上已经安静下来了，节能灯映在清洁工刚拖过的光洁可鉴的地板上，衬得空气越发清寒。

宁佳书穿着霍钦的外套，过长的袖口一动就甩来甩去，有点儿说不上来的滑稽。

病房里，护士在给她弟弟做雾化，霍钦不知道为什么，隔着门口的玻璃窗看了好一会儿，才回到她身边坐下来。

“饿吗？”

“不饿。”宁佳书摇头。

“还冷吗？”

“不冷了。”

“胃还难不难受？”

宁佳书回忆了一会儿，想起是他们吵架前几天，她胃不舒服，老犯恶心，霍钦居然记到了现在。

“都什么时候的事了，早就好了。”宁佳书似乎闻到霍钦身上有酒气，她问，“你喝酒了？”

“嗯。”

霍钦年轻气盛时有一帮朋友，偶尔在一起玩闹也会喝几杯。后来在澳洲培训期间，听闻他爷爷因肝癌去世，他当时伤心失落了好一阵子，似乎就是从那时起，他就一滴酒没沾过了。

霍钦爷爷早年是部队的空军飞行员，在部队待了大半辈子，伤退后转业到民航部门地面做了领导。霍钦小时候父亲常在天上飞，大半时间是爷爷带他，送他上学，接他放学。爷爷因为战争时期身体残留了取不出来的碎弹片，止疼片吃多了没用，疼起来就倒酒喝，未承想烈酒伤肝，倒比那碎弹片先要了命。

霍钦话不多，从不与人倾诉。这些事，还是他们热恋时，宁佳书有次与人聚餐时被灌了酒，大半夜里胃难受，他爬起来给她找药的时候才说的。

宁佳书总感觉他心里大概很难受才反常地喝了酒，冷战那么多天，其实她也不见得好过。

她伸手抱住霍钦的腰，把头埋进他怀里。

虽然被误导火急火燎地赶过来，但好在宁佳书并没有生病，霍钦叹了一口气，肩膀松垮下来，他犹豫半晌，似乎在斟酌着怎么开口，最后说道：“佳书，其实有个孩子挺好的。

“哪里好了，动不动生病，我妈从生下老二到现在，瘦了十来斤。”

“可孩子不只有生病的时候，他会笑会闹，是一个和你血脉相连的生命。

“或许你以后会改变主意呢？佳书，你要是觉得辛苦，喜欢工作，孩子可以交给我妈带，或者另外找个月嫂帮忙都可以。”他说话时，下意识地抓紧了她的手，眼神中带着急切，他想要说服她，“相信我，佳书，我不会让家庭和孩子成为你的负担。”

“你在说什么？”先前的气氛荡然无存，宁佳书直起身来，目光茫然地松开他的手，“我们不是说好了先不提这些吗？”

“是，是我破坏规则，是我天真固执，可我以为我们现在已经和开始时不一样了，不是吗？”霍钦胸口起伏，漆黑的眼睛直视她，强硬的背后似乎又带着不安和胆怯。

宁佳书开始害怕，她既不想再和他吵架，把人推远，又恐惧让这段关系更进一步。

她不知道霍钦为什么会突然冒出这样的想法。

做个妻子？做个母亲？

她这些天无数次硬着头皮开始考虑，但仍旧不敢往深里想，她觉得自己不能扮演好其中任何一个角色。

宁佳书无所适从，她恐惧，她觉得这次再不做点儿什么，似乎就要再次失去他了。

一想到这种可能，好像忽然有只手攥紧了心脏，攥得她胸口疼痛，眼眶发热，宁佳书摇头又点头，张口欲言，却又觉得喉咙干涩。

宁佳书没有意识到，她的人生，包括在人际交往中也一贯强势，掌握主动，从不让自己落于下风。她会说咄咄逼人的话，做不留余地的事，然而到此刻，她忽然不知道自己该说些什么来示弱。

冷白的节能灯光映在她眼睛里，好像有细碎的波光闪过。

霍钦敏锐地捕捉到了，他一度偏头别开眼睛，试图让自己的心硬起来。

可漫长又沉默的一分钟里，他一遍遍揣度，一遍遍煎熬，最终不忍心，伸手盖住宁佳书的眼睛将她揽进怀里。

“霍钦。”宁佳书双手收紧他的腰。

“你别再说话了。”他觉得生气、懊恼，觉得无可奈何。就好像做了所有的努力，最终却发现自己在原地踏步一样，只能接受宿命一般的挫败。

宁佳书没有听话，她越发将他抱紧，说道：“我爱你。

“你知道的，对我来说没人能像你一样。”

霍钦不知道该高兴还是该难过，终于听到一直想听的话，他却开心不起来，手下意识地在她背上轻拍：“所以，这个孩子，你下定决心不要了吗？”

宁佳书沉默了两秒，才反应过来，道：“什么孩子？”

这真是一场天大的乌龙。

宁佳书用五分钟才弄清楚了叫人哭笑不得的事情经过。起因居然是宁母在洗手间发现罗图的验孕棒后，发给她的那条阴差阳错被霍钦妈妈看见的询问短信。

所有人都以为她怀孕了！

霍钦一直在等她坦承，从前两人在聊起这方面事情的时候，本来就是截然相反的态度。宁佳书不说，霍钦就以为她不愿意要这个孩子，因为害怕束缚和承担责任，便打算连商量机会都不给，一个人草率地做了伤害所有人的决定。

这些天的冷战，竟然是一场无妄之灾，罗图在无意识的情况下，还狠狠地坑了她一把。

宁佳书觉得又好气又好笑，抬手使劲往霍钦背上捶了好几下，觉得不解气，又踢他：“在你眼里我就是这样的人吗？你连问都不问我？”

霍钦全盘接收，摇头苦笑道：“是我错了。”

大起大落，让他骤然轻松的同时，心中也生出几分说不清道不明的遗憾。

在这世上，比他更了解宁佳书的人恐怕没有几个。一直以来，宁佳书的感情观念就是可有可无，她渴望爱，但为了避免自己受伤害，又会下意识地在一段关系中减少付出和投入。男主角换成她前男友中的任何一位，她恐怕都会毫不犹豫地得出答案。

之所以会闹出这样的乌龙，是因为上一次两人决裂时，宁佳书毫不犹豫地抽身离开给霍钦留下了心理阴影，霍钦纵然知道宁佳书对他有几分喜欢，却又害怕高估了自己在她心目中的地位。

所以说，在爱情的角逐中，落于下风的，永远是更爱对方的那个人。

分手之后，霍钦曾经为这样叫人颜面全失、丢盔弃甲的感情充满排斥与恐惧，甚至无法再毫无芥蒂地开始一段新的感情。可是，再重新拥有爱人之后，那些负面的情绪全部加起来又好像都比不过深爱时奋不顾身全情投入的激烈碰撞。

他知道，这样的感觉很玄妙，大部分平凡人一辈子未曾与让灵魂激荡的另一半相逢，他现在再痛也不舍得放开，就是因为倘若松手，也许终其一生也再难遇见。

人常道“小别胜新婚”，这话颇有几分道理。

霍钦公寓的衣帽间现在已经被宁佳书的衣服侵占了三分之二，他的衣服是几个基本款式，没什么花样，窝在角落，密密麻麻地挤在一起。

两个人都在假期，过了几天足不出户的日子，卧室过去干净整齐的被子现在总是一副凌乱的样子，床单全是蹂躏出的褶子，一天一换都不能用到天黑的。

偏偏宁佳书还敢当着他的面换衣服。

刚洗过澡，她的头发还是湿漉漉的，床尾落着刚脱下来的浴袍，黑裙子对比色鲜明，更衬得皮肤雪白，绷直的脚背延伸至曲线漂亮的小腿……

霍钦挪开眼睛，努力开启贤者模式把衬衫系到最后一粒扣子，问道：“你要去哪儿？”

“同学聚会。”

“同学聚会？”

“高中的。”见霍钦的声音陡然严肃起来，宁佳书赶紧解释，“大家快十年没见了，你知道，我高中时候家里管得严，没谈过恋爱也没有前男友，不存在旧情复燃的。”

这个解释并不能叫霍钦完全心安，他这会儿盯着宁佳书半裸的背，问道：“天这么冷，这裙子能穿吗？”

小黑裙是那天和何西逛街时挑选的，简约大方，背后是系带设计，宁佳书的蝴蝶骨格外漂亮，刚好能全露出来。刚买的时候天还没这么冷，但帽子首饰都搭配好了，冷点儿也要硬着头皮穿，反正车上和餐厅都有暖气。

“能穿，何西比我露得还多呢。”宁佳书走近他身边，转过身说，“我一会儿会加件外套的。快，帮我系下带子。”

那么多年没见面，已婚的炫老公，未婚的女孩子谁不是铆足了劲秀美貌和身材。

“露这么多。”霍钦低声嘀咕，手嫌弃地揪了几下两边的布料，努力想把它合起来。

“收太紧了，轻点儿轻点儿！”

“不穿这个成吗？你不会一到有暖气的地方，就把外套脱了吧？”霍钦最了解她的秉性。

“哎呀，你废话这么多，实在不放心跟我一起去好了。”宁佳书不耐烦地说道，话出口才发现自己做了什么蠢事。

她正想要再说点儿什么补救，霍钦已经迫不及待地答应了。

“好啊。”

“我跟何西说不带男朋友了……”

“反正我今天在家没事做，可以帮你们开车。”

宁佳书傻了眼。

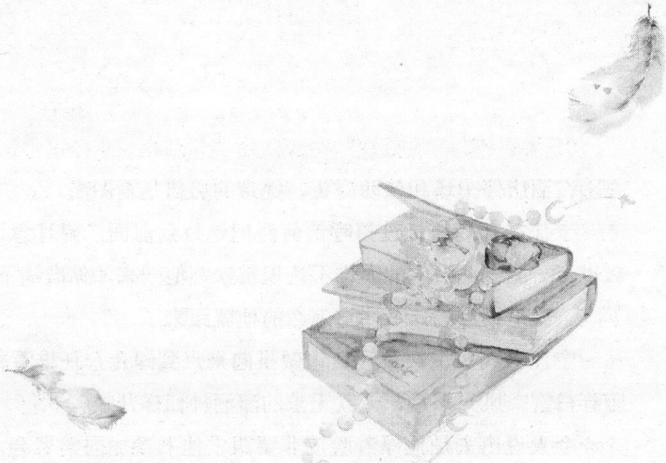

第二章

她一直在寻找能让自己获得幸福和安全感的方法，却不知道自己让对方失去了幸福与安全感。

01

在酒店停车场和何西碰头，她带的男伴是夏图南。

宁佳书客套地打过招呼，何西把她拉到前面，附耳急道："你怎么也带一尾巴，附中的人谁不认识霍钦？他一来，你准瞒不住了。"

"稀里糊涂的，不知道怎么的他就跟来了。"

宁佳书其实也很蒙，霍钦做事向来点到即止，任谁看他都是一副阳春白雪、风光霁月、无欲无求的潇洒神仙样儿。

今天说出去是他厚着脸皮非要跟宁佳书参加同学聚会，只怕根本没人会信。说不准还要怪她虚荣心强，净撒谎。

天气转凉还伴着小雨，霍钦的衬衫外搭了一件卡其色毛衣，最外面是深色大衣，随便一穿就衬得人丰神俊朗、身材挺拔。

回头看，他也不在乎宁佳书把他远远甩下一截，手插在裤兜里，与夏图南并行，不紧不慢地跟在后边。

何西转念一想，说道："不过说真的，你把霍钦带来，今晚甭管别人怎么吹牛，你都是最大的赢家。"

毕竟霍钦中学时代是附中的校园男神，是谁碰了他一根手指头，都要被所有少女敌视的存在。而且，这多年过去了，他的杀伤力只增不减。

活动是几位班委组织的，订了酒店的四季厅，一进门便瞧见门廊处放大的巨幅高中毕业照，惊得宁佳书往后退了两步。

何西压低声音暗骂："这是谁想的招，我一辈子拍过最难看的照片就数高中毕业照了。"

拍毕业照那天是个阴天，何西刚好站在光没打到的中间位置，饶是她化了俩小时妆，还是连眼睛在哪儿都分不清，她都有些后悔把夏图南带来看自己的黑历史了。

想进门还得做题，把班长在照片上随机选的同学和真人还有名字对上才能进门。

毕业照有点儿失真，隔了近十年，辨认起来费了一番神，宁佳书才把眼前或发福或光鲜亮丽的成年人和昔日青涩的同窗联系上。

“徐文韬？”

“对！”

“周梓倩！”

“又对了！”

宁佳书的记忆力真不是盖的，猜得无一错漏，班长不甘心，又一连指了十几个，闹得大家都起哄看过来。

霍钦盯着毕业照，毫不费力就在人群的第二排找到了宁佳书那颗小脑袋。那时她扎马尾，还带着点儿婴儿肥，眼神倔强，比现在可爱得多。

真正让他吃惊的是，宁佳书穿的竟然是附中的校服。

照片里男生的同款校服，至今还压在他家衣柜底。宁佳书就比他低了一届，这么说来，当初他们应该是一起念过书的。

他压下心中的惊奇，正想问问宁佳书怎么回事，迎宾人群中就有人把他认出来了。

女人一开口，兴奋到几近破音：“霍钦！我没认错，你是霍钦吧？！”此话一出，端着红酒杯聚拢在花厅聊天的最后几个女生齐刷刷地看过来。

霍钦点头，疑惑道：“我是，我们从前……认识？”

“你肯定不记得我了，”文娱委员声音兴奋中又含着娇羞，“毕业典礼的时候，我上台给你献过花。”

霍钦在脑海里搜寻一番，记忆果然已经模糊不清。

怪他从前念书太过专注？对此他居然没丁点儿印象。

与人客套几句后，霍钦回头，压低嗓音问宁佳书：“你也在附中念的书，怎么从没跟我说过？”

“你也没跟我说过啊，没想到咱们竟然高中时候就是校友了！”

宁佳书挤出点儿惊喜的样子，睁着眼睛说瞎话。

“人与人的缘分真是奇妙。你看吧，今晚要不是我跟来，还不知道咱们是校友。”他脸上的笑意舒展开，眉眼都比平日更明朗几分。

“谁说不是呢。”看来霍钦迄今对自己高中时候的人气没什么概念，宁佳书心虚地挪开眼。

不好意思和霍钦多说，迷妹们曲线救国，目光移到一旁的宁佳书身上，探身过来想亲热地拉住她的手，半道被何西劫住，大家也不恼，聚在周边不屈不挠坚持打探。

“哇，佳书，你们现在是情侣？”

“是啊。”

“你们什么时候在一起的？高中吗？”

“佳书口风怪紧的呀，竟然一点儿端倪也不露！”

“哪儿的话，高中那会儿我还不知道他呢，大三学飞才认识的。”

何西全程闭眼听她瞎吹牛。

不知不觉，宁佳书有种自己成了巨星经纪人的既视感，手被这个人拉过来，又被那个人拉过去，关心的全是霍钦的事。

校园男神的仙气不减当年，喝口水都能博得关注，任她精心打扮美若天仙，应付得唇焦口燥依然完全被抢走了风头。

高中时候是这样，这么多年后还是这样。

宁佳书好不容易从人群中抽身出来，回到霍钦身边，说道：“你桃花很旺嘛。”

“不如你。”霍钦也一直对宁佳书的人气耿耿于怀，他使劲搜索高中时候那点儿记忆，试图在其中找出曾和宁佳书有过的交集。

“我高二的时候你念高一。对了，那年的航模大赛你参加了吗？”

“没有。”宁佳书撒起谎来眼睛都不眨。

航模大赛开始前一个月，大阶梯教室在课余时间对所有参赛小组开放，方便他们制作模型。见到霍钦的时间也比平时偶遇偷瞄多出好几倍，还能在同一空间里相处。

何西不知道抓住机会近距离偷拍了多少照片用来珍藏。

“学校元旦晚会什么的总应该参加过吧，还有没有印象？”

“有吧……不记得了。”

“那咱们应该早见过的。”霍钦发自内心地高兴，“我从前被老师抓壮丁做过晚会主持人。”

他那时颇不情愿，却不想未来的女朋友早早儿地坐在台下看过他的表现。

霍钦每提一件，宁佳书便记起一件。

宁佳书刚开始对爱情进行探索时，就已经不再相信爱情。专属于年少时小心翼翼、腼腆青涩的单恋幻想，在她得知双亲离婚又各自再婚的消息之后瞬间破灭。

那段暗恋对她来说不知道有多难启齿，要她承认这一点，就仿佛要将她盛气凌人的伪装扒开，赤裸裸地将一颗心捧上。

羞于提起，怕人看轻。

天色愈晚，席间热闹起来，顺理成章到了太太们比谁的钻戒大，姑娘们比谁的包包好的环节。

嫁到美利坚的学委以左手冰种绿翡翠鸽子蛋，右手三克拉臻美晶钻拔得头筹，席间一口一个企业家老公。面上倒也不缺捧着的人，转过去，众人怎么议论，就不得而知了。

有人看不顺眼，放开音量问道：“学委，今天老公怎么没一块儿来呀？”

“哎呀，别提了，本来说好了的，回国机票都买了，公司忽然有几个会要开，实在错不开时间。”

是带不来还是带不出手？

大家心里都有数，却还是笑嘻嘻的：“真羡慕你的福气，你说说，你怎么找到这么优秀的青年才俊的？”

“我最羡慕佳书！你说她多潇洒，不声不响地连霍钦都弄到手了。”

众人七嘴八舌地议论着，学委脸色有一瞬间的僵硬。

参加过她婚礼的都知道，她老公年纪大而且是个秃顶，和“青年才俊”这词实在不沾边。正因为此，她从不在朋友圈晒老公或全家福，却还是有人借此攻击。这一瞬，集中在她身上的目光仿佛都含着不屑与讽刺，刚刚的风头有多盛，现在就有多难堪。

她抬头便能看见桌对面的宁佳书与男友低低耳语嬉笑，好不恩爱，刺得她再难平心静气。

从高中时起，她和宁佳书就不对付。她不懂，像宁佳书这样的女人，脑子里一包草，虚荣、放荡、不思进取，浑身上下除了一张脸，有什么可炫耀的？

偏偏世人总是如此肤浅，就连霍钦都无法免俗！

02

“是呀，可咱们中间谁又能像佳书那样招人喜欢？”学委接过上一个人的话茬笑道。

宁佳书一天没怎么好好吃过东西，果盘好不容易转到跟前，才动手戳了几颗葡萄，小声和霍钦说了几句悄悄话，却忽然发现大家的目光都移过来了。她把东西嚼了两下咽到肚里，凭直觉知道学委有点儿要挑事情的意思。

果不其然。

“说起来，去年全美 NCAA 联赛的时候，我还在电视里看到过，有个人长得超级像佳书，坐在第一排，直播给了她好几个镜头。”学委抛出诱饵。

“真的假的？佳书这种级别的美貌有这么烂大街吗？”有人不信。

“我当时也是这么想的，特意倒回去多看了几遍，像绝了，我都以为是佳书的孪生姐妹。然后在赛后采访里才发现，那个人原来是

UCLA 明星控卫的女朋友。”

众人的好奇心这会儿都被勾上来，问道：“有多像？你有照片吗？拿出来看看啊。那个明星控卫长啥样，有没有两米几？不会是个黑人吧？”

“照片我倒是没有，不过联赛的视频网上都有，一找就出来了。”学委说着便翻起手机，“那个球员叫 Eugene，不是什么黑人，是个美籍华裔。大家可能不认识，加州大洛杉矶分校的，听说也是个超级富二代……”

“超级”这两个字，她咬得格外重些。

宁佳书这时候还不懂学委什么意思，也枉做同性公敌那么多年了，不过就是当着这些同学的面，要她和霍钦难堪。

众所周知，美利坚篮球明星们混乱的私生活一直为人关注。况且在世俗的舆论风向里，“漂亮姑娘”和“富二代”这两词一碰撞，凭空就生出几分不可言说的龌龊。瞧瞧网民们对那些富二代的历任女友有多苛刻就能知晓了。

心机、拜金、私生活混乱，她无非就想把这些词往宁佳书身上扣。

宁佳书没等人把证据翻出来，自己先承认了：“学委看到的是我。”

空气静默了一瞬，有人打圆场：“佳书，你居然还跑去看NCAA联赛，飞行员日子过得也太潇洒了吧……”

“去年那时候刚好公司派我去洛杉矶做改装培训。”

视频恰好也翻出来了，主人公现在就坐在这儿，女同学们表面装作不胜好奇的样子，其实手机递过来递过去传了好几个人，最后不知道是谁塞到了霍钦那边。

“啊？”学委捂嘴佯装惊讶，“真是你啊，佳书。你真和 Eugene 在一起过啊？他可是整个 CNAA 的明星球员！”

这就是实打实的恶意了。

周围的人也不出声，都在偷眼打量瞧热闹。

宁佳书挺生气的，而且气到有点儿想笑了。她没看过那个采访，不知道季培风是怎么说的，她就只去过直播现场一次，压根没发现当时的摄像机对着自己的脸拍过。

霍钦从桌底下按了下她的手，示意她别生气。他没看，直接关掉视频，把手机还给了主人。

这态度很明显了，学委一时下不来台，脸色肉眼可见地变得难看。

霍钦替宁佳书答："已经分手了，她现在和我在一起。"

宁佳书并没有与他提过前任，一星半点儿都没有。

就在刚刚一瞬间，霍钦甚至记起了曾经深夜在宁佳书手机上看到过的，那通来自大洋彼岸的电话。

任谁在这样的情况下认识自己女朋友的前任，恐怕都会心有芥蒂。霍钦也是个凡人，对此当然也会不高兴，但看别人当着他的面欺负宁佳书，他心里更不舒服。

之所以笃定，是因为他知道，宁佳书再怎么是个小浑蛋，也不屑于脚踏两条船。

"说起来，我刚刚就觉得那个人怎么这么眼熟，乍一看，和何西的男朋友超像啊！"

这次出声的，是学委身边的女同学，从前的语文课代表，自打上学起就是学委的小跟班，没想直到今天还在捧她的臭脚。

八卦是人的天性，这么一说，刚刚看过视频的几个人又朝何西男伴那边看去，反复辨认，看样子都恨不得把视频找出来重新比对了。

"这么说真有点儿像哦……"

祸水引到她这儿，何西蹙眉，她佛系几年，大家竟都以为她是什么好惹的人了吗？

"我男朋友和我同一家公司，交过什么前女友我还能不知道？"

夏图南原本坐在位子上垂眸沉思，忽然在这时候抬起头来。

"有多像？"他开口道，带着一种开玩笑般天真而又漫不经心的恶意，“我倒挺想看看的。”

说这话的时候，他似乎丝毫没有考虑到这会让他的女伴多么难堪。

“怎么了，今天到底是同学聚会，还是我的八卦大会？”宁佳书终于开口，面上表情淡淡的，瞧着有点儿像生气了。

男生们之前还在喝酒聊天，忽然感觉室内气氛一窒，回过头来问清楚原因，七嘴八舌地责怪起了始作俑者。

学委被说得面红耳赤。

文娱委员赶紧给宁佳书的杯子里倒上葡萄酒，缓和气氛道：“不提了不提了，对不起了佳书，说了一晚上你们的八卦。来来来，我们一起干一杯，给学长和你赔罪。”

当着这么多同学的面，宁佳书不想让人看笑话，举起杯子顺着台阶下了，只是她到底又朝夏图南警告般看了一眼。

夏图南和季培风乍一看有多像，在场当然没人比她更清楚，但要说真的像到无法分辨的地步，还真没有。

就算是双胞胎，在不同的环境中长大，也会有着全然不同的容貌和气质。沐浴加州阳光长大的季培风是小麦色皮肤，西方饮食令他显得十分高大健硕，举手投足更具西式风度，一眼能瞧出是个海归。夏图南稍微矮些，肤色偏白，带着点儿痞气，更符合时下国内少女们的审美标准。

是的，从见面到现在夏图南的种种表现看来，宁佳书其实早就怀疑过他和自己的前男友有什么亲缘关系。这么大的世界，有两个长相相似的人并不奇怪，但她从前并不认识夏图南，而从她一来到申航开始，夏图南就对她有着超乎意料的了解和敌意，她早前一直没当回事罢了。

真正让她产生提防心理，是和霍钦在机场的停车场争执那回，一辆白车猛地冲过来，那天如果不是霍钦拉得及时，她真有可能会被撞到。

漆黑的地下车库里，别的细节她没看清楚，也不记得了，只记得那双男人的眼睛，目光里有憎恨，有怒意。

她一遍遍去回想，来到申航的这段日子究竟得罪过哪些人，然后发现，除了那个因为碎嘴被开除的女乘务，还有情敌任可雅，她真没得罪过什么人。直到有一天，她忽然想起中学时候背过的庄子的《逍遥游》。

敢情季培风和夏图南是兄弟？

她猛地意识到，忽略两人不同的姓氏和家庭背景等，其他事情就都解释得通了。为什么夏图南几次看见她和不同的异性在一起会无法遏制自己的轻蔑与敌意，就是因为他的孪生弟弟或哥哥，被她甩了，他怀恨在心，预谋报复。

她能猜到，却无法开口去询问求证。何西这些年好不容易才从霍钦身上移开注意力，对别的男人产生一点儿兴趣，宁佳书不想再横生枝节，与何西生出嫌隙。

03

宁佳书席间去了趟洗手间，折返时，夏图南正好在走廊尽头抽烟。迟疑了两秒，她抽出一张纸把手上的水擦干净，径直朝夏图南走去。要问就问个清楚，她不喜欢看到旁人总是一副阴阳怪气的样子。

还没到跟前，夏图南余光瞥见了她，似是早就料到她会来。他拿掉嘴边的烟，吐出一阵烟雾，问道："你找我想说点儿什么？"

"季培风是你什么人？"宁佳书开门见山地问道。

"总算你还记得这个名字。"他往后一靠，弹掉指间的烟灰，说道，"他是我哥。"

"所以你早知道我是谁。"

"当然，"夏图南冷笑，"季培风恋爱的时候像个傻子，恨不得把你和他的事情昭告全天下，从他同学到朋友，个个都认得你。你身边却恰恰相反，哪个都不认识他——”

“我们已经分手很久了。”宁佳书直接打断他，“就算我曾经有做错的地方，那也是我和他的事，你现在说这些又有什么意义？我自始至终没有欺骗和强迫过任何人。”

“你在害怕什么？怕我破坏你的新恋情？”夏图南忽然笑起来，他抓紧走廊的窗沿才按捺住心中的愤怒不至于令自己失态，“你享受新的恋爱的时候，是不是从没想过还有人被你抛在地狱里？你现如今找到真爱了，有没有一刻问过自己，那些和你交往过又被你弃若敝屣的男人，他们算什么呢？铺路砖还是垫脚石？”

“你到底什么意思？”宁佳书直起腰来，冷声问他。

“我只是为他们感到不值。我哥哥把篮球当作自己的终身事业，二十岁就在NCAA入选全明星球员，可你知道他过去这一整个赛季在做什么吗？”

不等宁佳书开口，他已经自顾自地回答：“手术、手术、手术，复健、抗抑郁治疗，而这一切，都是拜你所赐。”

父母离异，季培风很早便随母亲远渡重洋。他家庭出身优越，家教良好，母亲终日忙于工作，教育中唯独欠缺感情，成长环境缺失关怀。

在美国，同样成长经历的二代们不少，那些人早早开始游戏人间，玩得很开。季培风从不与他们混迹在一处，他自持自律，不沾恶习。

如果在那班飞往洛杉矶的飞机上，他没遇到宁佳书，或许会在不久的将来找到一个漂亮温柔的姑娘开始恋爱，一帆风顺地结婚生子。很难想象，他一个公子哥儿对待感情是如此憧憬与渴望，可宁佳书打碎了这一切。

“你哪怕对他再上心一点儿，对待这段感情再认真一点儿，所有的事就都不会发生。”

宁佳书最是能言善辩，她原本还有许多反驳的话未说出口，可到了嘴边，竟一时忘记了自己要说什么。

抬头望去，只见走廊拐角处，何西不知道什么时候站在那里，眸色难辨。她见被发现，干脆也不再躲，从拐角走出来，问她："佳书，一起去洗手间吗？"

事情还是发展到这地步了，不知道她是从哪里听起的。何西心里向来憋不住事，这下是要发作了。

一进洗手间，何西先确认了每个隔间没人听墙角看笑话，然后才把门反锁上，三两步跨到宁佳书跟前，一把抓住她的裙子领口说道："宁佳书，你在搞什么鬼？你和夏图南又发生过什么是我不知道的？"

宁佳书情绪不太高，她把何西的手拍掉："听半天墙角，你就一点儿没听清吗？我跟他能有什么？"

"别敷衍我，我认识你这么多年，你什么德行我还不清楚？就桌上你俩那你来我往的劲儿，出来还私下说话，你竟然还想骗我！"

"你差不多得了！"见对方手指又戳到鼻子上来了，宁佳书皱眉，"手放下，你尽管放一百二十个心，我跟谁有关系都不能跟他有关系。"

"那到底怎么回事？你们在我眼皮子底下什么时候有的往来？"

宁佳书心里烦得很，深知这坎儿迈不过去了，解释道："她们刚才提到的 Eugene 你听见了吧？中文名字是季培风。他和夏图南是孪生兄弟，连名字都是出自《逍遥游》里同一句的。我去年和季培风分手之后，他比赛失利，腿伤到现在也没痊愈，夏图南认为是我的原因，恨死我了。"

夏图南有孪生兄弟？何西花了五秒钟才消化了这个消息，又问："那你为什么要瞒着我？"

"因为就知道你会这样。"宁佳书打开水龙头伸手冲水，抚平裙子胸前的褶皱。

"那 Eugene 受伤到底跟你有没有关系？"

宁佳书没料到何西会忽然问这个，唇齿微动，那些解释的话几经涌到嘴边，自己却先不确定起来。

哗哗的水声里，她听见自己的声音：“……也许。”

宁佳书其实越来越不确定是不是自己的记忆出了什么问题。

那段感情从一开始到结束，季培风全程保持着绅士风度，她并没有觉得自己对他的影响力大到什么地步。

季培风条件那么好，不愁找不到更优秀的女朋友，两个成年人，谁离了谁还不能活吗？她当时就是这么想的。

“佳书，你那些前男友没组团来报仇，真算你运气好，真的。”何西点评道。

同学会结束，回家路上，宁佳书偏头靠在副驾驶座里，闭着眼睛没怎么说话。

晚间的内环又开始塞车，淅淅沥沥的小雨落在车窗上，车内有些冷，霍钦把温度调高，从后面拿了条毯子递给她。

“佳书。”

“嗯。”

“跟我说说你过去几年的事吧。”

霍钦的感觉其实很不好，尤其是在当他意识到那段感情已经影响到她情绪的时候。宁佳书是没心没肺的，她很少像今天这样低落。

从哪里开始说呢？宁佳书想，如果她那时候没有和霍钦分手，也许就不会再有后面的恋爱了。第一次失败得那么惨烈，难怪常言道，宁愿找爱自己的，也不能找自己爱的。再往后，她便刻意从爱她的那些人里挑选恋爱对象。

她一直在寻找能让自己获得幸福和安全感的方法，却不知道自己让对方失去了幸福与安全感。

说到季培风在分手后当天受伤的事，宁佳书顿了一下，她像小孩一样一遍又一遍地试图寻求大人的答案：“是我错了吗？”

“从我的立场来看，你做得对，给人不切实际的希望比直接分手更残忍，但时机错了，你其实还有更好的办法。”霍钦关了雨刷，声音微沉，“佳书，从别人的立场上看，其实，你欠他一句道歉。”

虽然何西总把“宁佳书这个大渣女”这句话挂在嘴边，但宁佳书从前觉得她是因妒生恨，绝不承认自己没心没肺这个属性。直到这次霍钦说她该道歉，宁佳书连潜意识里都找不到理由为自己开脱了。

世上有些人犯了错，总害怕面对结果，宁佳书也一样，她有点儿怕见到季培风，从前意气风发的人现在每天在做抗抑郁治疗，光是想想，愧疚就快把她的一颗心淹没了。

她越想往后拖，老天就越爱捉弄人，年后才上班小半个月，申航大系统就给她和夏图南排了同一班飞洛杉矶的航班。

他们从前配合得不错，男女搭配干活不累，系统再聪明，也不会知道宁佳书最近和夏图南闹翻了。

飞机外面可不像驾驶舱里暗流涌动，他们顺风飞行不过十六个小时就抵达了洛杉矶国际机场，落地时，西海岸的太阳已经落下一段时间了，整座城市灯火璀璨，蜿蜒的海岸线被霓虹灯点亮。

落地时，宁佳书就差用牙签撑着眼皮了，结果才交接完工作，夏图南就把她的飞行箱拜托给机组的空乘，然后拉着她在机场门口拦了一辆出租车。

临走时，空乘小姐姐们惊诧的眼神历历在目，可以想见，不等宁佳书返航，满公司应该又是她红杏出墙的流言了，她有时候真是蛮讨厌自己这动辄成为八卦源头的体质。她已经切身体会到了——解释通常毫无用处，许多人只相信他们愿意相信的。

上车后，宁佳书终于甩开夏图南的手，说：“麻烦你少做点儿容易被人误会的事，你倒是无所谓，我可是有男朋友的人，你没看到那些人的眼神有多兴奋吗？还是你根本就是故意的？”

夏图南冷哼：“你但凡把对霍钦的维护分一分到季培风身上，他都不会是现在这个样子。宁佳书，你做人可真够双标的，就这样，你还好意思说自己问心无愧？”

宁佳书少见地被讽刺得没声了，不是认输，而是一想到马上要见阔别已久、亏欠良多的前男友，她就觉得不知所措。想想霍钦清冷的脸，她主动给人发了一条微信寻找慰藉。

国内时间正是凌晨六点，以霍钦规律到令人发指的作息，他一定已经起床了。

宁佳书：“我现在在去疗养院跟季培风道歉的路上。”

霍钦刚洗完澡在擦头发，拿起手机安静地盯了消息两分钟，又放了回去。

是个男人都做不到心中毫无芥蒂的，尤其这种情深不悔的富二代前男友对女孩念念不忘，简直就是偶像剧般的设定，骄傲自持如霍钦，也会有迷惘和不自信的时候。

他本想装作没看见，可等厨房传来“叮”的一声响——是三明治烤好了，还是忍不住把手机屏幕切换到聊天界面。

宁佳书继续发来消息。

“夏图南太过分了，我觉得这次机组的人要编排我坏话，我先打个预防针，宁佳书是清白的、爱你的。”

这时候还能记得顾及他的情绪，霍钦心里总算稍微舒坦些，一字一句回复：“我知道。勇敢一点儿，佳书，好好和人解释。”

等过了今天，一切就结束了。

04

宁佳书在去的路上还在回忆，万万没想到，再见季培风时，他与她记忆中的完全不一样了。

疗养院里，他的病房豪华又宽大，透过一整面落地窗，朝外眺望就是整座城市的黄金海岸Santa Monica。夜晚浪潮声涌动，分明是个极好的疗养胜地，可他拉上了遮光帘布，整个人沉浸在一屋子的黑暗里。护士说他怕光、敏感、易怒，等到推门后，她才意识到这形容有多贴切。

灯光才打开，迎面就是一个杯子朝门口的方向砸来，然后是男人低哑的仿佛极力隐忍的声音："Turn off the lights and get out（把灯关了，滚出去！）"

护士平静地蹲下身捡起地毯上大块的玻璃碎片，并在耳麦里呼叫保洁来清扫，显然已经习惯了。有钱人本就不好伺候，这家疗养院里多的是难伺候的人。

灯许久没关上，季培风皱紧眉回头看了一眼，只一眼，目光便立刻在门口定住了。

他不可思议地开口："佳书，是你吗？"他的声音太轻了，缥缈得像是怕把眼前的人戳碎。

季培风从前那身漂亮、蓄满力量的肌肉线条消失了，卫衣里空荡荡的，眼窝陷下去，他的风趣善谈、高贵优雅全然找不到了，眼前不再是那光彩夺目的明星控卫，只是个瘦得脱型、忧郁病态的可怜青年。光是膝盖的手术，绝不可能对他的身体造成这么大的影响，就像夏图南说的，比腿伤更严重的，是他的心理状况。

宁佳书有些无措，她的手不知道往哪里放，只能指指身后的夏图南："我和他一起飞往洛杉矶，顺道来看看你，你还好吗？"

她身上的申航制服还没换下来，外套搭在手肘上，衬衫卷了两圈到小臂处，在飞机上待了十六个小时，她却一点儿也不见憔悴，眉眼仍是那么精致漂亮，年轻而鲜活，就像第一次见面时那样。

那次飞往洛杉矶的航班机票他还夹在相册里保留着，他就是爱死了她这副张扬又自信的样子，她没变，他却已经不再是不知愁滋味的少年了。

季培风曾想过，如果那天宁佳书没有离开，或者他不要为了风度和尊严故作潇洒地放手，求她留下，一切会不会全然不一样。

他不会失落分神，不会受伤，佳书还是他的女朋友。

养伤的几百个日夜里，他无数次这么假设。

夏图南不想听他们叽叽歪歪，和哥哥打过招呼后就转身直接去了走廊，房间里只剩下他们俩，还有个听不懂中文的黎巴嫩护士。

“我……”季培风笑容有些涩，他试图解释，“对不起，我不知道是你来了，我这样发脾气不太好，应该是吓到你了。”

“没有，我只是有点儿惊讶。”宁佳书摇头，“应该说对不起的是我，我真的……”

“走近一些，让我看看你好吗？”他打断她的话，漆黑的眼睛充满渴求地看着她，征询她的意见。

宁佳书把外套搭在床尾，靠近一些，在他的轮椅前蹲下来。

“手术还成功吗？伤口疼不疼？”

若在以前，季培风一定不愿别人为自己担心，他学习的礼仪里有一项是不给人添麻烦，现在，他想了想却道：“手术没什么感觉，复健很疼，你要是想看看伤口，可以帮我把裤腿卷起来。”

话说到这儿，如果宁佳书不动手，就显得她的关心很浅淡没诚意。只是裤腿一卷起，她便被那触目惊心、细细密密的针眼吓了一跳。

“你动了几次手术？”

“三次，也许是四次……”季培风想了想，摇摇头，说，“抱歉，佳书，那段日子我记忆力不大好。”

宁佳书嗫嚅着缩了缩，动作微不可察，但季培风还是立刻发现了。

她在害怕？怕什么？

担心自己吗？意识到这种可能，他觉得自己的心立刻被抚慰了，他抬手，试图碰一碰那张熟悉又陌生的面孔，只是才靠近，她便下意识地躲开了。

像是刚刚踩着了一点儿云彩的边缘，便又立刻失足落下来，瞧着宁佳书那懊悔又抱歉的眼神，季培风后知后觉地想起来。

哦，佳书交新的男朋友了，他不再享有一切属于男朋友的权利。

“抱歉，我……”他的话脱口而出却又戛然而止，他忽然沮丧起来，不想再讲绅士风度给宁佳书道歉了。

“能给我弹首曲子吗？好久没听到了。”季培风开口打破僵局。

角落里摆着钢琴，佳书想了想，坐下来摸着琴键弹了一首莫扎特的《b 小调第四十交响曲》。

她小时候家里的条件不错，父母虽说不肯给她多余的零花钱，却给她报了一堆兴趣班。当然，以宁佳书喜新厌旧、三天打鱼两天晒网的性情，那些兴趣一个也没坚持下来，倒是钢琴还多学了几年。但她如今的工作忙得很，两脚不沾地，工作之余，哪里还有时间去练琴陶冶情操？她已经很久没有摸过钢琴了，旋律倒还算流畅，却没什么美感可言。

佳书回忆了一下，事实上，她也只在刚认识的时候，在季培风家的大别墅给他弹过一次生日歌，还是看在他一个人过生日，父母朋友都不在身边，孤零零实在可怜的分上。

他这么一说，宁佳书只觉得十分羞愧。

曲子很快结束，佳书不太确定自己最后一节的谱有没有记错，还在回忆就听季培风给她鼓掌，轻声开口：“好听。”

“我知道自己什么水平，你不用勉强夸我了。”

“可我是真的觉得很好听，听完之后心情好多了，谢谢你，佳书。”

宁佳书摇头道：“我在网上看到过你们大学的校报，有期介绍篮球队，说你小时候是学钢琴的，肯定比我厉害多了。”

“从决定开始打篮球那天起，我就放弃钢琴了。你知道，打球手指经常会受伤，我妈妈当年阻挠了很久，最终还是同意我加入篮球队。我现在未必弹得有你这么好。”季培风翘了翘嘴角，笑容在他忧郁而英俊的脸上，有种易逝的脆弱感。

“但我真开心，佳书，你从前在网上搜索过我的名字。”

这些富家子弟什么都只说自己会一点点，其实什么都精通，若真相信了他的安慰，宁佳书才是个傻瓜。她记得 The Daily Bruin（《布鲁因日报》）上说季培风十一岁就拿过全美联邦少年组钢琴比赛一等奖。这些少年组选手长大后，只要没断手不失忆，就算是闭着眼睛弹也比她厉害。

即使病成这样，季培风也保持着这种随时叫人感到舒服的体贴。

暗淡的灯光下，两个人的呼吸都静默下来。

季培风只想安静地看看宁佳书，宁佳书却不知道该说什么。

他的目光越安静温柔，她的内心便越自我责备，几乎要被愧疚淹没。

从出生到现在，她在情场中自觉光明磊落，从未这么认真反省自己。别人说多少句她错了，都不如现在切切实实地看到这个人来得直观。如果当年知道今天的结局，在那趟飞往洛杉矶的航班上，她绝对不会留下季培风的电话。

约莫待了两个小时，宁佳书再也坐不住，起身告别回酒店。临走前，她像个客人一样礼貌地告诉季培风好好休养身体，努力复健。

“……你一定还可以回到球场上的。”她说。

“希望是那样，”季培风不置可否地笑笑，“但我已经二十六岁了，就算一两年后养好伤，也很难再打职业篮球赛了。或许上天是在告诉我，是时候该换条路走了。”

宁佳书后悔了，她不知道自己今天来这趟是对还是错，她以为自己经此一次能得到内心的安宁，却不承想，那份不安越发被放大。

“你那么聪明，做什么都能做得很好。”

“原来你是这么想我的？”季培风偏头看了她半晌，摇摇头，“其实不是，我没有那么好，只是别人给我的预期总是太高，我每每只能拼命努力不叫他们失望。”

季培风自小所受的精英教育是高压模式的，他们的族群太习惯成功，成功到哪怕是一点点的失败，都会直接影响到他们对自己价值的定位。

因为社会环境和亲朋的期待，没有给这些精英学生平庸的权利，他们极力回避一切失败的可能和风险。季培风曾经想要从这种环境里跳出来自由选择，他开始打篮球，参加联赛。

但这选择还是失败了。

不是输给别人，而是输给了他自己。

丢掉夺目的豪宅、跑车，剥离他的自信、外表和家世，剩下的季培风，身上只有恐惧、崩溃、失落、焦虑与孤独。

“那你有喜欢的东西吗？我记得你从前还说过喜欢摄影，也许你可以试着学学摄影？拍电影做导演也很好啊，不要再在意旁人想些什么，培风。就像我从来不在意别人怎么看待我，对错只有我自己能评价。”宁佳书继续劝他。

季培风点头，像是都同意。

宁佳书不确定自己是不是讲了一堆废话。根据从前两人相处的经验，上流社会的孩子由于教养使然，就算她许多话说得毫无道理，季培风还是会谦虚回应，中间不动声色地亮出自己的论点，最后认真地对她进行赞赏和鼓励。

“你看，就算到现在，你还是不能敞开说出你真正的想法，这就是我们之间真正的差异。对我来说，有时坦诚比礼貌更重要，如果你觉得我的想法太天真肤浅，为什么不直截了当地把你的想法说出来呢？不累吗？”

季培风先是愣住，继而摇了摇头，几秒钟后，却又看着她无奈地笑起来：“所以这就是我喜欢你的地方啊。”

洒脱坦然，肆意生长，和他截然不一样。

季培风看着她蹙眉，只觉得心脏又不受控地跳动，胸腔像是冰河解冻，又像是封闭了许久的屋子被掀开一角门帘，光线一下子漏进来。

05

宁佳书出了门，逃也似的越走越快，临到楼下，又被夏图南唤住。

“你跑什么，难道有鬼追你不成？”

她顿住步子看过去，只瞧见夏图南在和一个白人医生说话，从他们隐约传来的对话中的几个词语判断，这人大约是季培风的心理医生。

“要听就过来，你站那么远干吗？”

平日里，宁佳书怎么可能乖乖听话，但现在，她实在不愿和夏图南争执，于是移动脚步靠近。

她的听力辨认起心理学的专业词汇有些困难，医生尽量讲得通俗易懂，叫她能理解。尽管心中已经有了判断，但听着医生把一系列情况说出口时，她还是感到有些不可思议。

抑郁症真的太可怕了，它毫不费力地将一个半年前还意气风发、完美无缺的年轻人，变成现在病房里她看到的样子。

从疗养院回酒店的路上，夏图南一路都在沉默，看得出来，他糟糕的情绪源于刚刚与医生的谈话。

在过去几个月的治疗中，季培风的状态完全不见好转，反而有越来越严重的倾向。

他和季培风是双胞胎，尽管天南地北各在一方长大，接受不同的教育，有不同的饮食习惯，有着不同的朋友，可世界上仍然没有谁比他们更亲近，更能感同身受对方的痛苦。

毕竟他们还是胚胎的时候，就已经在母亲的肚子里彼此相识。

事实上，宁佳书刚来申航，还在两道杠的实习期时，飞机上的那一次见面，他就把宁佳书认出来了。

这全得仰仗于哥哥隔三岔五的炫耀，热恋时候，季培风的手机相册里存了一堆宁佳书的照片，不管是合照还是日常生活偷拍，拍到满意的，就非要孪生弟弟赞美点评，得到自己想要的答案才肯罢休。

喜欢一个人，就恨不得所有人都像他一样喜欢。毛头小子的初恋轰轰烈烈得像炙热的火，仿佛要付出所有的热情将生命燃烧殆尽。

如果他们没有分手，如果季培风的职业生涯没有在那天戛然而止，再不济，两件事情只发生了一件，一切都肯定不至于到现在这样糟糕的地步。可偏巧，季培风人生中最大的两个波折，就这样一起发生了。

季培风这样将绅士风度刻进骨子里的人，自始至终没在夏图南面前说过前女友的半句不是，但随着时间的推移，夏图南对宁佳书认识加深，他再傻也能猜到是怎么回事。

宁佳书没心没肺、始乱终弃，回国立刻交了新男友，念念不忘的人只有他哥哥，整段恋情更像是季培风剃头挑子一头热。

可是凭什么？

对她来说无关痛痒的一段恋情，却成了季培风人生中最刻骨铭心的挫折，她把人从天上拉到低谷里，然后再也不肯扶他一把，她毁了他。

直到从车上下来，夏图南终于叫住她："宁佳书。"

她应声回首。

"我想告诉你一些关于季培风的事情。"

他的眼睛不像刚认识那会儿，总是似笑非笑的，没有嘲讽，没有敌意，只有一片漆黑。

在酒店外随意找了条长椅，夏图南开始讲季培风的过往，那些宁佳书从季培风的口中也没有听说过的东西。

快上小学那年，两人的父母因为性格不合，久居两地正式离异，每边分到一个孩子，从此季培风改随母姓，跟着母亲远渡重洋到了加州，从那时起就鲜少再回国内。

季母是个说一不二的女强人，她将商场上的雷厉风行原封不动地带回家里，季培风就是在这样的环境中长大的。无论是学业还是生活，只有拿到全 A，严苛冷峻的母亲才可能会有片刻温情。

“我运气很好，跟着我爸长大，别的孩子有什么，我也一样不缺。但季培风跟我不一样，他除了别人看起来光鲜亮丽的那面，什么也没有，是你把他的镜子打碎了。

“季培风上次修复手术失败，把自己关在房间里整整三天没开灯，没见人。他过得那么痛苦，你却跟新交往的男朋友恩爱甜蜜。我那天在申航的地下停车场看见你们之前，刚收到他脱水入院的消息。有人说双胞胎有心灵感应，可能那时候，我哥哥的痛苦与我相通了，我真恨不得杀了你。你知道我做了什么吗？我踩着油门，直直地向你开过去。”

他声音平静，宁佳书听着却不由得攥紧了衣摆。

“我记得。是霍钦把我拉开了，你也往旁边打了方向盘。”

“我不是在吓你，说实话，那一瞬间，我不在乎会得到什么惩罚。我只是想到，如果你死了，季培风会更无可救药吧，他还没看清你的真面目，他会一遍遍地回忆你美好的一面，然后恨我，忘记你本身并不是一个好女人。”

宁佳书没说话。

夏图南的视线移向她：“我说这些的目的不是指责你，或者用他钳制你，我只是希望，你能为之前的轻率做出一些弥补，他是真的需要你。”

宁佳书摇头：“你知道的，我现在有男朋友了。”

夏图南抬手虚按一下：“你听我说完，但凡有其他可能，我都不至于开口跟你提这些话，我比任何人都希望他能远离你，自己好起来。可是快一年了，你也看见了，季培风的精神状态越来越差，没有丝毫好转，你能让他开心，这就够了。”

“不，也许我频繁出现反而让他的病情更糟糕呢？我不可能永远陪在他身边，下一次离开，他依旧受不了，又该怎么办？”宁佳书努力组织语言，她从来不知道自己的语言表达能力是如此笨拙，“夏图南，从前是我错了，所以我现在不能一错再错，这对霍钦不公平。”

男人恍若未闻，那黑沉眼睛里的急切和焦躁，似乎化作实质的压力落在宁佳书身上。

他紧紧地盯着她：“算我求你，你帮他一次，现在只有你救得了他。你刚才也看见了，你一进门，他的情绪立刻不一样了，看在你们相识一场的分上，你把他从这个死胡同里拽出来。只要他振作起来，状态稍微好一点儿，我就再不来找你。”

“那霍钦怎么办？我不可能因为别人再伤害他一次。我愿意用其他任何方式弥补，只有这个不可以！”

“我没有要你们谈恋爱，也没有让你放弃工作。宁佳书，就算不能回到他身边，至少你应该陪他走出这心理低谷。工作之外的时间每天探望他，给他打几通电话。对你来说，应该没那么难吧？如果你连这都做不到，我不知道你口中的对不起究竟还有什么意义。”

千言万语涌到嘴边，宁佳书却不知道该拿哪一句来反驳。良久，她从长椅上起来。

路灯下，她低下头，嘴唇动了动。

“你让我好好想想。”

第三章

宁佳书不爱与背后论人长短的人争辩，聪明人需要为自己的优秀向凡人解释吗？

01

返航已经办完了加机组手续，她将搭乘申航别的航班返回国内，不需要执飞。

留在洛杉矶的这一晚，宁佳书在酒店彻夜难眠。

活到这么大，她终于花了一些时间反思自己过去的人生。

那年，宋博闻千里迢迢从北京赶到 S 市，在她家楼下一站就是一整天，而宁佳书始终没露面的时候，她忘记了巷子里是谁那么说过一句：“小姑娘年纪轻轻不知事，早晚会叫她晓得，欠下的情债都是有报应的。”

可能这世上真的有因果报应这回事，她年少轻狂肆意妄为时所有伤害过的人、做过的错事，最终都变成了她情路上的阻碍。等她真正喜欢上一个人，这些报应便都冒出来，想要修成正果却困难重重，危机四伏。

她是真的后悔了。

航班在浦东机场落地时，刚好是上午八点，霍钦执飞结束直接来廊桥接机。

身上是未换的制服，他就挺拔地站在那儿，臂弯里抱着檐帽，什么都不需要做，已经惹得下飞机的女乘客面若红霞，蠢蠢欲动。

宁佳书结束工作下来，刚好看见有二十出头的漂亮女孩儿在问他要电话号码。

她没有像往常一样依着性子上前示威，只远远地看着他微微颔首，低声拒绝了别人。

抬头瞧见她时，霍钦面上程式化的礼貌终于落下，冰雪初融般扬起嘴角，朝她招了招手：“佳书！”

霍钦真的是一个优秀极了的人，他被许多人仰望着，可是看见她的时候，眼睛里就只剩下她的存在。

多么完美的男朋友，可是宁佳书并不是一个完美的宁佳书。

她按下心中说不出哪里冒出的酸楚，挤出笑容迎上前去，与他并肩朝前走。

“航班还顺利吗？”

“嗯，回来时候天气很好，飞得很轻松。”

“……那个人呢？他情况怎么样？”霍钦稍有迟疑，但还是问了出来。

虽然没有提名字，但宁佳书怎么会不清楚他问的是谁。

“不太好。”宁佳书犹豫很久，最终讲了实话，“他现在住在洛杉矶的一家疗养院，我见到他的时候，他的精神状态很颓唐，好像对一切失去了兴趣。我不敢待太久，只陪他聊了一会儿天。因为很内疚，也很害怕。但护士说，这已经是他这些日子以来状态最好的时候。”

她低着的头几乎不敢抬起来，霍钦几乎没有见过这样的宁佳书，她没有了像往日一样傲气逼人、光彩亮眼的面具，而是低落又忐忑。她摊开自己的疑虑，向他剖白自己的害怕和愧疚。

霍钦原本应该高兴，但他不知为何半点儿也高兴不起来。

他原本期望这趟旅程能让一切都结束，可现在看来，结果适得其反。如果宁佳书没有去这一趟，他或许还能继续自欺欺人下去，可当她把一切告诉他之后，霍钦头一次开始后悔自己光明磊落的人生为什么不能更自私一些。

“夏图南说，让我以后有时间就给他打几通电话，有时间能去看一看他。我……没有答应。”

霍钦原本该安慰两句，或者给出一些建议，可当下他半个字也吐不出口，只能缄口不言。

很明显，季培风是在意宁佳书的，她的一举一动都能影响他的状态，也许还能让他好起来。

他能说什么？劝佳书不要放在心上，抛开这件事？

那和他为人的原则不符，他很清楚，季培风今天的样子，确实不能和佳书撇清关系。

把佳书让给季培风？那更不可能，因为他同样需要她。她是他时隔多年失而复得的珍宝，他的爱绝对不比季培风少半分。

霍钦把所有的杂念按压在心底，强迫自己不再想这些，接过宁佳书的飞行箱，道："走吧，先去吃早餐。"

在男朋友面前说前男友需要她，这些话宁佳书很难讲出口，但是她也不敢瞒着，因为霍钦早晚会知道，与其从别人的口里听说，还不如她自己先坦白。

一口气把所有的事情倾诉完，她偷看他的眼睛，想看看他的反应，然而霍钦面上平静无波，她什么也没看出来。

落地有三天假期。晚上，宁佳书照例去健身房，拉伸了十几分钟。前台匆匆跑过来跟宁佳书道歉，说她之前的教练方醒川已经把俱乐部的股份转卖，员工们猜测他大抵是回澳洲了，店里只能给她换个教练。

"真的非常抱歉，我们会给您换店里最好的教练，如果您实在介意的话，我们愿意为您办理全额退款。"

宁佳书疑惑："他走之前没留下什么信息，也没说要去哪儿吗？"

"没有。我们俱乐部的大股东收下他的股份后的这一周，员工们好像没人能和他联系上。"

"要是都退款，退得过来吗？"

"好在方教练底下就两三位会员。"前台庆幸，"不然他离开得这么突然，也没交接，真的还挺难办的。"

宁佳书一开始本就是因为猜方醒川和周映之间也许有点儿猫腻，才选了他做教练，这会儿倒也没为难人，干脆利落地就同意了换人，只是这件事到底在她心里留了印象。

飞行员是最需要保持好体质的职业之一，平日昼夜颠倒在天上飞，只能靠落地时间调节身体状况，宁佳书在跑步机上待满一个小时，下来时大汗淋漓。

冲完澡擦着头发，她从储物柜里拿出手机，发现有宁父打来的未接来电。

宁佳书有些疑惑，这个点儿在澳洲是深夜了，按宁父平日的习惯应该早早儿上床睡觉了才对，怎么这时候打电话过来？

电话才接通，便从那边传来新生儿的啼哭。

宁父压低的声音里难掩喜悦和兴奋："佳书，你有弟弟了。"

宁佳书怔了怔，后知后觉地反应过来，周映十月怀胎也该到生产期了。

弟弟她已经有一个了，随着年纪的增长，再来一次，好像已经不再有当初那种被全世界抛弃的感觉，唯一令她有点儿在意的，是这个孩子的生母是周映。

周映的目光不正，行为功利，宁佳书不喜欢。

但男人这把年纪有了老来子，确实是一件开心的事儿。她努力挑了挑嘴角，好让自己的声音听起来轻松一些："恭喜你啊，爸。"

就是通报下喜讯，宁父也没来得及多讲别的，只匆匆问了几句她这两天的状况，又问她愿不愿意休几天假去澳洲玩一玩，顺便探望刚出生的弟弟。

"这段时间是旺季，航班挺多的，休不了，下次吧。"

在得到宁佳书否定的答案之后，通话很快结束，临挂电话前，宁父怕她失落，还安慰了她一番："佳书，你永远是爸爸最爱的女儿。"

"嗯，我也爱你，爸爸。"

宁佳书低低地回道，挂断电话后还盯着屏幕看了半晌。

宁父出国前和她交过底，等周映的孩子出生，就会把名下百分之十五的股权让渡书签给她，意思是大头还是留给她的。

其实这种保证很空泛，两个都是自己的孩子，这种状况下谁都不能保证在未来还能一碗水端平。但宁佳书很快也想通了，反正钱是宁父自己的，他愿意留给谁，除了他自己，谁也无权置喙。

给周映那些，就当是她用青春陪伴宁父安度中晚年的报酬了。

直到回公寓，宁佳书耳边还在萦绕着那声新生儿的啼哭。

她想象着在大洋彼岸的昆士兰，一家三口在产房其乐融融，忽然很想马上见到霍钦，一头扎进他的怀里，那样她也能立刻幸福起来。

可惜今晚霍钦还在申航总部开会，等回家估计已经是深夜了。

进了电梯，宁佳书开始给霍钦发信息。

Shushu：我从洗衣店拿回来的裙子落在你车上了，到家记得拿上来，我明天要穿。

她原本想着应该要很久才能等到他的回复，因为霍钦开会时从来不走神，手机肯定调成了静音状态。没承想，他这次竟然回得挺快。

A：再有两分钟就结束了。困的话你先睡，牛油果奶在冰箱里，新鲜的。

宁佳书刷了卡进电梯，进去之前里边已经有人了，大概是从地下停车场负二层上来的。

隐约感受到那女人的视线似乎落到了电梯镜面里自己的身上，不过宁佳书也没多留意，毕竟像她这样的大美女，走到哪里都万众瞩目，她继续低头打字回复霍钦的微信。

霍母是来给霍钦送汤的，霍钦刚飞完远程航线，她心疼儿子，用绿色生态鸡和药膳一起煲了整个下午，好不容易等到肉差不多要化在汤里，忙不迭就给儿子送了过来。

没想到竟在电梯里碰着宁佳书，人一进电梯，霍母立马把她认出来了。她当即如临大敌，紧接着全身紧绷，进入戒备状态。

霍母自从知道宁佳书怀孕是个乌龙之后，恨不得回到过去把那个沉不住气的自己揪出来打一顿！怀孕怎么了，就算怀的是真孙子，她去宁佳书家里干吗？那不是先低头示弱吗？

她倒是听说了宁佳书也住在这栋楼，和她儿子就是楼上楼下。

近水楼台，卿卿我我更方便，这个心机女孩不知道占了她儿子多少便宜！

霍母捶捶胸口，努力沉住气。

没关系，没关系！

人家都没把她认出来，无缘无故发难说明她很在意，一开口肯定就先落下风。她是婆婆，是长辈，再说，以后钦儿娶谁还不一定呢。现在的年轻人不就是分分合合没定性吗？！

对，输人不输阵！霍母平复着心情，尽量不去偷瞄电梯镜子里的那个祸害。

不料这电梯一路到了霍钦所在的楼层，电梯门一开，宁佳书腿长，几步率先走到霍钦家门口。

钥匙转动锁眼，她开门进门的动作像回到自己家一样自然。

一声甩门的脆响过后，只留下霍母拎着鸡汤对着门牌号目瞪口呆。

02

“霍钦！你再不回来你妈就要被气死了！”

霍钦刚刚结束会议，就接到了亲妈打来的电话，隔着话筒，他依然感受到了她受到的冲击。

“你知道有多扯吗？你妈辛辛苦苦熬了一下午的汤，开开心心来看你，连你的门都进不了，你倒是知道把钥匙给别人！她把门都快甩我鼻子上了！”

“妈、妈妈，您别生气，佳书这不是没见过您吗？这气生得多没道理，我现在就打电话叫她出来接您。”

霍钦这才弄清楚怎么一回事儿，连连说好话，又怕两人碰上有矛盾，佳书性子傲气，受不了委屈的，只得先打预防针：“等会儿要是佳书说了什么，她年纪小，您别和她计较。”

“别叫我妈了，和你说了这么多，你一点儿都没有把我的话听进去，整天袒护她，这个女人就这么重要？重要得你连自尊心都不要了？我告诉你，她能甩你一次也能甩你第二次，她根本不是个好女孩……”

“妈——”霍钦的语气终于重下来，“我告诉过您不要随便说这些话的，她是什么样的人，您都还没有相处过，没有随便评价的权利。”

都说生儿子不如生块叉烧，霍母如今算是亲身体会到了。

被关在门外的人是她，差点儿碰一鼻子灰的也是她，宁佳书那边还没怎么着呢，霍钦就已经袒护上了，真进了门还得了！霍钦从前明明不是这样的……

两分钟后，门终于开了。

宁佳书立在门口，和保养得体的贵妇人面面相觑了两秒钟，反应过来才往旁边退了两步，让出一条道儿。

“伯母您请进。”

霍母心里先入为主对宁佳书有偏见，看她哪儿哪儿都不顺眼，面上虽然还勉强绷着，心里却道：我进自己儿子的公寓哪里用着你献殷勤？

“伯母要不……我给您倒杯水？”宁佳书露出八颗牙齿的微笑中忽然生出几分拘谨。

宁佳书这辈子招待男友的父母，也还是大姑娘上轿头一回。坐下来之后，她的手悄悄地滑下去将高开衩露到腿根处的真丝睡裙缝隙攥紧，腿不着痕迹地收拢斜放。

这笑容加上这坐姿，装模作样端起来，简直比空乘还要像空乘。

坐下来之后，两人又是一阵大眼瞪小眼的相顾无言，气氛一度十分尴尬。

大姑娘家在未婚男人的公寓里穿成这样，像什么样子？

宁佳书在霍母心里已经近乎苏妲己的形象了，只是想到那叉烧儿子，她将要出口的话又变成两声咳嗽，到底怕霍钦为难，她忍气吞声，什么话也没说出来。不过无论如何都不想再和她面对面了，霍母干脆起身去给儿子收拾卫生，顺便把汤放进冰箱里。

大理石料理台上摆着切开的牛油果，冰箱里被酸奶、啤酒填满，全部是他儿子平日碰都不会碰的东西，还有她之前送来的零食小菜餐盒，盒子半掩着，还没收拾。

宁佳书忙不迭跟上来夸赞："伯母，您做的菜真的太好吃了！"

这自以为是的友善，无异于又给霍母心上插了一刀。

人家说娶了媳妇忘了娘，她给儿子的疼爱，霍钦又原封不动地转交给眼前的这个女人，顶着违逆父母的压力也要在一起，如果这不是她儿子，还真是感天动地的一双璧人。

霍母泪花儿都快冒出来了。

然而一切还没有结束，霍母从阳台上收晒干的衣服，然后在衣橱里看到一件女款 Burberry 经典格纹大衣悬挂着。

见她半晌没动，宁佳书笑道："霍钦买的，我都说他眼光不行，叫他别浪费钱了，他还不服气偏要买。伯母，您也觉得这件衣服太老气了吧……"

霍母："……"

她当然知道，霍钦刷卡买衣服当天豆豆也在场，回去后跟霍母提了一句款式。

霍母当时只以为是儿子给自己准备的母亲节礼物，心里高兴得快开花了，礼物迟迟没收到，结果倒是在这儿看见了。

就凭这金光闪闪的衣橱，足以看出这是个没有内涵的拜金女孩儿。她忽然想起半个月前在垃圾桶里不小心瞧见霍钦的银行卡账单，得知了那些大额支出的源头。

飞行员就那么点儿工资，霍钦这几个月全给她刷礼物了，主人还不领情，嫌 Burberry 老气！

霍母觉得自己再也忍不了了，解了围裙扔在收纳篮里，说道："霍钦回来你跟他说一声，我自己回去了。”

“唉，伯母您慢点儿，我送您啊……”

“不用！”霍母咬紧牙根，“我自己开车来的！”

“那您下次再来！”

霍母闻声，进电梯的身子踉跄了一下，差点儿没扶稳，硬气地挺直脊背头也不回地下了楼。

霍钦生怕家里发生世纪大战，紧赶慢赶进门却扑了个空，疑惑道：“佳书，你跟我妈聊了些什么？她怎么先回去了？”

“什么都没聊啊。”宁佳书表情无辜，“我很乖巧的，帮她做家务，还把厨房也整理了。但不知道为什么，你妈走的时候看起来有点儿……摇摇欲坠的样子。她应该没事儿吧？”

霍钦心里叹了口气，望着女朋友懵懂的眼神安抚道：“没事儿。”

霍钦不爱撒谎，宁佳书对他的话向来深信不疑。

抛开这些无关紧要的事情，她扑进霍钦怀里腻歪：“累死我了。你不知道，今天我爸给我添了个弟弟……”

很奇怪，宁佳书所有的委屈，好像都能在霍钦这里得到安抚。

他什么也不用做，只要用手掌穿过她的头发，让她的耳朵感受到那带着心跳和温度的平直坚硬的胸膛，她好像就有一种回到母亲肚子里，天地被撑起来的安全感，感觉温馨而满足。

申航指挥中心的SOC排班系统在经过一轮算法优化升级过后明显更智能了，具体体现在它仿佛听见了宁佳书的心声，完美避开了所有往美洲去的国际航线，几次航程和夏图南的执飞时间刚好避开，一个才落地，一个刚上天，夏图南想找她都没办法联系上。

而且最近一次执飞，给她安排了霍钦做机长，宁佳书做副驾，这是宁佳书来申航后和霍钦为数不多的搭档机会。

记得刚到申航一起飞罗马那次，两人还没和好，霍钦见她鼻子不是鼻子，眼睛不是眼睛，冷淡得像座冰雕。然而此时非彼时，宁佳书如今是有了女友特权的人，乘机长的专车上下班，机组的姑娘们再也不敢当着她的面讨论霍钦的身材、脸蛋与归属。

一整天飞四段，从浦东到长水再到贡嘎，然后回昆明过夜休息。

比起他们平时飞的国际航线，这次的四段，在地面等候的时间比天上长。

并且，从长水到贡嘎途经高原比较难飞。海拔和温度会导致飞机性能双重衰减，加之雪峰连绵，高空强风、冰雹、风沙也是家常便饭，因此比较难飞。

这段航线执飞的通常是常飞的、经验丰富的资深机长。由于这次是临时加的航班、人手调转不开，这才把公司最年轻的教员霍钦抽调了过来。

像霍钦这样厉害的年轻机长就是块砖，哪里需要往哪里搬。他的飞行时长足，身体素质好，技术和临危处理能力也是经过考验的，不论派往什么地方，公司都比较放心。

早上出发，到长水机场时是中午十二点，整个上午天气晴朗，飞行异常顺利。

到了第二段，霍钦主动放手给一副宁佳书掌控。航前会议上已经讨论过，从长水到贡嘎一路天气视野虽然不算上佳，但也没有到非常糟糕的地步，刚好适合宁佳书现阶段的技术升级练习。

长水机场起飞时侧风挺大，但整个起飞过程还算顺利，她的操作利索精准，尽管是操纵 A330 这样的大家伙，也不比大多数男副驾差。

其实如果没有云航倒闭、改装训练这回事，宁佳书现在早就是云航最年轻的机长了。

回国一年多，她在申航常常憋着一股劲儿，每个月都是压着民航局规定的航时最高点飞完，除了过年那段时间因故停飞，几乎没怎么休息过。

幸好如今她的时长累积得差不多了，加上她从前作为副驾两千七百小时以上的执飞经历，再有就是赶着了申航大规模拓展期，正是需要机长的时候，听上头透露，说不准再过一段时间她就能进入转机长训练，也算苦尽甘来。

长水飞嘎贡确实比她飞过的其他国内航线都颠簸些，天气上的小状况不断，不过宁佳书都能完美处理，毕竟现实再难，也比不上教员在模拟机上出的题目难。经过韩国教员地狱般可怕的“疼爱”，宁佳书已经百炼成钢，这点儿困难对她来说连毛毛雨都算不上。

若真要说有什么困难，无非是从模拟机到现实需要克服的面对真实场景的紧张感。

高空的天气像襁褓中的婴儿一样变幻无常，几十分钟前，宁佳书才重新确认过气象报告，她确定气象报告里的积雨云并没有此刻飞机雷达中那片凭空飞来的雷暴云庞大。

云朵在雷达里看起来密密麻麻、红里透黄，像极了番茄炒鸡蛋，宁佳书发誓她这两个月都不要再吃番茄鸡蛋了。

可惜这段航程即将结束，都快落地了还出岔子，绕开又要耽误不少时间，宁佳书无奈地向霍钦申请航向，在得到霍钦的首肯后，重新上升高度进行绕行。

“这云长得也太大了，老天爷存心不想让我们早点儿下班。”二副在后头嘟囔。

“别分心，”霍钦提醒宁佳书，“处理任何流程之前，先在脑中进行预位，每做完一步想想下一步要做什么，每时每刻都提醒自己培养情景意识。

“现在，先把着陆灯收回来。”

飞机爬升到一万英尺之后，正常程序就需要关闭着陆灯，大多数飞行员刚开始执飞时常会忘记一万英尺需要关灯这个项目。

宁佳书点头，关闭着陆灯。

副驾坐在后头见这对赏心悦目的机长副驾驶配合默契，明明没多说什么话，也没接触，偏偏就觉得他们郎才女貌、亲密无间，忍不住开口道：“机长，您今天可真耐心。”

“你要是认真点儿，别老犯重复的错误，我对你也一样耐心。”霍钦头也不回，继续告诫他们，“着陆灯没有明显的音响和目视警告，但不代表它不重要，尤其在积冰区飞行，就算打开防冰系统，着陆灯上也很容易结冰，事无大小，飞机到了天上就没有侥幸的机会。所以就算是备忘信息里的绿色字体，也得认真看。”

霍钦的性格和行事作风实在是适合这个行业，他的细心和责任感简直体现在方方面面。

宁佳书喜欢的正是这样的霍钦，在她心中，他和所有莽撞冲动、大大咧咧又肤浅的男士以此区别开。

就算是升高绕行，也还是有燃油限制的，而且再往边上去，就是军方管制空域了，综合各项状况，最好的选择是找合适的机会，从两片雷暴云之间的缝隙穿过去，寻找雷暴较小的飞行路线。

宁佳书刚刚调整好各项数值，飞机已经陷入密布的乌云中，电闪雷鸣。

穿越急流区，积雨云边界也并不清晰，云顶随意扩展开砧状，一不小心就会误入雷暴区域，尽管已经尽量调整到适合的速度保持平飞，但是不时窜来的乱流还是让飞机十分颠簸。

自动驾驶已经自动脱开，全靠宁佳书自己把握大局。

她沉下气，全神贯注在自己的操作中，在进入雷暴区前果断向上拉升，直至超过云顶五百米，成功避开危险。

尽管高度拉上来了，但也不代表就能立刻放下心，因为他们即将到达贡嘎机场上空。在这种情况下，飞机不能贸然起降，必须规避风切变或者低空乱流对飞行安全的影响，只能在机场周边盘旋，等待绕航指挥在确认气象报告后，给他们指令在合适的时机进行降落。

一圈、两圈、三圈……直到宁佳书肉眼都可见地上的跑道全部清理干净后，落地的指令才姗姗来迟。

天气报告上显示地面最新的天气状况还是算不上好，但刚刚的盘旋已经快要耗空他们的油箱，再不降落，恐怕很难找到更合适的时机了。

霍钦并没有要接管飞机的意思，他告诉宁佳书："你来操作落地。"

这是宁佳书进入申航后第一次遇到这样的机会，听完终端气象信息报告，视野中，地面亮起提高跑道视程的跑道灯，整条跑道一片灯火通明。

宁佳书的肾上腺素已经完全飙升起来，飞机降落更多靠的是感觉，而不是生硬冰冷的数据，她左手控制油门，右手抓紧驾驶盘，开始降落。

就在即将到达跑道上空时，一阵异变陡生，风切变以迅雷不及掩耳之势来了。

"7397，风切变警告！机场中央风向210度，风速30节。"

风切变是所有飞行员都最讨厌的一种天气现象，指在一定区域内风速和风向突然改变。

着陆时遭遇低空风切变，倘若失速，高度却不够飞行员改出，后果是非常可怕的。

静风的一瞬，飞机直接损失了三十节的速度，驾驶舱"Windshear"的警报声响起，二副在后排直接吓傻了。

宁佳书也没料到，事发顷刻之间，她的反应堪称迅捷。

这种情况宁佳书在模拟机上遇到过不止十次八次，第一时间按下TOGA电门，油门推到头，抬头跟指引，改出后按程序执行，听着霍钦给她重新报告速度、高度和升降率。

"我得复飞。"如果在模拟机上，宁佳书也就冒着危险修正着陆了，她觉得自己有把握，可是这不是模拟机，她要对机上一百多位乘客负责，也不想又在霍钦心中落下一个冒进、胆大妄为的印象。

跟塔台确认完标准复飞程序，几经修正后，再三跟机场 ATTS 确认了不会再有风切变，她才再次准备着陆。

好在这一次确实没再发生变故，只是侧风依旧很大，在降落时，她能感觉到有一股细微的力量同时施加在驾驶盘上，那是霍钦在帮她做微小的修正。

最关键的时刻，霍钦没有接管飞机，这代表他相信她。而现在，他在让宁佳书顺着他的操纵去感受如何真正地驾驶一架 A330。

侧风中，飞机平稳落地，连跑道的中线都对标得整整齐齐，堪称一次完美的降落。

宁佳书和霍钦在机舱口目送下机的旅客消失在廊桥尽头。

那些旅客中有小情侣，有夫妻，也有老人和小孩，他们知道降落中有一些颠簸，却并不清楚航班曾遭遇什么样的危机。他们说着话，也会有人朝他们的方向投以好奇的目光和微笑，偶尔还会有一句“辛苦了”。

他们说着“再见”，挥手回报。

人原来是在各种经历中得以成长的。

原来，他们的责任，也是守护每一个家庭的安宁与幸福。

待到最后一位乘客下机，宁佳书松开一粒制服的风纪扣，长舒一口气，趁人不备悄悄从背后触碰到霍钦的指尖，将他的手掌抓紧。

“机长，您的副驾今天表现怎么样？”

“太嘚瑟，尾巴都翘起来了。”霍钦点评。

“哼，没劲。”宁佳书松手，移开眼，松开的力道却又被霍钦抓紧，他把人拉回来在她头顶拍了拍。

“但是今天允许你骄傲两个小时。”

下一段返程是两个小时以后。

宁佳书的嘴角终于无声地扬起来。

03

宁佳书这一趟航班刚刚回到浦东落地，就接到了来自上级的通知，让她到单位对外宣传部去一趟。

申航对外宣传部在准备年末的典藏版航机杂志。

正赶上企业扩张期，听说这次上面拨款大手笔得很，每本杂志封面和封底都要用200克的铜版纸，内页120克高级哑光纸，连印刷册数都要比平时的月刊多两倍，整整八万册。

这是申航的老传统了，年底十二月刊登的封面人物，一般就是申航新一年的年度形象大使。形象大使的照片会反复在申航网站首页、各大机场，还有申航所有的播音、空客飞机上循环播放。

公司去年的宣传片主角，是霍钦。

民航运输已经成为现代大多数人出行避不开的交通方式，毫不夸张地讲，登上杂志年末这一期，一整年的出镜率不亚于娱乐圈那些三线开外的小明星。

搞不好哪天工作腻了，转行还能去娱乐圈遛遛弯。这不是夸大其词，申航过去十年来的年度形象大使，有两位进了娱乐圈的，其中一位还是正当红的小花旦来着。

这个封面人物宣传部内部会议原本属意任可雅，毕竟申航新年打算扩收女飞，正好起到一个正面宣传作用，可后来不知道是谁说了一句："女飞的话，飞行技术六部那个不是更漂亮吗？"

"可那毕竟不是咱们申航培养出来的。"

话音未落立刻就有人反驳他："徐组长说的这是什么话，难道我们这些云航并过来的就是二等申航人不成？"

徐组长一听这话就明白，坏了，他讲错了。

本来人人都清楚，任可雅的爸爸在申航是高层领导，选择时也都更倾向她，可这两家合并的问题一出，氛围立刻微妙起来。

云航并入申航才一年，正是收买人心、增强向心力的时候，在座还有不少原来就是在云航搞外宣的，这时候顶着压力定下各方面资历尚有不足的任可雅，岂不是坐实了云航是二等申航人的流言？

座首部长心中一阵暗恨，连飞那组长一阵眼刀，这才按下众人议论发话。

“那就投票决定，把各个部门推荐上来的人选都放在备选名单里，徐组长你来唱票。”

……

这阵风波的结果就是，拍摄封面人物的机会阴差阳错地落到了宁佳书身上。

宁佳书这两年虽然沉淀不少，没有从前那般张扬了，但也不会错过这种白送上门来的出风头机会。

更何况，她做了今年的封面人物，也算走过和霍钦一样的路，以后和他的照片并排放在档案室和宣传书架上，不就更证明他们是天造地设的一对儿吗？

而且宣传片拍摄最长不超过三天，不耽误工作。做员工的最怕领导记不住，工作做得再好，也要多在领导面前刷刷存在感。当了申航年度形象大使，估计以后有好机会领导也能先想到她，绝对是大好事。

拍摄时间安排在宁佳书第三次轮休的时候，碰巧何西这天也休息，听见这么一件大好事落在她头上，看她的眼睛都绿了，盯得宁佳书浑身发毛。

“你再看，我要怀疑你爱上我了。”

“我为申航奉献那么多年，就轮上个月刊拍拍，你才来申航多久啊，这么点儿资历就让你上重点年刊，宁佳书，我严重怀疑你搞裙带关系。”

“少来，霍钦是什么人你又不是不清楚。”

“我从前是很清楚，但现在不确定了！”

霍钦家里的背景何西知道一点儿，这种巨型跨国企业，上头人随便发句话，拿个月刊封面是轻而易举的事，保不齐宁佳书这个心机女不择手段搞了什么幺蛾子。毕竟自古就不缺什么“烽火戏诸侯”“冲冠一怒为红颜”，这些顶天立地的男人被祸害精迷昏头的例子。

她从前也坚信霍钦是朵遥不可及的“高岭之花”，但最后不还是被宁佳书染指了？见识过霍钦对宁佳书的容忍度后，她就坚信世界上根本没有不会色令智昏的男人。

如果有，那就是他还没遇到那个令他神魂颠倒的小妖精。

宁佳书最见不得有人败坏霍钦的声誉：“别扯，他压根儿还不知道这件事，至于为什么落在我头上……”她指了指自己的脸，“看看它你还没点儿数吗？咱们公司还没拍过封面的乘务里，你可以随便挑几个，拿我的脸和她们比一下。”

何西：“那倒是，论脸皮厚度她们都比不过你。”

不管众人如何惊讶，反正宁佳书自己是挺自在的，拍照前调整了一个星期的饮食和作息，又加大运动量稍微减脂，还做了次贵妇级全身 SPA，把自己的美丽武装到指甲。

这种兴致勃勃一直持续到拍摄那天早上，宁佳书才进机库，抬头就是一惊。

对面穿了整套申航制服的人里竟然有夏图南！化妆师已经替他化好了妆，明显是也要参加拍摄的。

宁佳书回头睁大眼睛低声问道：“不是说是我的单人封吗？”

“杂志确实是单人封，不是还有宣传片吗？外宣部想来想去，一个人拍宣传片太单调了，就给你加了几个小伙伴。别担心，还是你的 C 位，他们镜头不多。”工作人员解释。

这压根不是镜头多不多的问题啊，问题是在夏图南的死亡注视下，她还能好好表现吗？

尤其这个人还顶着一张前男友脸。

化妆师瞧宁佳书的脸色像吞了苦瓜，奇怪道：“怎么了，哪里不舒服？”

“就是紧张。”宁佳书不愿多谈，闭眼仰头方便化妆师往自己下巴上扫粉修容。

回国后，这么长时间宁佳书没给季培风打过电话，只在飞机落地后寄过一些鼓励的书籍和明信片。宁佳书不是全然心安理得，也尝试弥补自己的过错，她愿意付出许多代价为自己的错误埋单，但这些代价中不包括爱情，因为这东西根本不受人的主观控制。

宁佳书相信季培风这样聪明的人已经读懂了她的拒绝。但季培风能懂，不代表夏图南也能啊！这个疯子从前可是想过开车把她撞死的！

这次拍摄，是飞完洛杉矶后两人第一次见面，夏图南从一开始就用冰冷漠然的眼神注视着宁佳书——回国前，他对宁佳书说的话，她一句也没听进去，哪句也没执行。

飞机是机库里的真飞机，其他背景像蓝天白云就全靠后期抠图了。

打光灯落下来，有些烫脸，不知是夏图南的目光太灼人，还是打光灯的温度本来就这么高。

宁佳书尽量平静心情，不往夏图南的方向看，听着摄影师的指挥在飞机前摆拍。

她今天穿的是被业内评为最佳制服的申航飞行员春季套装，女飞的制服又和男飞的制服在细节上稍稍有些不同，比如腰摆处的收拢设计、窄领带、领扣暗纹……笔直挺括的同时也彰显了女性优美的曲线。

造型是高马尾，耳鬓处微微掉下来一两缕碎发，从领口露出纤长的脖颈。

她五官精致，皮肤胜雪，不用多余的浓妆修饰，连唇色都只用了最浅的豆沙红，胸口别上飞行员徽章，左手臂弯抱着檐帽，右手插进制服裤兜，看上去英姿飒爽，神采飞扬。

一连拍了几轮，摄影师才高兴地喊了结束。

他招来宁佳书道：“你瞧，拍得是真的挺好的，可惜杂志只用一组就够了，其他就留给你做纪念吧，反正也不用怎么修。你喜欢拍照吗？你长得这么漂亮，生来就是吃这碗饭的，整天待在冷冰冰的驾驶舱里，是不是太可惜了？想过接商单做模特没有？我敢打赌一定有很多人抢着拍你……”

“摄影老师，驾驶舱不冷，还挺热的。”宁佳书礼貌地谢绝了摄影师的诱惑，一转身，又感受到那股阴寒的冷意袭来。

宁佳书本来就不是能忍的性子，她再也沉不住气，当下走到夏图南身边回视他，沉声道：“我想好了，杀人不过头点地，你有什么直接冲我来，但是就算你再恨我，我也无法满足你的要求。我承认是我对不起季培风，但我们之间已经没有感情了。如果按你的要求来，我对不起的人就变成霍钦了，有哪个男人能忍受女朋友跟别的男人牵扯不清？到时候情况只会更糟糕，我做不到伤害更多的人来寻求自己心灵的安宁，这对谁都不公平。”

“没有感情？你能拍着胸脯说季培风对你已经没了感情？”

“可感情是双向的，”宁佳书急了，“以让他好起来为目的，继续和他相处，那不是欺骗吗？万一以后我离开，他的情况更糟糕怎么办？难道我得一辈子和他捆绑在一起吗？”

“那也是你活该。”夏图南的声音彻底沉下来。

宁佳书被他瞬间爆发的语气吓了一跳，过了许久，才听他在整理情绪过后道：“相信我，没有比现在更糟糕的了。”

宁佳书的人生是一往无前的坦途，在此之前，她从未想过自己有一天会陷入这样两难的境地。

如果人生可以重来一次，她发誓，她再也不会这样儿戏地对待感情，当年街坊们的闲言碎语，竟然真的一语成谶。

04

霍钦结束新的航程，一下飞机，就发现整个世界好像忽然一下子都认识宁佳书了。

具体表现在，他无论是上申航论坛，还是进入工作号微信群，“宁佳书”这个名字在短时间内都频繁地出现在别人的谈话中。

除去工作需要，霍钦平日里不太爱在群里说话，这回见他们聊到宁佳书，他才发言。一出声，立刻有人回复他：“不会吧，霍机长，你女朋友呢，申航选了她做年底最后一刊的封面人物你都不知道？”

霍钦茫然，他确实不知道，宁佳书也没告诉他啊。

日子刚刚进入十月，离十二月底封出来还差两个月，不过公司内部已经开始流传年底巨献的宣传片拍摄花絮。

乘务机长们整天在天上飞来飞去，既不能玩儿手机也不可以打游戏，不就只能讲讲八卦了吗？而且申航做企业文化刊十年来，每年只一位年度明星，自然是讨论热门。尤其是去年和今年这对先后上年度封面的男女还是情侣，消息一传开，话题就更有爆点了。

事实上，宁佳书是特意没跟霍钦说这事儿的，她也有自己的私心。

坦白讲，她会参加这个拍摄，大部分原因是霍钦。

申航是员工多达几万人的国际大企业，作为上一年度的申航之花、万众瞩目的明星机长霍钦，自从公开与宁佳书成双入对后，背地里吐槽她的人简直不要太多，宁佳书自己就在飞机后厨房偶然听到过好几次。

为什么招人恨，同为女人的她闭着眼睛也能猜到。

无非是她这个不知道从哪个旮旯里冒出来的、风评不怎么样的女人手段高超，才来公司一年半，就把申航颜值门面担当撬了，让申航那么多大美女情何以堪？

不少人背地里哀叹，好男人的终极归宿果然都是徒有其表的心机女孩。

宁佳书不爱与背后论人长短的人争辩，聪明人需要为自己的优秀一一向凡人解释吗？

不需要，她只需要证明自己的光环是天生的就够了。

她铆足了劲儿工作，在机长们面前努力表现，力争每次的起飞落地机会，等的就是这一天，无须解释，所有人都明白她足以与他相配。

到时候，等霍钦发现自己的女朋友登上封面，她再轻飘飘地告诉他：一个小封面而已，算什么了不得的大事，也值得一提？这样听上去岂不更淡然，更有排面？

就像从不肯把自己高中时曾经暗恋霍钦的事实讲出来一样，宁佳书有时也会这么傲娇别扭。

宁佳书跟霍钦同居的时间越来越长，回楼下的时间越来越少。讲真的，住楼上可比楼下舒服得多。

霍钦的家里常年干净到一尘不染，冰箱里塞满了她喜欢的食物、水果。

上班前一片狼藉的化妆台，回家后霍钦已经按粉底和口红的色号摆得像专柜展台，衣橱里的衬衫和长裤叠好，裙子、外套按季节和颜色收拾得整整齐齐，活像是养了个男版田螺姑娘。住过这样的屋子，谁还想回楼下跟提前步入中年，每天吃零食、快餐、外卖的佛系乘务长合住？

虽说她上次请了专业除蟑螂的清洁公司，但谁知道他们究竟有没有把蟑螂斩尽杀绝？况且客厅沙发底下那些何西的零食碎屑简直就是蟑螂的温床培养皿，只要还有蟑螂卵，这东西简直是春风吹又生。宁佳书一想到夜里可能有蟑螂从自己的床铺和沙发上爬过，屁股就再也坐不下去了。

不过尽管人是住一处了，但两个民航飞行员在一起的时间其实还是聚少离多，她和霍钦最常飞的都是国际航线，想要跟普通情侣一样每天朝夕相对，简直是奢望。

宁佳书拍完封面，足足又等了两周，才等到霍钦从罗马返航落地。

门一关，干渴的肌肤像平原上燃烧起来、一发不可收拾的野火。两个人从公寓玄关吻到卧室，领带、高跟鞋、衬裙落了一地，如同未经打扫的激烈战场。

一番骤雨初歇，霍钦扶着宁佳书的腰肢躺下来，稍微平复急促的呼吸，轻声问她："怎么没跟我说？"

宁佳书把脸埋在他的颈窝里，白茫茫的脑子反应了两秒钟，问道："说什么？"

"拍封面的事儿，我是从别人那里听到的。"

他的声音还是跟往日一样低沉好听，但宁佳书了解他就像了解自己一样，隐约听出他的在意。

宁佳书愣了愣，早早儿想好的回答竟然没派上用场，话到嘴边换了一种说法："我想等你看见封面，再给你一个惊喜嘛。等到明年，你就能随时在申航循环播放的宣传片里看见我了，开不开心？"

宁佳书想让谁高兴起来，绝对有一百种讨好的办法。

就像眼下，霍钦所有的介怀在女友话音落下的瞬间烟消云散，甚至有点儿开心。她伸手从床头柜上摸到口红，重新擦一遍，趁机爬上来，咬了他的喉结一口。

霍钦身体骤然绷紧，睫毛抖动，连掌心都滚烫起来。

进卧室前，宁佳书就故意把正红色的唇釉抹得男人下巴、脖颈、胸口到处都是，现下虽然被蹭模糊了，但绯红色越发衬得他肌肤如玉，回想他平日穿制服清冷禁欲的神仙样子，眼下喉结上一个鲜红的唇印便越发动人起来。

午间，宁佳书心满意足地洗了澡，换了衣服下楼搬衣服，才发现何西也回来了。

她披头散发，一边看《蓝色生死恋》一边抹泪，捏成团的抽纸、薯片和啤酒罐摆了一地。

她自从和夏图南有了点儿首尾之后，就好久没有这么颓丧了。前不久还念叨着要上进、要减肥，天天在阳台上练弹舌法语，好不容易坚持一段时间，竟然又变得堕落起来。

“这哪年的片子，高中时候你不就看了百十遍了吗？”

“恩熙真的好可怜，”何西又抽了一张纸擦鼻涕，边擦边说，“她和哥哥相爱，却永远不可能在一起。”

宁佳书实在搞不懂何西怎么能对着一部剧情早已滚瓜烂熟的片子一遍遍痛哭：“反正最后都死了，在天上那也算一对儿。”

她嫌恶地避开脚边的鼻涕纸，踢了易拉罐一脚，在瞧见地毯缝隙里的头皮屑一般的零食碎屑后，再也忍不住，立刻爆发起来：“何西！

“给你五分钟马上把这里收拾干净，我看你是真想和蟑螂住一个屋檐底下。”

何西瞥着宁佳书被滋润过的春风得意的眉眼，慢吞吞地吐槽：“反正这间公寓不就是你往楼上爬的跳板吗？你现在都成功了，又不住这儿，干不干净有什么区别？”

“你到底哪根筋搭错了，不是你自己说的，马上乘务长复训了要减肥，现在又是在做什么？”

说到这一句，何西嚼东西的嘴顿住，竟真的哭起来。

不同于看剧时流于表面的假哭，这次她是真伤心。

“佳书！你说我怎么这么倒霉啊，快三十岁的人了，做什么什么不成，工资涨不了，减肥没毅力，生活一团糟，喜欢的男人还不喜欢我……”

“夏图南？”宁佳书一下子抓住重点，问道，“你们之前不还挺好的吗？”

“那是从前不熟悉的时候，现在熟悉了，就不喜欢了。”何西一边哭一边抱怨，“你说我从前干吗谈那么多恋爱，慎重点儿不行吗？都怪肖潇那个贱女人多嘴，现在他知道我情史丰富，以为我是和你差不多的渣女，态度比刚认识时候还冷淡。”

何西说的肖潇，宁佳书认识，是公司里未来十年和何西竞争主任乘务长的死对头。两个人不对付已久，不是她俩塑料姐妹花这种假不对付，何西和肖潇是真不对付。

宁佳书挑眉：“你讲清楚点儿，什么叫和我差不多的渣女？关我什么事，怎么还扯我身上来了？”

“你对他哥哥那样儿，他能对你有好印象吗？人家都说近朱者赤，近墨者黑，我和你从高中玩到现在，他可不以为我是和你一样的人？早知道我就装作不认识你了，你说你干吗搬来和我住……我虽然是谈了那么多恋爱，可每次都是被人甩啊，明明我每次都那么认真。”

这下她连纸巾都懒得抽，直接用袖口抹掉汹涌的眼泪鼻涕，扳着手指头数：“初恋嫌我不会解二元一次方程，第二任说我太黏人，第三任怪我总给他那些妹妹摆脸子……渣的明明是他们，怎么能怪我？”

虽然朋友哭得那么惨，但宁佳书不知道为什么，有一瞬间竟然被何西哭诉的内容逗得想笑，想想她也是受自己连累，才好不容易把笑意按下去，哄道：“别哭了，你要是真那么喜欢他，我去和他解释。”

“可千万别，别火上浇油了，他那么讨厌你，说不定你越解释他越在意。”何西把眼泪抹干净，“我也想通了，不就是一个男人吗？我这样的大美女还需要追着别人跑？我才不要那么卑微。”

“你再这么吃下去，说不定还真得这么卑微。不知道最近申航裁人的体重标准升了没有……你知道你下巴比上个星期我见你的时候圆了多少吗？”宁佳书叹气。

“你骗我的吧？怎么可能这么明显？”何西惊疑道。

“你看一眼镜子就明白的事情，我用得着说假话？”她轻嗤。

话音未落，只听何西一声尖叫，爬起来就往洗手间的镜子前跑。

宁佳书表现得挺不在意，事实上，她心里还是有点儿愧疚的。

如果她没有到申航来，说不定这两人还真能成一对，何西其实没有她自己说的那么糟糕，怎么着也年纪轻轻就当了申航的乘务长。

何西的外表看上去是很不容易被追到的类型，其实一恋爱就容易成恋爱脑，男朋友很容易变渣男。找个靠谱的男朋友不容易，夏图南瞧起来倒是个好的人选，从前看他们相处得也挺好，谁知道被自己连累了。

督促着何西打扫卫生到下午，直到每一块木地板缝隙之间都擦得光洁发亮，宁佳书才大发善心放过她。

“你多动动，卡路里也消耗了，房间也干净了。也就咱们认识得早，换别人，她们求我，我都懒得劝呢。天底下的女人除了我，岂不都是越胖越好。”

何西气喘吁吁呈“大”字形平躺在地板上吼：“快滚。”

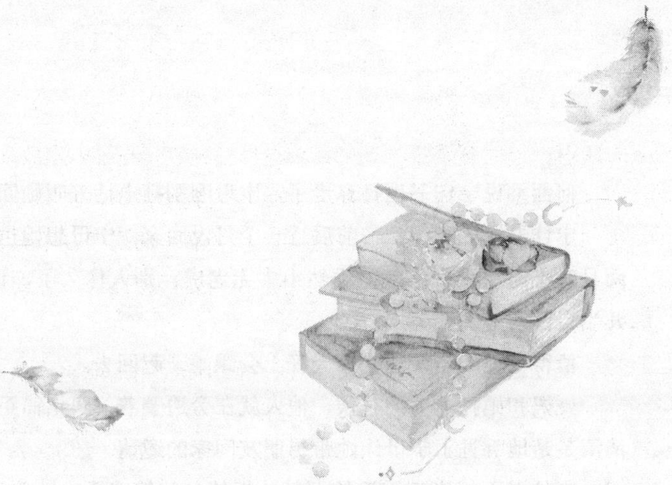

第四章

我热爱我的职业，我有身为飞行员的职业精神。

01

何西不说宁佳书也打算走了，宁母刚刚打电话来叫她回去吃晚饭。

宁佳书这段时间忙，前后近一个月没回家，宁母想她也是正常的。而且时不时得回去一趟，不然山中无老虎，别人住久了，说不定把那儿当自己的房子。

值得一提的是，霍钦今天晚上会跟她一起回去。

她妈和她打电话的时候，他人就在旁边躺着，跟话筒距离那么近，清清楚楚地听见了宁母让她带男朋友回家的邀请。

宁佳书不好当着霍钦的面替他拒绝，就答应了。她总觉得霍钦挺在意这些的，两人的感情好不容易安定下来，她不想再起波澜，心说不就回家吃个饭嘛。

和女朋友的妈妈第一次见面，霍钦还特意在楼下剪了头发。

宁佳书无奈："就是吃个便饭，你不剪头发也很帅，之前那个长度最好了。"

"长辈都喜欢短一点儿的，比较精神，上次在楼梯间匆匆忙忙碰面，留下的印象不太好，这次得补回来。"

光明磊落的霍钦平生一大遗憾，就是第一次在女友家过夜，被迫躲来躲去，竟然还在楼梯间和长辈碰个正着。

上车之后，宁佳书又在后备厢发现一堆礼物，他给她家每个成员都准备了。

"什么时候买的？"她吃惊地问道。

"你盯着何西做家务那会儿。"

论周全和稳重，宁佳书是一辈子也比不上这个人了。她坐上副驾驶位碎碎念："我妈和弟弟也就算了，你给其他人也带，也太给他们面子了，我都没礼物呢。"

"从前送的不是把柜子都堆满了吗？你还嫌弃我眼光不好。"霍钦侧过身帮她系好安全带，又道，"别多想了，就是礼貌，第一次上门，我总不能空手吧。再说，他们的礼物是一下午匆忙买好的，怎么能和送你的礼物比？”

那倒是，霍钦送给她的东西都很用心。

这话总算让宁佳书心中熨帖许多，她高高兴兴地亲了一下他的嘴角：“还是你对我最好。”

宁佳书从小在街坊邻居的注视中长大，十几岁起砸她家玻璃、给她递情书的男孩子就能排成一个班了，可众人还是第一次见她主动带人回来。

车停在楼下十几分钟，街头巷尾众人的闲言碎语已经传了一圈——宁家那个女儿带男朋友回来见父母了，生得十分标致，是个大帅哥！

就连隔壁的黄阿姨都在门口探头探脑的，想来一睹霍钦的“芳容”，被宁佳书三两句打发走了，毫不客气地关了门。

这一个晚上，大概是宁母这几个月来最开心的日子，佳书带男朋友回家了！

宁母最了解自己的女儿是怎样说一不二的性格，从前佳书跟她坦言自己不愿意结婚的时候，她险些把肠子都愁断了。宁母是传统家庭里长大的女人，无论如何都想象不到，女人不结婚下半生要怎么过。她经过几番心理建设，好不容易做好了佳书会继续游戏人生的心理准备，谁知她竟忽然愿意带男朋友回家，这还不够令人开心的吗？

整个下午，宁母把孩子哄睡就开始准备饭菜。

直到所有的拿手菜都做了一遍，餐桌再也摆不下多余的盘子，她才罢手，着手收拾厨房。

宁母开心，有的人却开心不起来。

罗图自从流产后，整个人性情大变。宋博闻倒是帮忙找到了孩子的父亲，可惜那人只是个普通暴发户二代，游离在他们的圈子最外围，和宋博闻出身的阶层相差很远，也和罗图心里的目标差得很远。

再者，那人有订过婚的未婚妻，虽然没过门，但家境比他还好些，男人父母才听说他在外头闯了祸，搞大了别的女孩的肚子，便立刻找上门来，一番疾言厉色的威胁后让罗图自己开价。

罗图此前的人生还从未受过这样的侮辱，加之她本来也看不上那暴发户的浑蛋儿子，当即放狠话把来解决问题的人赶走了。后边还是罗父自己去找人拿了钱，三十来万签合约封口，了结了这件事。

罗图本来就不是一个擅于从自己身上找不足的人，先是怪罗父没骨气，后来听说宋博闻回京，又把所有的过错推到他的身上，怪他不怀好意，怪他让自己见识过新的世界，又重新把自己打入凡尘。

当然，这一切的罪魁祸首，还是宁佳书。如果不是为了宁佳书，宋博闻就不会接近她，他们之间根本不会有交集，她全然忘了当初宁佳书一遍又一遍提醒警告她的事。

她才刚毕业，人生已经被弄得一团糟，流产在家休养身体，宁佳书却好像一切都没发生过一样，还带了新男朋友回家，这让她怎么开心得起来？

到了吃饭的时候，宁母喊了罗图好几遍，她也没下楼，直到众人都吃完了饭，才摸进厨房找吃的。

大概是对剩菜有意见，罗图打开冰箱就开始摔摔砸砸。宁母在一旁洗碗，赶紧上前来帮她热菜。宁母是逆来顺受的性子，平日里罗图在家发脾气，她能理解罗图心情不好，也就忍了，但今天是佳书男朋友第一次来家里，怎么也不能给人留下坏印象。

眼看罗图的动作越来越大声，杯子都被磕出了个缺口，宁母忍不住劝道：“图图，轻一点儿，家里有客人呢，你这样会让佳书男朋友误会的。”

“误会什么？反正宁佳书的男人不是一个个都对她死心塌地的吗？有什么好怕的？”罗图偏不让宁佳书好过，找到理由发作，越发放大声音。

“佳书是你姐姐，你怎么能这么瞎说她！”宁母听见这话，连嘴唇都气得发白了。

骂她可以，但骂佳书不行。宁母眼中有泪光泛起来，她待罗图那么好，几乎把她当作自己的亲女儿看待，可她一点儿顾忌也没有就这样乱说话，让旁人听到，会把佳书想成什么样？佳书好不容易认真谈一次恋爱！

霍钦在客厅哄宁佳书刚刚睡醒的弟弟，一回生二回熟，上次摇了他一夜，这小子对他好像还有点儿印象。

听见厨房里传来碗碟落地的动静，霍钦回过头，里间传来的争执声很大，罗图的每个字他都能清晰地收入耳朵里。

霍钦听得皱眉，起身，目光朝佳书瞧去。

她一言不发，神情平静地抱着手臂倚在厨房门外，眉梢挑起来。

“……我哪句瞎说了？要不是因为她认识那些不三不四的人，我会变成现在这样？她算哪门子的姐姐？你自己问问她，她有没有像对家人一样对待过我？她除了欺负我，把我当跟班，还做过什么像姐姐的事？”

“别再胡说了！”

宁母都气得浑身发抖了，她抬起手来，“啪”地给了罗图一巴掌。

罗图捂着偏向一边的侧脸，半晌没有回神。

她万万没有想到宁母会打她，在这个家庭里永远是和事佬、受气包一样的宁母，竟然打了她！

“你敢打我！我妈都没有打过我，你竟然敢……”下一秒，她发出刺耳的尖叫，“爸——”

罗父这下再也不能在楼上装死，只得从房间下楼，边走边劝：“家里还有客人呢，你们俩吵什么吵，不嫌丢人，有什么话不能好好说……”

罗图捂着脸眼中充满愤恨，她指着宁母，情绪失控般崩溃得彻底：“她打我，你管不管？你还是不是我爸！”

罗父被吵得头疼，看清女儿手掌底下露出的红印，也来了气，回头对宁母骂道：“你搞什么鬼，打孩子干吗？我自己的女儿我自己管教，轮得着你来打，吃饱了撑的——”

“你……你……”

宁母指着他，身体摇摇晃晃的，险些站不稳，她本身就是不擅言辞的人，每每争执吵架都落下风，往往耳朵脖子气得发红，也憋不出一句话来。

宁佳书在后边摇头，终于插话：“我妈打她，是因为她该打。”每当这个时刻，她就格外庆幸自己没有遗传到宁母三棍子打不出个屁的性格。宁佳书天生伶牙俐齿，表达能力和宁父是一脉相承。

“您到现在还没有意识吗？罗图会变成今天这种不知好歹的样子，完全就是因为小时候被打得太少了。”

“你闭嘴！”

罗父的怒火完全被勾起来，他最恨宁佳书这副居高临下、目无尊长的样子，顾及有人在，他沉了两次气才开口：“佳书，你是个小辈，你别来中间拨火。”

“我不说话能怎么办呢？”宁佳书脸上的笑容似嘲笑，又似讥讽，“今天是我第一次带男朋友回家，罗图跳出来找事，我妈这么好性子的人都忍不下去了，我还不帮她，难道要眼睁睁地看着她被你们父女俩委屈死？”

“你说话讲点儿道理！别胡说八道，我什么时候委屈她了？”

“我妈奔五十的人了，每天洗衣服、做三餐、打扫卫生、换尿片，带弟弟哄弟弟，连弟弟生病都是一个人送医院。哦，还得忍受你这个找不着工作，整天待在家里依然十指不沾阳春水的巨婴女儿发脾气。叔叔，您说没委屈，您是拿钱养家了，还是帮忙带孩子了？她是穿你的，还是住你的，要给你们父女俩做住家保姆？”

在外人面前揭开这块遮羞布，罗父完全恼羞成怒，额头青筋毕露：“好，好，很好，我忍你不是一天两天了。既然你不知道什么叫尊重，今天就让我替你爸教教你，怎么跟长辈说话——”

他的手高高扬起来。

霍钦脸色一变，三步并作两步上前去，没等到跟前，那巴掌已经被宁佳书抬手截住。

她身形纤瘦，看不出来竟能挡下一个成年男性的巴掌，还恶狠狠地甩了回去：“叔叔，你刚才的话原封还给你，我爸还没死，轮不着你来教训我。”

这回话音落下，霍钦已经挡到她面前，怀里还抱着没来得及扔下的小孩，把宁佳书护在身后。

罗父怒道：“不关你的事，你让开。”

霍钦不为所动，他高大挺拔的身形光是站直就很有气势，皱眉低头凝视罗父，一字一句问他：“恕我直言，要我让开，您难道是打算当着我的面打我女朋友？”

霍钦是真的感到生气了，他知道宁佳书和继父继妹的关系不怎么样，但是没想糟糕到这样随时能动手的地步。

罗父动她不得，只能隔着霍钦扬声道：“宁佳书，你平心而论，你妈妈嫁给我这么多年，我对你怎么样，你是怎么对罗图的，她被你害得还不够惨吗？”

他爆发起来，终于说出心中积压已久的真心话，这件事在他看来，完全是这个继女的错，要不是因为她，罗图根本不可能和那帮浑蛋认识。

宁佳书却像是听见了什么天大的笑话，感觉荒谬之极，完全忍不住内心的鄙视：“你们父女俩真的不可理喻，同学聚会是罗图求我带她去的。我不止一遍地警告过她，也提醒过你，不要和那些人走得太近，她不懂自尊自爱，贪慕虚荣，从不反思自己，到头来却都成了我的错。您要我平心而论，我还想提醒您自己摸着良心说说看，什么是一家人，遇到好事想不起来，坏事儿麻烦事儿全往别人身上推，这就是您所谓的家人？”

宁佳书又转头看向罗图：“你问我算哪门子姐姐，不好意思，我可要不起你这么爱耍心眼、做小动作的妹妹。我爸就生了我一个，你说我把你当跟班，欺负你，只要你别来我面前蹦跶找存在感，谁有工夫搭理你。你这样的人，大街上见着了，我都懒得多给一个眼神。”

话到此处，她拽过宁母道：“别洗了，还洗什么碗，这些事情你一天做到晚，他们谁把你当人看了？”

02

宁佳书一通输出火力十足，再来十个也不在话下。

两个家庭的界限泾渭分明，场面也越发剑拔弩张。

父女俩怀恨在心，宁佳书内心也积怨已久，这其实不是一天两天的矛盾了。从她宁愿在外头住也不愿搬回家起，从弟弟出生，宁母鞍前马后，还要在夹缝中调和矛盾起……

她从来瞧不起宁母，就没有点儿骨气，一把年纪还只会哭哭啼啼、委曲求全。可这个女人，也是天底下最爱她的人。

宁佳书忍了这些气，只是想让她日子过得舒心些。可是现在，她忽然发现，自己的忍让退步毫无意义，宁母这样的性格只会叫人得寸进尺，让她的生存空间缩进越来越窄的格子里，她其实活得很委屈。

罗图也终于意识到事情闹大了，已经爆发危及家庭存亡的战争，心里慌了神，但还是色厉内荏故作镇定：“宁佳书，你别太过分了。”

“比过分，在场有谁及得上你？”宁佳书冷嗤，“当着我的面就敢挑衅我，欺负我妈，自己没想过后果？还是我太久没回来了，你忘了我是什么脾气，把我当活菩萨了？”

眼见罗父的拳头越攥越紧，宁佳书干脆把挡在面前的霍钦拉开，冷笑道：“怎么着，刚刚那些话我哪句说错了，叔叔，把您气成这样？”

宁佳书一言一行都在挑动他的神经，罗父原本一忍再忍的怒火再也压不下去，他的眼睛瞪得通红，拳头重重地挥过来。

然而这次，宁母直接拦住了他，她的声音像绷到极点即将被扯断的弦——

“你敢碰佳书一根手指头，我跟你拼了！”

谁也没料到这个弱小的女人会忽然爆发出那么大的力气，她把罗父往后推了五六步，直到他踉跄摔倒在地，后脑勺撞在餐厅桌角上。

罗父也没有想到宁母会如此反抗。

在这个家里，无论是说话还是做事，他才是权威，宁母一向唯唯诺诺，任劳任怨，不敢多讲半句。他爬了两次才从桌角起身，深感不可思议地质问她：“你吃错药了？”

“我没吃错药，我今天才算听见了你的真心话，一直以来，你就是这么想佳书的。我真是受够你了，佳书还是个孩子，她做错了什么，你这么恨她？我今天就要跟你离婚！”

佳书还是个孩子。

在这紧张的时刻，宁佳书和霍钦对视一秒，竟然差点儿没绷住，极力压才把嘴角的笑意压下去。

好在这么一番苦心没白费，也算终于听见了她想听见的话。

罗父威胁：“这可是你说的，你可别后悔，过后又来求我！”

一个屋檐下住这么多年，他实在太了解宁母了，她就是个没半点儿主心骨的传统家庭妇女，离了婚活不了的那种女人。他原本想着她不会把话说死，过两天给她个台阶，她就会像以往那样顺理成章地走下来。

谁料这一次，宁母的声音比他还大：“明天就去民政局，谁后悔谁是王八蛋！”

在场四个人都目瞪口呆。

这是距父母争吵离婚多年以后，宁佳书第一次听宁母爆粗口。

“你疯了？”罗父瞠目结舌。

“你才疯了！”宁母“噔噔噔”地快步上楼，拖出行李箱，把罗父的东西往里头扔，一边扔一边念叨，“现在就收拾你的东西，从这个家里出去。今天本来是多好的日子，我家佳书不欠你们的，凭什么让你们欺负她……”

箱子被一个一个地搬到楼下。

宁母嘴里念叨着，眼泪也跟着掉下来，情绪崩溃地对霍钦哭道：“实在对不起，小霍。今天你第一次正式来家里，就给你留下了糟糕的印象。都是我的错，虽然我们家家庭氛围不是很好，但佳书真的打小就是个心善的孩子……”

霍钦赶紧蹲下身把她扶起来：“没关系的，阿姨，我清楚佳书是什么样的人，不可能因为今天的事对她产生任何偏见。您不用担心。”

或许是霍钦的眼神和话语太过诚恳，让宁母收到了一点儿安慰，她擦了擦眼泪，终于强自平静下来，对女儿道：“佳书，你们先回去休息吧，这里乱糟糟一片，你们还得上班……”

宁佳书本来没打算晚上住这儿，但事情发展到现在的地步，她忽然又不想走了。

面对这样的事情就是要乘胜追击，快刀斩乱麻，留下反弹空间的那都是傻蛋。宁母好不容易又一次下定决心，她一走，要是因为那两个人认个错动摇了，就不好办了，毕竟宁母的耳根子比嫩豆腐还软。

“何西回家了，我也没带钥匙，不回去了。”宁佳书越过罗家父女往楼上走，“我先帮你收拾东西吧，一会儿顺便把客房收拾出来给霍钦睡。”

楼梯上到一半，宁佳书忽然回头，促狭地扬声道：“哦，对了，妈妈，我明天不上班，可以陪你一起去办手续。”

宁佳书不是为了一己私欲才让宁母离婚，相反，以她从不吃亏的性格，除了偶尔烦点儿，罗家父女俩在她这儿根本占不到什么便宜。

她是经过深思熟虑过后才觉得，这是一次性结束宁母后半生辛劳的最好办法。

宁母这两年憔悴的速度直追五十岁的老太太，有时宁佳书回家一趟，都能看出她的疲态。之所以一直没有花钱请保姆，就是不想让那对父女花她的钱花得那么理所当然。

等他们离了婚，宁佳书就请个育儿保姆，带带孩子，给家里做做饭，让宁母多歇歇，打扮打扮，也去和同龄人跳跳广场舞。

罗家父女对她根本就是对待二等人的态度，尤其孩子降生之后，她动辄被大呼小叫，越活越觉得连个工具人都不如。

都这个岁数的人了，不愁吃不愁穿，反正是半路夫妻，干吗非要绑一起给自己找罪受？

或许是觉得宁佳书的姿态实在太咄咄逼人，罗图当天晚上就叫车要从家里搬出去。罗父明显不情不愿，想阻止女儿打电话给搬家公司，留些转圜的余地，只可惜宁佳书一直在场盯着，他到最后也没来得及开口说什么。

他们父女俩搬进来的时候是拎包入住，八九年过去了，仿佛还是那些东西，连半辆货车厢都没填满，罗图出门前还被宁佳书喊住：“东西留下。”

“宁佳书，你不是吧，这包阿姨早送我了，你缺这一个包吗？”罗图取下臂弯里的包，有些难以置信。

那包是很多年前宁佳书花两三万块在澳洲买的，买回家觉得丑得不行，盒子都没拆就给了宁母。宁母每天除了待在厨房就是菜市场，用不上那么贵的包，就送给罗图了。

“我是不缺这个包，但只要是我的东西，你就不能带走。”

“还你就还你，得意什么。”罗图把包一扯，“哗啦”一下倒出里面的东西，扔回宁佳书面前，“一个破包而已，谁稀罕。”

天色已经晚了，宁家经此一番折腾，街坊邻居还是隐约听见了响动，从门缝里探头探脑看热闹。直到载着罗家父女俩的大货车绝尘而去，宁佳书才神清气爽地把门关上，将所有的视线隔绝在外。

一阵兵荒马乱后骤然安静，弟弟似乎是觉得求喂的时机到了，张嘴“哇哇”地号哭起来，宁母把孩子背到身上，边哄边回到厨房里给他做辅食。

霍钦帮忙收拾凌乱的客厅，打扫木地板上搬家弄出来的脚印和灰尘。

虽然好好的晚餐经历了那么一场混乱，但他并不像其他人一样充满好奇心或疑问，直到感觉宁佳书盯着他的时间太长了些，霍钦才抬起头来，漆黑的眼睛平和而安静。

“怎么了？为什么一直看我？”

“对不起。”宁佳书低头，小声道，“让你经历这些事情。”

“佳书，你不需要道歉，这本就不是你的错。”霍钦放下手上的东西说道，“你要知道，我们都是凡人，不能决定世上所有的事情的结果。”

他的语气不像在安慰她，更像在陈述一件事实。

霍钦这样的反应，多少让宁佳书觉得好受了一些。其实她觉得很丢脸，吵架时的肾上腺素降下来后，像把自己最不堪的一面展现在人面前，尤其这个人还是她在意的人。

很久以前宁佳书就认为，不和睦的家庭氛围是比贫穷更令她羞耻的事情。

别看她在外头不可一世、风头无两，事实上，她从来不对别人提起自己的家庭，认识的人通常要相处很久之后才会偶然得知，原来她是离异家庭的孩子。

宁佳书长这么大唯一羡慕过何西的地方，就是她有恩爱的父母。

霍钦第二次在宁佳书家里过夜了，但上次整夜都在哄孩子，逃跑时还匆匆忙忙，这回终于正大光明地在宁母的解说下，好好观察她从小住到大的地方。

进屋的玄关墙面处有宁佳书不同年纪长高时留下的划痕印记，二楼走廊上挂着她小学拿到的“×× 文艺比赛”“×× 歌唱大赛”奖状。

宁母甚至翻箱倒柜地找出夹着佳书婴儿时期光屁股照片的相册给霍钦打发时间。

宁佳书开始还不想给霍钦看那些自觉羞耻的童年照，后边觉得自己捂着相册的样子实在像极了那些扭捏的小女生，这才撒手，还提前给他打预防针：“不许笑啊。”

“怎么会，你不是也看过我的？”霍钦极力压下将要翘起的嘴角。

“偷笑也不准！”宁佳书打他，“别以为我看不出来你在心里笑了，婴儿长相不都是一样，两只眼睛一个鼻子，有什么好笑的。”

“佳书，就算你是女孩儿也不能这样双标，上次看我的相册的时候，你明明笑到捂着肚子说疼，现在我竟然还需要为心里没发出来的笑声向你道歉？”

……

谁也没提刚刚发生的事情。

宁母隔着厨房玻璃门，看小情侣在外头打情骂俏，忽然觉得欣慰至极，无比庆幸自己今天晚上做出的决定。

她一生都优柔寡断、瞻前顾后，没有几次决定是真正凭心选择的，可是刚刚，在那个人走出那道门后，她忽然觉得邻里的议论都没有那么重要了。

在和佳书父亲离婚之后，为了躲避世俗的眼光，她迅速躲进另一段婚姻里。可事实上，这段婚姻对她并没有想象中那么重要，她一个人也能做好所有的事情，一个可有可无的丈夫，只不过给了她一点儿聊胜于无的心理安慰。

为了这一点儿安慰，她付出的实在太多，连自己的女儿也跟着受委屈。

她一直勉强维持的和睦表象下，其实早已经千疮百孔。佳书不喜欢他们，他们也讨厌佳书，只是她一直自欺欺人不愿意看清楚。

03

半路夫妻的财产分割起来很清晰，房子在宁佳书名下，不存在争议，罗父这些年几乎没给过家用，现金上也没有纠纷，孩子还不满两岁，由宁母一把屎一把尿带大，就算闹上法庭，也只会判给母亲。

在宁佳书的监督下，这个婚很容易就离了，毫不拖泥带水。

直到亲眼看着宁母把离婚证收进抽屉，宁佳书才算有了点儿现实感，仿佛压在胸口多年的大石头一下就搬开了，连呼吸都轻盈起来。

她迫不及待地打电话问候宁父，顺便跟他分享自己最近的好心情。

不知道是不是错觉，她总觉得宁父的声音听起来比往日疲惫些。

“是不是因为弟弟夜里哭没睡好？”作为父亲的小棉袄，宁佳书殷勤地出主意，“你把孩子扔给周映，请个保姆不就行了？爸爸你这么大年纪，怎么还能跟年轻人一样不在乎自己的身体？”

“没事儿，你弟弟和周映在月子中心还没回家，保姆已经请了，过段时间就会住进来。”宁父心中欣慰，但还是出言纠正，“佳书，你这话在爸爸这里说说也就算了，被别人听到是会闹矛盾的。”

“我怕什么，”宁佳书满不在乎，“喜欢我的人不会因为我这么说两句就讨厌我，讨厌我的人我不会和他们讲话。”

“我不是在说言行，而是在说你的想法，怎么可以把责任全然扔给另一半，两个人相处这样会很容易出问题。讲到这个，爸爸听说你交男朋友了，怎么样，做什么的？是个什么样的人？你什么时候来澳洲，把他带来，爸爸帮你把把关……”

“行了行了，就是从前分手的男朋友，现在和好了。”宁佳书敷衍道，“他也是飞行员，人很好……啰嗦死了，你什么时候回来自己来看吧。”

佳书怕宁父纠缠，匆匆挂了电话，没有听到那边挂断后中年男人发出的一声喟叹。

宁父精神不济不是因为孩子，而是因为老婆。

周映最近不知道是不是产后抑郁的原因，总找借口发脾气。开始宁父理解她刚刚生产，激素忽起忽落，总是忍下来，但随着时间推移，周映不再是简单地发脾气了，每次都需要付出代价才能让她开心起来，比如产权更名，存款过户，股权让渡……

她说这样才有安全感。

宁父本来体谅她年纪比自己小，要是自己以后先走一步，多少得留给他们母子一些保障。开头的小打小闹也就签给她了，但随着周映张口要的数额越来越大，他就有些为难了。

很多东西是他从前做好打算要留给佳书的，如果他一直有求必应，周映大概率永远也得不到满足，这也根本不是正常夫妻的相处模式。想明白这点后，周映再要东西，宁父也不搭腔了，只推以后再说。

于是周映便心态失衡了，说他偏心女儿，不管儿子，每天找借口吵架，与生孩子前判若两人。

也就是她人还在月子中心，再过几天，家里还不知道会变成什么样的修罗场。宁父上一段婚姻就是在争吵中结束的，实在厌烦极了这样的氛围。可周映毕竟还没出月子，再怎么难熬也只得忍受她这脾气，告诉自己她出了月子会好的。

十二月开始，也就是申航年刊放进每一架飞机座位后方储物袋的时候，宁佳书也进入了A330放机长的资格训练。

在训练期间，局方和公司会随时考察她的能力和飞机实际运行情况，由教员带飞评估，直到宁佳书拿下机长执照，按照流程，申航用新的劳动合同聘请她为止。

每次落地，主动和宁佳书打招呼的乘客越来越多，毕竟她的大脸就印在每个座位背后的储物袋里的年刊的封面上。

就连远在昆士兰的宁父，都收到好几次国内亲友坐飞机时发来的女儿封面照片，还有采访内页。

宁父万万没想到，自己从前望女成凤，对佳书百般培养，这孩子也没成才，而在他彻底放弃奢求，撒手只希望女儿身体健康、每天开开心心生活的时候，这颗小歪苗自己把自己掰直了。

这实在是意外之喜，堪称他几个月以来最值得开心的事。

申航年刊原本不对外售卖，为表庆祝，宁父愣是找关系买了几十本，给数得过来的亲戚朋友每人发了一本。

放机长的最终考试模式仍旧是老一套的理论加模拟机，还有实际航班运行能力，最后一项在总分里占据很大比重。

理论在宁佳书这样聪明的脑瓜子看来自然不在话下，何况她还经过了霍钦的小灶猛补。模拟机只要她没有碰上像牛机长那样拖后腿的队友，想不通过也比较难。只有实际飞行让她严阵以待，毕竟负责评分的是教员和局方观察员，只要是人为考核的项目，就充满未知的变数。

当然，局方检查时间是完全不确定的，检察员也许就是某天航班中某位不起眼的乘客，在她没有注意的角落里盯着她对航班的每一个运行细节的处理。所以，想要快速通过考试，考核期的每一个工作日，她都必须打起十二万分的精神严阵以待。

S 市十二月的天气其实还不算很冷，但凌晨起床就是另外一回事了。宁佳书套上飞行夹克，拉着箱子出门前看了一眼手机，时间是凌晨四点，气温还不到五摄氏度，哈一口气吐的都是白雾。

自从宁佳书在飞行中从右座挪到左座，就再也不能做从前的甩手副驾了，连起床都比从前要早半个小时，天塌下来有机长顶着成为幻想，现在的她是整架飞机的负责人，需要比任何人都更认真地研究飞行计划、天气预报、机场环境，还有各项天气条件下的飞机操作特点。因为再遇到任何情况，没有人会提醒她，就算有……

教员在开口说话之前，小本上一定已经先把分儿扣了。

清晨六点，确定飞行计划，签派员签发放行许可单后，宁佳书召集全体机组的成员开飞行准备会，布置具体准备工作。

这一回与她搭档的，是何西的乘务组，这是宁佳书到申航后跟何西的第二次合作。

不过今天大抵是她会议开始得太早，乘务长迟到了。

宁佳书开始讲了几句，何西才匆匆忙忙到门口，领结还有点儿歪，说道："实在抱歉，路上出了一点儿意外。"

只可惜，这个时段路上不堵车也不限行，除了起晚了和动作磨蹭，实在想不出还会遇到什么意外。

果然，后方教员一个不善的眼神马上递过来。

值得一提的是，这次的教员，是位五十来岁的申航A类教员，姓吉。作为一个在申航执飞超过三十年的资深前辈，听说他飞行时除了起飞，可以全程不使用驾驶盘，仅凭油门控制、俯仰配平调整片和方向舵就能完成一次完整的飞行。

宁佳书对这个传闻的真实性充满了好奇，不过好奇归好奇，她可没胆儿让人家表演给她看，毕竟吉教员看上去就是一张别人欠他两百万的继父脸。不过嘛，她也能理解，要是教员跟学生嬉皮笑脸，考核的时候还怎么下手打分，纵观九年义务教育就知道，太平易近人的老师通常会丧失威严。

为了不踩到吉教员的雷点，她刚刚收到通知时就发动朋友打听了一圈，试图摸清老师的性情，虽然所获消息不多，但勉强够用了。

这位吉教员非常有时间观念，比起电传操纵更信任传统操纵，他的老婆是同一时期进申航的空姐，十多年前已经转到地面工作。老一代民航人里，还挺多空乘和机师组合成夫妻的，不像如今在择偶时相看两生厌。

宁佳书擅长察言观色，就在何西进门时教员看她那一眼，她已经敏锐地捕捉到教员微微的不悦。

浮躁、虚荣攀比、工作不认真、生活混乱，就像许多普通人对空乘的偏见一样，行业内也有人对部分空乘有偏见，觉得他们眼高手低，不如老一代空乘吃苦耐劳，尤其吉教员还有个优秀的老婆作对比，应该更是深有体会。

为了与教员眼中那类好逸恶劳的年轻女孩儿区分开，她特意打起十二万分的精神，这不，四点钟就起床了。

听各部门汇报完准备情况，宁佳书布置好工作，一群人走出会议室，她马上收到了何西飞过来的眼刀，伴着咬紧后槽牙的威胁：“宁佳书，你给我记住了。”

明明昨天乘电梯时，何西百般拜托过，她俩今天是同一机组，可以搭个顺风车，宁佳书当时答应得好好的，今天却自己先来了。何西快五点钟才猛然清醒，后知后觉要迟到了，下楼打了两百块钱的出租车，车上一面扑粉一边描眉，这才勉强赶上。

她倒是在教员面前装了个乖，自己却被记小本上了，何西哪能不恨？

宁佳书耸肩扬眉道：“我只说让你搭顺风车，可没说还负责你的叫醒业务。四点钟敲了你的门你还在睡觉，难不成我得等你起床，等你化完妆然后跟你一起迟到吗？”

她这招人恨的样子在说完这句话后看上去更觉欠教训了。

何西鼻子都快气歪了，说道：“又来，又来！知道你为什么招人讨厌吗？你这个人每回都这样！”

宁佳书还打算再逗逗她，远远看到霍钦从助力通道那端过来，立刻换了笑脸，挥手唤他：“机长！”

何西不屑地轻嗤，哼，两副面孔换得还挺快。

霍钦刚落地，因为是加机组回来的，在飞机上睡了四五个小时，知道宁佳书的行程，下飞机就过来这边登机口了。飞机没有延误，两人还能说上会儿话。

看着两人成双入对、耳鬓厮磨，一起进行绕机航前检查，何西狠狠地抖了抖丝巾，重新把领结系上，心里酸溜溜地挤柠檬，只盼那个继父脸教员这时候从驾驶舱出来，好好看看这对情侣怎么在工作时间公费恋爱。

手下有小乘务员瞧见她一副苦大仇深的样子，小声劝道："何姐，你还没对霍机长死心啊……"

"放屁，我早就不喜欢他了！"

那您能放过手里的果汁再说话吗……看着快要被捏爆的果汁盒，小乘务默默收回目光没敢出声。

04

乘客们陆续登机，关闭舱门后排队等待放行。

但今天的乘客运气不大好，先是前头排队的飞机出了点儿小故障，跑道处于被占用状态，后来又因为天气状况不佳，只得继续在地上排队待命。

众人在机舱内待了超过两个小时，空气开始有些混浊了，这种密闭空间内迟迟不能动弹的状态让不少人焦虑起来。气氛是会传染的，加上有婴儿哭闹，更是让不少乘客头都要炸了。

乘务们忙得团团转，又是送毯子又是倒饮料，被呼来唤去还得安抚焦躁不安的乘客们。

"小姐，能不能让那孩子别哭了……"有人拉住何西的胳膊说道。

后边很快有人附和："小孩儿家长干啥吃的，也不管管你家孩子！"

"我倒是想管，一岁不到的孩子他听得懂吗？没看我在哄了！"孩子母亲不甘示弱。

“所以你带这么大的孩子来坐十多个小时的国际长途是想干吗？吵得整个机舱的人不能睡觉呗。”

……

何西被吵得头都大了，示意底下的空姐跟孩子妈妈沟通，把孩子抱到厨房去冲奶粉，如此经济舱里才勉强安静了些。她自己则拿起话筒安抚众人：“我是本次航班的乘务长何西，请大家少安毋躁，在座位上不要走动，有什么需要可以随时按铃呼叫我们的乘务，因为航班目前遇到航空管制，还在排队中，暂时无法起飞……”

“那究竟还要等多久？”

话筒还没放下已经有人发问，何西只得赔笑：“对不起先生，这我们也不清楚，我再去帮您问问机长。”

事实上，航空公司的系统并不和空管部门系统联通，有时候连航空公司都不知道具体信息，机长也未必晓得情况。

但样子还是要做的，何西端了咖啡敲开驾驶舱的门，压低声音道：“佳书，飞机什么时候起飞啊？舱里乱得不行。”

“我也头大，这得看区调什么时候放行啊，不行的话我来跟他们说。”

宁佳书拿起机长广播，大致向机舱内的众人播报了地面情况，请求谅解。大概是机长讲话确实比乘务管用一些，机舱内的安静气氛总算又维持了四十分钟，乘务们开始发放餐食。

“谁稀罕吃你们这点儿饭啊，还能不能飞，不能就开舱门让我下去，这又不是蒸馒头等发酵。”

“对不起先生，舱门已经关上了，飞机已经具备推出、滑行起飞的条件，现在不能再下飞机。”

……

乘务们左一句抱歉右一句抱歉，腰弯得快直不起来了。

也不知是谁在混浊的空气中捕捉到煤油味，立马叫来乘务组工作人员问道：“这机舱里怎么有煤油味？”

“该不会是飞机坏了吧！”

大家你一言，我一语，变身名侦探柯南分析：“肯定是飞机出了故障，还想骗我们待在机舱里，修好才起飞！”

宁佳书第三次从驾驶舱出来跟大家解释：“大家闻到的煤油味是由于飞机由地面电源切换到 APU 辅助动力单电源供电而产生的，有味道是正常现象，大家不要慌张。”

“那天气明明好好的，怎么就不能起飞？”

“您现在看到机场的天气好，并不能代表航路上的天气一样好，实在抱歉。”

“这些空乘个个一问三不知，就会糊弄人。他们拿着工资排队倒是不着急，我们可还有事呢！”

“阿姨，飞机没推出桥口，我的机组成员都还没开始计算飞行奖金，他们和你们一样着急。”

……

宁佳书本身也不是一个脾气很好的人，为了这份工作，她可真是用尽了全部的热情和耐性，但就算这样，也总还是会有人不满意，不过这一次，发难的是头等舱的客人。

“那怎么刚刚旁边那架能飞，你就不能飞？”说话的声音从后头传来，充满厌烦和不耐烦，有人直接从座位上站了起来。

宁佳书转身看去。

这人起身之后，抱臂看过来，压迫感就更强了。

他大概二十岁出头，身高至少有一米九，金黄色短发，脖颈上挂着金链子，左臂右臂都有刺青，眉眼间带着几分暴躁的戾气，看起来就是个厉害人物。

何西凑到她耳朵边提醒：“你脾气收着点儿，我看了客户资料，这家伙是申航的 VVIP，后台硬得很，他要是投诉，咱们都得吃不了兜着走。从前有个被他投诉的 3 号，直接禁飞了五个月！”

宁佳书挥开何西的手，示意自己知道了，回头直视这位头等舱的 VVIP，为他解答：“因为他们的排序在我们之前。”

“可我搜索 SU3988 原定的起飞时间，明明排在我们之后二十分钟。”

“因为航路天气正在进行航空管制，SU3988 是 B 类机长教员，在同等天气条件下拥有优先起飞的权利……”

“而你只是个还要教员带飞的准机长，所以我就得受你牵连往后排，是这个意思吧？”男人直截了当地打断她。

宁佳书深吸一口气，咽下这句羞辱，说道：“如果您非要这样说，那事实是这样的没错，抱歉。”

这个男人能从她的肩章判断级别，知道她正在进行升机长训练，这样的乘客发难，比普通乘客更不好对付。

宁佳书脑子转得快，一瞬间就想明白了，这个人分明知道事情的真相，却还是故意向自己提问。倘若她照实回答，那就像现在一样进行级别羞辱，如果她碍于面子像敷衍普通乘客一样避重就轻，落下话柄后，他肯定会来一顿更凶猛的讽刺。

宁佳书还在揣测男人发难的目的到底是什么，就听他接着开口道：“这样的天气条件，我很担心你的飞行资质能不能胜任，如果还是不能执行起飞，麻烦你把左座让给驾驶舱那位教员。我们已经在地面待了三个小时，大家都赶时间，我比 SU3988 多花五千块买了这一趟航班，赶的就是这二十分钟。”

他刻意放大声音，一石激起千层浪，大半个客舱的乘客都跟着起哄。

“就是，一个女娃儿来开什么飞机……”

“这么年轻再回去练几年吧，这种好天气都不敢起飞，谁敢坐你的飞机。”

“搞半天人家航空管制也照飞，管不管制都是执照资质说了算！”

……

普罗大众是最容易被煽动的群体，在密闭的空间里待了那么长时间，都在想能早起飞一分钟是一分钟，现在听说滞留地面是因为实习机长资质不够，哪里还忍得住，简直群情激愤。

尤其是带头发声的还是个头等舱的、看起来很懂行、连乘务们都毕恭毕敬的乘客，有他在前头站着，大家底气也就足了，就算起哄，警察先来带走的，肯定也是他。

在声浪中，宁佳书头一次感觉到人生窘态。

她生来就是个骄傲的主儿，哪里受过这样层层叠加的质疑与打击，所有光环都在这群乘客面前失效，比起年轻、漂亮、有个性，他们更想要一个具有高等资质的机长。她所有的优势在乘客眼中，都更像是一种代表了“不安全”的劣势。

五六秒钟像过去了一个世纪那样长，宁佳书终于找回自己的声音。

“安静一下。”

没有人听见她说话，宁佳书深吸一口气，夺过何西手中的话筒道：“请大家安静。”

许是她的声音实在严肃，这一次，前排的几个人终于停止议论。

“我是本次航班的主驾驶宁佳书，是的，实习期，准机长。可我仍想告诉大家，在坐上这架飞机的主驾驶座之前，我经历了四年以上的专业学习和培训，在航校同期生中，不论是理论考试还是飞行实绩，我拿的都是第一名。和所有的男性飞行员一样，三千个小时以上的飞行经历是我工作后实打实在副驾驶座位上飞出来的，没有多计一分钟。”她每发出一个音节都圆润清晰，“如果仅仅因为性别而对飞行员的能力失去信任，那大可不必。我国去年末发布的《民航驾驶员发展评估》里，拥有航线执照的女性仅七十六人，每一位都是从男性副驾里过五关斩六将，顺利脱颖而出的。”

“今天这位乘客质疑我执照资质不够，无法执行起飞，可事实上，同等甚至更恶劣的天气条件下，我在模拟机执行过不下百次任务，我本人当然愿意起飞，只是民航局有民航局的规定，所有的条条框框只是为了最大限度保障大家的安全。所有的飞行员都是从无到有，一步步走到今天，在每位副驾戴上机长的肩章之前，比起技术的精进，你们的理解和信任同样重要。”

她这一番慷慨激昂的陈词结束，旅客的骚动终于渐渐平息了。

宁佳书面前站着的那中年男人，嘴唇嗫嚅了几下，最终什么也没说，转身回到了自己的位子上。

何西赶紧趁机叫小姐妹把剩余的乘客也安抚回座位，自己一把扯下经济舱和公务舱之间的帘子，关上门来解决这个罪魁祸首。

男人却丝毫没有引起骚乱的自觉，坐下之后，腿往椅子上一跷，说道：“他们能被三两句话搞定，不代表我也会任你忽悠。”

他的眼睛定在宁佳书的胸牌上，看清楚她的名字，说道：“宁佳书是吧，我还是那句话。

“要么，让你的教员来执行起飞；要么，我落了地就写长文投诉你。不是在转机长训练吗？可能就因为考察期的这个投诉，你的梦想便泡汤了，只能乖乖回到副驾驶位置重新熬时长，你考虑清楚。”

“你是在威胁我？”宁佳书的眼睛眯起来，瞳孔收紧。

“是又怎么样？”他挑起下巴，有一种年轻的无畏。

这一次，宁佳书直接回头告诉安全员：“通知地面警察，现在开舱门，把这个人带走。”

男人难以置信地从座位上起身：“你敢！你不怕我投诉你？！”

“怕啊，”宁佳书点头，随即又笑起来，“但是大家刚刚都听到了吧，你威胁本机主驾驶，涉嫌危害公共安全罪和暴力危及飞行安全罪，警察逮捕你并不冤枉。”

“我是申航的VIP。”

“恭喜你，VIP客户，申航黑名单替您先预订上了。”宁佳书鼓掌。

小乘务在旁边吓得瑟瑟发抖，找何西咬耳朵：“何姐，她知道这位VVIP是什么后台吗？这……这太刚了吧，万一真倒霉……您快劝劝她啊。”

“不刚就不是宁佳书了。”何西收回视线，说道，“她宁愿换家航空公司，也是要出了这口气的。”

宁佳书个子远不如这个男子，此刻气势上却是居高临下的：“如果您对本次航班有任何不满，可以在飞机落地后直接向地面投诉，选择在飞机关闭舱门起飞前对机组人员发出恐吓，就是对航空安全的威胁。我需要为飞机上每一位乘客的安全负责，就算不起飞，也必须将您这样的危险因素排除。”

说毕，她挥手告诉乘警：“带走吧。”

男人个头大，上了两个人才将他按住。尽管飞机开了舱门又回到了起飞的国际航班最新排序中，但这次没有顾客再大声抱怨了，连乘务们的工作都变得轻松起来。

好在这一次比较顺利了，不过二十分钟时间，航班被牵引到起飞跑道，成功起飞。

因为这个意外，何西倒是让教员刮目相看。她的处理很好，连中间被男人手上的戒指划到，脸颊上出现了一条小血痕也没有抱怨，坚持协助乘警把人送下飞机。

最让他吃惊的还是宁佳书，年轻的副驾通常没有足够的底气和魄力，尤其宁佳书还是个女孩，胆子倒是真的大。

飞行途中，他直接向她提问。

“他的行为严格来说算不上非常出格，又是申航的VVIP，也许我们这边还没落地，那边人就被放出来了。你不怕他报复，真的揪着你投诉，然后被暂停飞行资格吗？”

“怕。”宁佳书点头。

“但是吉教员您不是也在吗？我就放心多了，公司里都说您严厉公正，刚直不阿，肯定会站在正确的立场上为我打分，我也相信航空安全大于一切，申航会秉公处理这件事情。”

她拍了一记响亮的马屁，但吉教员听得很舒心。

“这倒是，放心吧，这次你处理得很好，等返航如果纪委部门为难你，我会尽力为你说话的。”

不过话音才落，他就又提出一道送命题让宁佳书作答：“如果下一次还出现这种情况，你怎么能确保自己正确定义航空安全威胁，而不是被羞辱后的挟私报复？”

宁佳书心跳猛地加速了一下，心想这教员看人还真准，这就瞧出她是个有仇必报的人了。

刚刚发生的事情，宁佳书虽然不能摸着自己的良心说没有一点儿私心，但她确实觉得自己的行为没任何问题。再让那个刺头乘客把节奏带下去，整个航班都会变得混乱，一旦到了天上，任何不遵守规则的行为都将变得异常可怕。

何况，没有威信的机长不是一个合格的机长，只有左座上的人最先拿出底气，拥有将航班完全掌控的信心，其他人才有安全感可言。

她组织了一下措辞，说道：“凭着责任和敬畏。我热爱我的职业，我有身为飞行员的职业精神。”

飞行检测体现在航班的方方面面，这些教员老奸巨猾，你以为人家在开玩笑，其实人家是在搞情景测试，任何临场反应都可能计入评估。

第五章

佳书从小到大最值得一提的优点，
就是眼光好。

01

宁佳书这一趟再从罗马返程，果然飞行纪委的人找来了。

对她进行了一番长达两小时的调查，两个调查员板起来的面孔活像黑面神。

隔着会议室长桌，他们翻来覆去炸油条一样问她当时的想法，让她反思自己的处理方式有没有过激，甚至连宁佳书以前的飞行细节都被一一拿出来拷问。

宁佳书每一句答案出口之前都斟酌再三，因为她所说的每一个字都会被记录在案。

她心中暗呼真是飞来横祸，按这阵仗，那流氓还真是个硬茬。不过想归想，就算时间倒流再来一次，她还是会选择开舱门把这个刺头弄下去。

出了会议室，宁佳书扯开领带和衬衫风纪扣，直接扑到霍钦怀里。

“有没有受伤？”

这是霍钦问的第一句，他的怀抱伴着松柏的冷冽香气，宁佳书才听到鼻子就是一酸，原本只有的三分委屈这下也变成七分了。

“没有，我能受伤吗？要伤也肯定是他伤得比我重。

“气死我了！这王八蛋，再让我看见他，我非找人套麻袋打得他鼻青脸肿不可。纪委部门真不是个人待的地方，你不知道，人家跟问犯人似的，连杯茶水都不给，饮水机放那儿是摆设吗？！”

……

她喋喋不休地倾吐自己的委屈，直到霍钦制止住她：“嘘——”

他示意她声音小些，长廊里有工作人员经过，脚步声越来越近。

宁佳书还揽着他的脖颈，低头就能看到她嘴巴撇得快能挂油壶，说道：“我怕什么，我又没犯错，才不受这份罪。”

“我知道，”霍钦安抚她，“先放开我好好走路。”

“我才不怕别人看见。”

霍钦脸皮薄，又不能拿她怎样，直到人走远了，才微微倾身，好让她站得更舒服些，半搂着人进电梯。

轿厢下沉，霍钦看佳书抱怨得差不多了，才试图把她长歪的想法扼杀在摇篮里：“别的也就算了，套麻袋不行，有了案底肯定是要停飞的。”

“我就嘴上说说也不行吗？！”

宁佳书一听更生气，作势要抬脚踩他，霍钦也不躲，搂着她肩膀，漆黑的眼眸看着她。宁佳书到底没踩下去，没好气地撇开头哼哼：“别犯规，长得再好看，直男直语也是要扣分的。”

宁佳书装出十分不开心，耍够了小脾气和任性，其实很享受这种什么事情一结束都有人兜底和被人等待的感觉。就像小时候放学羡慕别人有父母一起来接，她也终于享受到了一样的待遇。

只有霍钦能给她这样的感觉，也只有这段恋爱，随着时间的推移，宁佳书感到的不是厌倦而是渴望。

S市的冬天有时也会下雨，冬雨不像夏雨那样清脆，是朦朦胧胧的，带着乳白的质感。雨拍打在车窗上，发出很轻的闷响，雨雾粘连，把车外的可视范围缩得很小。

在高架上走走停停近一个小时，宁佳书意外地没有觉得不耐烦。车里开着暖气，车载音响播放的是一首英国民谣，很舒缓的小调。

霍钦开车，修长白皙的指节跟着拍子，轻轻敲打在方向盘上。

他车上从前总是收拾得干干净净，没有一点儿多余的东西，现在从抱枕到照片挂链，到处可见宁佳书的私人物品。

在这密闭而充满安全感的空间里，沉浸在温情又充实的幸福中，仿佛他们的人生已经完全交融在一处，正像这大千世界里朝九晚五的普通夫妻过的普通平凡的一天，就在丈夫接妻子下班的回家路上。

宁佳书的心忽然不知道为什么，变得很柔很软。

她一点儿也不生气了，那些不好的事情连再去回忆一遍，都是对生命和情绪的辜负和浪费。

原本打算就在外面吃饭的宁佳书忽然心血来潮，说道："不在外边吃了，我们去超市买菜吧，豆豆不是要来吗？我们请她吃火锅。"

还没等霍钦说什么，她紧接着补充道："这次我帮你。"

霍钦明智地选择把劝阻咽下去。其实他想说公寓里煮火锅会留下味道，怕她现在兴致勃勃，晚上睡觉时又嫌弃。

但看她的眼眸闪得发亮，他也就作罢了。

宁佳书还从未主动提出过要在家里吃饭。

她很讨厌使用后像战场一样凌乱的厨房，所以要么回宁母那儿吃，要么在外头吃，或者点外卖，外卖关门了那就生菜沙拉，或者用烤箱直接弄个比萨。

实在什么都没有，就饿着，反正就是不动手，要她动手她也不会。

但这样的宁佳书有一点好，宽以待人。

她不强求自己做到的事情，也绝不要求伴侣精于此道。所以和霍钦住在一起之后，他随便做点儿什么都可以，她从不挑食。

大约是第一次主动下厨实在兴奋，宁佳书看到红红绿绿的各色蔬菜，有种逛专柜买包时的快感，什么都想往推车里放。

只是她放进去了，大半又被霍钦拿出来摆回货架上，等宁佳书发现的时候，生鲜区都逛了大半了。

"你怎么又拿出来了？"她不乐意。

"佳书，我必须得提醒你，我们只有三个人，吃不了那么多。"霍钦叹了一口气，拿出一捆芹菜道，"而且，火锅不需要芹菜。"

"……那留着明天吃？"宁佳书迟疑道。

"是你不吃芹菜。"

"但好看嘛，拍照色彩多一点儿，发朋友圈好看。"

霍钦最终被她强行说服，无奈妥协，把芹菜放回推车里。

东西装了整整两大购物袋，回家时雨还没有停，宁佳书撑着伞在楼下等霍钦停车，脚边放着购物袋，忽地听见塑料袋处传来一下接一下的轻响。

她低头，原来脚边不知道什么时候来了个小家伙，脑袋一啄一啄地偷吃她购物袋里露出来的芹菜叶子。

小麻雀还没她半个巴掌大，浑身都被雨水淋湿了，瑟瑟发抖，稀疏的毛羽甚至不能将它的皮肤覆盖，浑身灰扑扑的，一看就知道是个在窝里也被排挤的小东西。它这会儿胆子倒是挺大，还敢偷吃她的东西。

宁佳书对触碰禽类生物深恶痛绝，歪着头看了几秒，把围巾绕到背后，蹲下身，本想把一整捆芹菜都扔了，但想到还没拍照发朋友圈，犹豫了几秒，把它啄过的叶子连菜茎抽出来，递到那小东西嘴边。

“吃吧吃吧，吃了这顿，不知道能不能活到明天。”

它不解地晃了晃脑袋，飞不动，便又朝她跳几步过来，继续啄菜叶子。宁佳书原想着霍钦停车得要好一会儿，谁知道不多时，就听到霍钦喊她。

“佳书！”

坏了！宁佳书想把小鸟藏在身后，但已经来不及了，她还没起身，霍钦已经走到跟前。

“你在喂这个小家伙啊！”霍钦放轻声音，接过宁佳书手里的伞，跟着她一起蹲下来看，“还是只雏鸟，羽毛没长丰满，可能是途中飞不动离群了，现在找不着巢穴了。”

“真是只笨鸟。”

“雨还得下一夜，夜里的温度接近零，到明天早上，它肯定就被冻死了。”霍钦抬头，专注漆黑的眼睛朝她看过来。

她就知道！

宁佳书心里恨不得翻白眼，但多年前自己立的爱鸟人设，跪着也要装下去，只得干巴巴地道：“是吗？那好可怜啊，我们把它带回去喂几天吧，等天气好点儿再把它放了。”

霍钦笑起来：“好。”

大帅哥的眼睛晶亮，唇红齿白，这一笑仿佛连冬雨都不那么凛冽刺骨了，身旁吹过的风都似乎温柔起来。

“真是心有灵犀，我也是这么想的。”

清理完地上掉的芹菜，霍钦拆开一个装妙脆角的纸盒，把小东西放了进去。他似乎很开心，甚至跟宁佳书回忆起了当年在澳洲宿舍里，和她一起带食堂剩饭养鸽子的事。

他不提这个还好，越提宁佳书越心虚。

霍钦喂的鸽子就是被她亲手放的绿豆撑死的。

她的记忆跟霍钦完全不是一个版本，于是“嗯嗯啊啊”地敷衍应着，眼观鼻鼻观心，待到电梯“叮”的一声响，迫不及待地抢在前边去开门。

霍钦进门，放下东西就先去洗手间拿吹风机，开暖风帮小麻雀把羽毛吹干。

小东西一点儿也不怕人，还主动把脑袋往霍钦指尖凑，谄媚的样子让宁佳书瞧着不是很顺眼。

“我们给它取个名字吧，你觉得叫什么好，佳书？”霍钦转头看她。

没几天就飞走了，还取名字呢。宁佳书心想，但还是十分敷衍地随口取了一个：“灰灰？”

“灰灰，这是佳书给你取的名字，你要记好啊。”

霍钦叮嘱着，关了吹风机，向她邀请道：“佳书，你摸摸它，它下次就记住你了。麻雀虽然脑袋小，但记忆力不错，很聪明的。”

不！宁佳书的内心充满拒绝。

她努力让自己的表情看上去自然一些，离着两步远，飞快地用指尖碰了一下小家伙近乎光秃的翅膀，硬着头皮停顿两秒，又飞快地收回手。温热的羽毛带着一点儿微凸的颗粒的触感，真是绝了，她后颈鸡皮疙瘩都起来了。

宁佳书生怕霍钦再提出什么她无法拒绝的互动，主动找事情做：“豆豆应该快到了，我先去帮你洗菜吧！”

话音才落下，门铃响起来，宁佳书心里的一块大石头落地——谢天谢地，霍钦的大侄女终于来了。

在小舅舅的考前小灶下，黄豆豆的数学成绩在高三最后两个月突飞猛进，最终考入S市一所老牌名校。

如果颜控也是一种病，那黄豆豆一定是以貌取人的“癌症晚期”。从前霍钦离他们这些小辈太远，只敢远观，现在好不容易熟起来，补习虽然是结束了，可已经贴上来的小狗皮膏药，怎么撕得掉呢？

所以她隔段时间就过来刷刷存在感，和两位长辈联络联络感情。

门一开，她乳燕归巢一般扑进宁佳书的怀抱：“小舅妈，你还是这么漂亮！我好想你呀！”

她把宁佳书抱得一愣一愣的，定了两秒，宁佳书觉得，比起和鸟儿亲密接触，她还是愿意选择抱抱香香软软的女孩子。

02

家庭真能决定一个人的性格，像黄豆豆，就完美融合了高情商和自来熟两种矛盾特质。

宁佳书自告奋勇洗菜，但其实没超过十分钟便被迫让出了洗碗池前的位置。原因是她洗得太慢，磨磨蹭蹭半天就弄干净了一盘西红柿，还甩得到处都是水。

切菜吧，菜刀拿起来没超过两分钟，就被霍钦缴械了：“你去客厅玩点儿安全的。”

“我可提醒你呀，”宁佳书说道，“现在不让我学，以后你家务做累了，又来怪我什么也不干，那可就晚了。”

“你这是以小人之心度君子之腹，佳书。”霍钦挑眉反驳，“我什么时候因为你不做家务有过意见？”

“现在没有，可不代表以后也不会有。据我观察和百分之九十九的已婚妇女反馈，男人结婚后的变化会很大。”

“家庭需要分工，每个人擅长的不同，职能也不一样，就像我给你做饭，你打扮得漂漂亮亮让我欣赏，这是一种很好的供需合作关系，结构非常稳固，所以你不用急着为还没有发生的事情担心。”

“真的？”

霍钦无奈叹气：“真的，你非要做点儿什么，那就等会儿洗碗吧。”

吃完饭，被吹干了羽毛的灰灰在客厅里蹦来蹦去，就是飞不动。

宁佳书塞了块水果在嘴巴里，看它笨拙地蹦跶，小家伙连从沙发往地面飞都摔得结结实实，她毫不客气地笑到差点儿岔气：“原来是只假鸟啊，哈哈哈……”

可能是被宁佳书的取笑冒犯到，灰灰忽然不想再动，疲懒地转头跳回霍钦刚刚用毛巾和废棉布给它搭的窝里。

宁佳书顿觉无趣，“唰”地把帘子拉上，让它在阳台上体会一只鸟的孤独寂寞。

她回头，却恰好碰见豆豆的闪光灯亮起来。

偷拍被抓包，黄豆豆能屈能伸立马道歉，甜枣加讨好一股脑送上来：“佳书姐，你不知道，这些粉丝啊，天天缠着我要你们的同框照、生活照想磕糖，我不发还威胁我要取关。你瞧这张拍得多好，删了可惜了……”

宁佳书把手机接过来，相册滑下来才发现她已经拍了好多。

这年头，能做网红博主，还真是都有两把拍照的刷子。

照片里都是很琐碎的生活细节，她和霍钦在料理台前一起处理食材，厨房暖黄的灯光下，人的侧脸就显得格外专注温柔，有浓郁的温情在流淌。

还有她盘腿靠在霍钦肩膀上吃水果看电视的，拉帘子时转身笑的……宁佳书平时拍的照片，都怪她长得美，全部好看到有些不真实，这组分明很有生活气息带着随意感的照片，却被拍得一点儿也不普通，连画面里的人都带上了平日不会有的魅力。

宁佳书表情凝重地看了半晌。

“你要拍照早说啊，我换条好看的裙子，这身家居服多寡淡。”

“……啊？”黄豆豆傻了。

“照片也发一份给我。”

“……那我能往微博上发吗？”

“行吧。”

“哇！您真好，太善解人意了，太棒了！”

黄豆豆已经做好了删照片的准备，万万没想到，宁佳书开口第一句会是这个，喜形于色，抬手发誓：“好嘞，我调了色精修之后，第一个发给您！”

拿回手机，豆豆似又想起什么，补充道：“还有，小舅妈，你不换衣服自然的样子就超好看，和整张照片的基调完全融在一起了。简直是颜狗的精神粮食，我这条微博肯定会被点赞点爆的！”

黄豆豆自高考后从妈妈那里拿回账号密码，到今天已经是百万粉丝的博主。当然，当初那张高颜值的全家福很抢眼，还有颜值天才小舅妈也功不可没。

“你不问你舅舅的意见吗？要是他不愿意露脸呢？”宁佳书问。

黄豆豆边低头修图边说：“您都答应了，他不可能不答应。要是我有这么漂亮的女朋友，我肯定也想昭告天下。”

宁佳书听得心里美滋滋的，也不知道家里是怎么养的，这孩子每说一句话都妥帖得让人感觉甜到心坎儿里。

这一天晚上，果然如霍钦所料，宁佳书被客厅里的牛油味儿折腾得睡不着觉。

她翻来覆去还是觉得浑身被泡在一股火锅味里。

"不是洗过澡了吗？"霍钦感觉她睡得不安稳，半梦半醒间拍拍她的背安抚她，声音带着一点儿低哑，"要不我再去把客厅窗户打开？"

"那该冷得睡不着了。"

飞行员休息日的睡眠很珍贵的，宁佳书本来也不想打扰霍钦，但奈何她实在忍不住翻身的冲动，把头靠近他胸膛口，轻声道："不知道为什么，今天晚上就是觉得心跳得很快。"

"不会是病了吧？"霍钦听到这句，顿时便清醒了一些，抬手按在宁佳书额头上，"还好没发烧，还有哪里不舒服？"

"也不是不舒服，"宁佳书坐起身，"就是觉得哪里不对，我说不上来。"

宁佳书的话音才落下，霍钦将床头灯打开，便听到她的手机响起来。来电显示是澳大利亚的区号。

宁佳书从前是在澳洲航校认识过不少朋友，但中国时区已经过十二点了，懂点儿社交礼仪的人都不会选择在这个时间点打来电话。

她和霍钦对视一眼，接通了电话。

大抵真的有亲人感应的说法，因为宁佳书一接通电话，就听那端道："佳书，我是你黄叔叔，有件事我必须要告诉你，但你先不要急……"

在来人报上身份之前，佳书已经认出了声音，这是早年和爸爸同期移民澳洲的老朋友。

尽管他一再说不要急，佳书的心跳还是急促起来，她有一种不好的预感，试探着问道："黄叔叔……是我爸出了什么事吗"

"嗯，你爸爸他病了，现在已经送到医院，正在急诊抢救。"

"急诊？"宁佳书吓得手机差点儿从手心里掉出来，"抢救？怎么会？前两天我爸他打电话给我还好好的，好端端的怎么忽然病了？我爸他没什么基础病啊……"

"突发心梗，幸好晕倒之前他及时给我打了电话，救护车也到得早，但是医生说要随时做好手术准备，你爸爸晕倒之前本来叮嘱过我不要通知你，但实在没办法，因为手术需要监护人签字……”

“周映呢？”宁佳书火从心起，“她哪儿去了？”

那边静默了很久。

“你说话呀，叔叔！”宁佳书急了。

“我本来真的不愿意把这些事告诉你，佳书。周映她……悄悄变卖了你爸爸给她的股份和不动产，买主是当地最大的农场的主人，也算是你爸爸的对家，现在拿钱带孩子跑了。这是一周前发生的事。”

一周前，宁父还在假装若无其事地跟她通电话。

宁佳书心里惶惶然，大脑忽然一片空白。

霍钦开口安慰：“镇定点儿，佳书。”

他从背后握住她的手，温热沿着掌心传递过来，她勉强找回一些神志，问道：“她怎么带着我弟弟一起跑了？”

没等黄叔叔回答，宁佳书又问：“那孩子不是我爸的吧？出生的时候做血检了吗？”

电话那端尴尬了一瞬，说道：“你这孩子真的聪明，要是你就在你爸身边，这件事情哪里可能会发生。”

男人叹了一口气：“你爸是昨天才发现的，周映把东西卷走之后，你爸一开始还以为她只是发脾气，还惦记着要联系人家，前两天反应过来了，又说拿钱把孩子换回来，直到昨天越想越不对劲，才回医院仔细查了出生报告。周映当时把血型那页换了，孩子不是你爸的。唉，人真的是越老越糊涂，什么都不能跟年轻时比，钱没了无所谓，但我看你爸爸他这次受的打击真的挺大的……”

03

三个小时后，宁佳书坐上了前往香港的飞机，从香港转机昆士兰，这是最快的航班。

在香港落地的时候，宁佳书授权签了宁父的心脏手术协议，她还没进机舱，宁父已经被推进了手术室。

和她一道飞往昆士兰的，还有霍钦。

这是霍钦在申航工作几年来第一次使用公休假期。

他害怕佳书太慌出什么意外，毕竟是那么大的事，就算最后自己什么忙都帮不上，陪在她身边也是一种安慰。

宁佳书从来没有一次觉得航程这么漫长，漫长到难以忍受。

在这十几个小时里，她一遍遍地回忆从小到大宁父陪她度过的每一个瞬间，忽然深感自己实在不是个称职的女儿。宁佳书很少主动去关心身边的人，都是宁父给她打电话过来，不管唠叨还是聊天，有时候时间紧了，她还觉得不耐烦。

总是父母担心她、念叨她，这一次，父亲病了，轮到她担心了。她怪自己明明都起了疑心，当初为什么不再往下多问问，也怪自己，爸爸经历了那么大的事，那天打电话，她明明应该能够听出端倪的。

凌晨的机舱里都是安静的呼吸声，客舱大多数灯光已经关闭了，霍钦只能隐约看见旁边女友的肩膀轻轻抖动。

她哭了。霍钦突然意识到。

他真的很怕宁佳书哭，爱人的眼泪是世界上最锋利的剑，会深深插进人的心坎里。

她不常哭，所以从以前到现在，他们经历过那么多波折和坎坷，霍钦每次都在宁佳书的眼泪面前败下阵来。

霍钦有些手足无措，他想抽纸巾，想叫她别着急，但最终只是把宁佳书揽进自己的怀里，下巴搁在她的额头上，告诉她："我一直都会在你身边。"

飞机在黄金海岸机场落地，又花了四十分钟赶到医院时，宁父刚刚从手术室里被推出来。

最危急的时刻总算过去了。他戴着呼吸机还没有苏醒，脸颊枯瘦，不见血色，宁佳书握着他的手，冷冰冰的，没有一点儿温度。

“爸爸。”她哑着嗓子喊了一句，可床上的人并没有回应她。

“佳书，他现在需要进监护室了。”黄叔叔提醒。

宁佳书终于松开手，又隔着玻璃往里望。

“医生说接下来就看手术效果了，别担心，你爸爸的身体素质比很多同龄人好，他又喜欢运动，会挺过来的。”男人安慰，“你和你朋友先回去休息一下，十几个小时飞机肯定都没睡着，这边有护士随时盯着，醒了他们会马上通知你的。”

佳书摇头，泪水滑到下巴尖，又被她低头飞快甩掉。

“还是您先回去休息吧，黄叔叔，我都不知道怎么谢您了，这次要不是您，我爸爸就危险了。”

男人叹气：“你都是我看着长大的，跟我还说什么谢呢。我跟你爸爸那么多年交情了，这都是我应该做的。”

男人走到走廊尽头时，佳书忽然叫住他：“叔叔，您平时在这边和周映接触比我多，等您有空，我能再仔细问问这件事情的经过吗？也可能有的细节被我们忽略了。”

房产是周映私底下悄悄找中介迅速处理的，股份也在坐月子期间找好了买方，一共套现了九百二十多万澳币，换成人民币就是四千多万了。

这笔钱她不知道用了什么手段，经过几个户头的转账之后，就进入了离岸账户，再之后的踪迹便查不到了。宁佳书猜测周映应该是给了佣金，找了非法机构帮的忙。

这案件还无法立案，因为昆士兰的警方认为：周映是中国公民，而宁父是澳籍，普通的跨国犯罪审判尚且困难，更别提宁父和周映还是领过证的夫妻，那些财产也是在婚姻存续期间心甘情愿的赠予，很难被定义证明为骗婚或诈骗，并以此提出指控。

因此，短期内想要在当地的法律体系下让她得到应有的惩罚并追回损失基本是异想天开。首先他们得找到周映本人，其次诉讼也是一个漫长的过程。周映就是拿准了这一点，孩子不是宁父的，这点早晚会被发现，但只要她换个国家，以后不再出现在宁父面前，谁也拿她没办法。

立案不行，报失踪总是可以的，尤其一起失踪的还有婴儿，老婆可以说是离家出走，孩子总不能了吧，这都涉嫌拐卖犯罪了。宁佳书脑子一转，立马联系律师征询可行性，得到了肯定的答案。

这一回，昆士兰的警方总算帮忙，查出了周映在三天前的出境记录，目的地是个对澳免签的亚洲小国，然后就再没有其他的信息了。

有一说一，宁佳书认为自己已经是个够不称职的女儿了，没想到周映比她还狼心狗肺一百倍，她妈那么多年含辛茹苦供她上大学，她倒是卷了钱就跑，完全没顾虑过自己的母亲会怎样。

还有孩子的爸爸是谁，这也是个问题。

以她这么自私的性格，逃跑还要带上儿子，对那人肯定有几分真心，说不定他们还是一起跑的，那个人会是谁？会是方醒川吗？那个健身教练也是忽然变卖俱乐部的股份出国的。

宁佳书想来想去，觉得世界上应该没有这么巧合的事，但又没有证据能让她果断下决定。

但不知为什么，她心中隐隐觉得，周映肯定还会回国内。

手术结束大概八个小时之后，宁父终于醒了。

宁佳书在监护室外头趴得眼睛酸，头一啄一啄地差点儿砸坏玻璃，还是霍钦拿手背给她垫上了。等她睡得更熟了，他才把她的头挪到自己肩膀上，好让宁佳书睡得更舒服些。

宁父睁眼，隔着玻璃瞧见的就是这一幕。

麻醉后遗症让他的视线还不是很清晰，只是看见一个肖似女儿的轮廓，靠在另一个高大身形的肩膀上。他隐约能猜到，这大概就是女儿的男朋友了。

宁父浑身还不能动弹，戴着呼吸机，喉咙干涩也说不了话，但头脑是清醒的。

他有些想流泪，从前佳书忙着读书，他只身待在澳洲，总觉得一个人太孤单了，所以后头周映才有机会乘虚而入。

果然在这世界上，除了孩子，没有谁是真正靠得住的，他病了，也只有佳书还守在身边。

霍钦一直醒着，才见宁父睁眼，手臂也隐隐约约抬了一下，于是赶紧拍女友肩膀："佳书，你爸爸好像醒了。"

谢天谢地，终于醒了！

宁佳书半梦半醒间听见这个好消息险些以为是做梦，直到握着父亲的手才有了一些真实感。

"爸爸！"

宁父应不了声，只能发出微弱短促的气音应答，但也足够宁佳书欣喜了："你终于醒了，你不知道我多担心你。"

她委屈擦眼泪的样子像个孩子。

这么大个姑娘了还哭成花脸，宁父想抬手给她擦一擦，只是手上一点儿力气也没有，抬不动，正努力间，霍钦已经用手帕帮宁佳书把眼泪擦干净了。

"伯父您好，我是霍钦，佳书的男朋友。"他在床边蹲下来。

第一次见面，真是太没有威严了，宁父心想。但他还是用指尖敲了敲握着他的手，以示回应。

他本来叮嘱朋友不要告诉女儿，就是怕佳书一个女孩子承受不了，但既然人都到昆士兰了，其实他内心还是很感激有人在佳书无助的时候能陪着她承担一切。

直到第三天的时候，宁父才勉强能下床。

昆士兰的公立医院可谓是天价医疗，但好在服务细致入微，宁佳书紧张了好几天，直到宁父床前禁食的牌子拔掉了，她才算放松了一些。

陪着父亲的这些天，宁佳书一次都没有在他面前提起周映，就假装自己还不知道，也不愿说起来令爸爸伤心。但暗地里她一点儿没松心里的那根弦，发动国内的亲友地毯式地搜索，务必要找到周映的母亲住哪儿。

最后一次通电话，总算是拿到了那个女人的具体地址，那是宁佳书在 S 市生活了二十几年连听都没听过的破巷子，拿着手机导航都还不一定能找着那种地方。

“周映在哪儿？”

朋友转头问了一句，回道：“她说不知道。”

见这朋友脑子转不过弯，宁佳书有点儿急：“你这么问她肯定说不知道啊。”

“不是，这老太太胆子特小，我随便问几句她看起来就摇摇欲坠的了，我不敢大声。”

“电话递给她，我亲自来。”

宁佳书不顾尊老爱幼的美德，等人接过电话她开门见山就发起攻势：“伯母，我不管你是真晕还是装晕，都没用。你知道诈骗四千五百万是什么罪吗？你要现在肯说，你女儿还有一线希望，只要款项大头追回来了，我爸也不会为难她，好歹夫妻一场，大家好聚好散。”

“你要不肯说，等逮到她，你女儿下半辈子都等着吃牢饭吧。我爸是文明人，我不是，卷了我的东西，就算追到天涯海角我也是要找着的，要是躲得久了，我找得生气，回来后是缺胳膊还是断腿，我可不敢保证了。”宁佳书软硬兼施。

周映母亲是见过宁佳书的，一看就不是个心软好惹的主儿，她嗫嚅着：“佳书，周映怎么说都给你爸爸生了一个孩子——”

“您可别提孩子了，”宁佳书直接打断她，“您还不知道吧，那孩子压根儿不是我爸的，是个小野种，你女儿带着他跟奸夫一起跑的。”

自打上回周映装肚子疼，宁佳书就看出来了，甭管周映她妈看上去是个什么老实样儿，骨子里还是欺软怕硬的小市民，你越顾忌，她心里越有依仗。

一通大棒之后，女人有些慌了：“佳书，我真的是怎么也没想到她会做这种事。她心地是善良的，肯定是被坏男人欺骗怂恿了，她又年轻，什么也不懂，容易被男人骗……虽然上个星期她是给我打过电话，但她一个字也没有提要去哪儿啊……”

终于有句真话了，宁佳书心说，嘴上却附和：“是啊，容易被男人骗。你也知道，天底下翻脸不认人的骗子那么多，那人要是个负心汉，钱骗到手就跑了，他们孤儿寡母在国外，日子怕是不好过。”

周母“呜呜”哭起来：“好不容易嫁个好人家，我早劝说要她惜福，她就是不听！这个孽障，就是要气死我。”

“行了，”宁佳书听得心烦，“她才不管你的死活，不然也不会骗那么多钱跑了，留着你应付我们。四千五百万你知道是什么概念吗？放赌场里够人家把你扔海里喂鱼好几次了。事到如今，你唯一的办法就是配合我先把人找到，钱追回来我就看在你的面上放她一马，听懂了没有？”

女人唯唯诺诺地应下。

“那我问你，方醒川这个人你认识吧？”

“……听说过，是周映的同学。”

“什么同学，熟到连你也认识？”宁佳书皱眉，“什么情况我早查得清清楚楚了，我最后警告你一遍，你最好说实话，我没我爸那么好蒙。”

“那个瘪三，”女人一咬牙，终于小声含混道，“从前骗我女儿为他流掉了一个小孩。”

果然！

宁佳书没想到还能炸出这种猛料，对之前的猜测又多出四五分肯定。

“去年过年，周映一个星期回几趟娘家，就是找借口跟那男人见面去了吧？”

“我不知道。”

佳书不用听内容，只听她心虚的声音就已经得到了截然相反的答案。

想了解的东西问得差不多了，宁佳书直接挂了电话。

她压根儿没指望周母能帮她把人劝回来，能问到这些内容已经够了。她现在几乎确定了方醒川就是跟周映一起跑路的奸夫。

周映能扔下母亲不管，那个健身教练总不可能真的断掉和所有亲人朋友的联系吧？但凡他有什么遗漏，宁佳书就能把人找出来。毕竟她还有个计算机大神同学李衡，这人在网络定位搜查方面是把好手。继上次申航女乘务发帖造谣，他出手帮忙之后，宁佳书已经很久没有联系过他了。

04

宁佳书在电话里忙着布置时，霍钦正在病床前一边给宁父削苹果一边和他聊天。

宁父手术做完没几天，说一句话喘三口气，但硬是撑着把霍钦上到三代情况，下到鸡毛蒜皮的习惯嗜好问了个清楚。

霍钦真的是个完美的人，宁父问得这么详细，竟找不到一点儿令人不满意的地方。

一般年轻人，条件好的，要么太浮躁，要么太傲气。霍钦身上全然没有这些毛病，他是谦和稳重的，像块质地上乘的玉石，没有坏习惯，对人也心怀善意。

和长相、家世这些外在因素无关，单纯就论他们对待旁人的态度，对待感情的观念……佳书要不是自己的孩子，宁父都不能昧着良心说这两个人是相配的。

虽然他不了解两人上一次分手是什么原因，但想来，佳书肯定有很大责任。

宁父问到最后，乏力地回忆一番，觉得佳书从小到大最值得一提的优点，就是眼光好。

怕佳书这孩子以后头脑不清醒，犯傻、小脾气上头……不管什么原因导致这段感情再出现波折，宁父打算以老父亲的身份给霍钦打点预防针。

“佳书小时候其实是很乖的孩子，高中以前我们都把她管得很紧，她连话都不会跟男孩子多说两句。直到我和她妈妈离婚，高考后才告诉她，接着我很快来了澳洲，她妈妈也在S市结婚了，这孩子接受不了，才忽然叛逆起来。这些年，我们对她的关注，实在是很少……”

在宁父的讲述中，那个活在过去霍钦未曾谋面时空中的宁佳书的面目在他的脑海中逐渐清晰起来。

她从前对感情的不认真、不确定，患得患失，在得知她人生的轨迹和起承转合之后，他也似乎都找到了答案。

“我记得佳书在西澳学飞那会儿，有一年，她哭着连夜飞来昆士兰找我，大半夜把门敲开就哭，问她出什么事了，这孩子怎么也不肯说。佳书长这么大，我从来没见过她哭得那么伤心，连开飞机都不想学了，跟我说再也不要回学校了。”

宁父抬头看他：“我现在回想，那会儿应该是你们刚分手的时候吧。”

霍钦的心脏像被人攥了一把，漆黑的眼睛紧盯着宁父追问：“后来呢？”

“就在农场郁郁寡欢地待了一个多星期，跟谁也不说话，饭也吃不下。毕竟我就佳书这么一个女儿，本来也不想让她学飞行，那真不是女孩子该干的事情，谁知道等我真要去给她办退学手续的时候，她从房间里出来，一个人收拾了东西又回学校去了。”

她回学校，刚好赶上他的毕业典礼。

霍钦到今天还记得清清楚楚，她和旁的男生从自己身边走过时，他心口真的像被插了一把刀。

“佳书就是这么一个别扭的孩子，打小就是这个脾气，越在乎的东西，她就偏要装得越无所谓，心里伤得血流如注，还是要摆出骄傲的样子。不懂示弱，口硬心软的女孩子真的很吃亏，这点就跟她妈妈一样。”

宁父轻轻地叹了一口气，又说道：“虽然不知道你们那时候为什么分手，但我还是想告诉你，佳书表现出来的冷漠大多并不是真实的，真实的她很渴望安全感，渴望陪伴和保护，用心去感受，你才会发现她有多喜欢，多在乎。”

霍钦曾经以为宁佳书真的是不在乎他的。

那年从西澳毕业回国以后，他的同学和朋友们再也没在他面前提过宁佳书的名字，霍钦自己也不提。

尽管霍钦从未开口对人吐露，但他清楚自己伤得有多深，倾尽所有第一次真心喜欢一个人，对方却对他的爱意轻言放弃，对他的努力无动于衷。她温柔美丽的眼睛，也能注视除他以外的任何人。

霍钦无数次想要扔掉这段过往，扔掉枕头底下、钱夹里宁佳书的照片，但五年时间建立起来的防线，只在宁佳书重新开始拨撩他的那一刻就溃不成军。

也正是因为看见了这样的儿子，霍母才坚决反对他和佳书重新在一起。霍钦能明白母亲的顾虑，天底下没有哪对父母希望自己的孩子处于感情弱势方，她怕他越陷越深，付出更多，受更重的伤，而对方随时能从中抽离。

霍钦也曾有过这样的顾虑，可最终还是拥有当下的渴望战胜了一切。

比起受伤，他更害怕遗憾。

然而，时隔五年，当二十八岁的霍钦以更成熟的眼光来审视、体会这段感情时，他也终于能逐渐感受到，二十岁的佳书并非记忆中那样冷漠无情，她虚张声势占据着的上风，只是给自己设置的最后一道安全屏障。

如果不是宁父今天主动开口相告，霍钦永远不会知道这些隐情，也不可能晓得佳书在这段感情中受到的伤害没有比他少半分。

如果时间能倒流，不，但凡他能比当年更成熟、更肯定，能勇敢一些遵从自己的内心，他们就不会白白错过那五年，也不会无端添了今天这么多麻烦。

霍钦不知道该怎么形容此刻自己内心的五味杂陈，削断的果皮落进垃圾桶，他几乎不能控制自己此刻心中的情绪涌动，干脆放下刀子，郑重而认真地对宁父道：“谢谢您告诉我这些，是我从前对自己反思得太少。”

宁父达到目的，终于心满意足地往床头上一靠，说道：“有什么好谢的，我就是希望你们好好的。等你到了我这个年纪就会明白，感情里最重要的就是理解和包容，当你能站在对方的出发点和角度来看待事情的时候，一切问题就都变得简单了。”

第六章

爱一个人和付出都是一种能力，这种能力霍钦拥有，而从前的宁佳书一直欠缺着。

01

霍母在儿子出国后整整一个星期，拎着老鸭汤到公寓扑了个空，才从申航飞行部考勤那儿得知，霍钦不是因为国际航班没回来，而是直接休假出国了。

去澳洲？那不是宁佳书父亲的老巢吗？

霍母回家路上只感觉天塌了。

儿子被那个小妖精拐跑了！而且连一声招呼也没打！

“你快给钦儿打电话，媳妇儿都还没娶呢，就跟着人家回去，清白的大小伙子，像什么话？”

霍父被盯了一天，有些无可奈何：“你自己干吗不打？”

“我怕控制不住脾气。”霍母有些别扭。

霍父没办法，说道：“你别闹啦，那孩子父亲忽然进了ICU，心脏得动手术，所以钦儿陪着一起回去的。作为人家男朋友，这不是应该的吗……”

“你早就知道了？”霍母瞪大眼睛，“你们合伙瞒着我！”

霍父说漏了嘴，心知不妙，忙道：“不就是因为知道你会着急吗，但凡你心态平和一点儿，钦儿能不告诉你？”

“早知道那时候就生个女儿了，儿子有什么用，八字都没一撇就成人家的了……”霍母嘀咕着又想哭了。

忽然，家里座机响起来。

霍父如释重负，三步并两步过去接起来，回头道：“钦儿姑妈问你三缺一去不去？”

霍母抹抹眼泪，说道：“你问问她打到十二点吗？输了就要赖皮不玩儿，随便打两圈那种我可不去。”

霍父：“……”

霍钦和宁佳书回国时，公休假已经结束，不得不回申航上班了。

宁佳书开始还不愿意回去，宁父再三劝她。好在他已经可以下床走动，自己吃东西，他们又花高价请了一个看护，约定了每天一个越洋电话，她才稍微放心一些。

一回公司，她先收到飞行纪委对上次飞行情况的调查处理邮件，打开一看，大概意思是她的处理方式无可指摘，而且飞行评分竟然得了满分！

宁佳书满脸蒙，以那天纪委的问话方式来看，她本来想自己这回无论如何都应该少不了一次警告的。

没等她想明白，有认识的飞行部员工跟她透露："佳书，你赶下去的那个人的后台真的硬，听说家里有申航高层的亲戚，但你说怎么着？"

"怎么着？"宁佳书满足他的倾诉欲，追问道。

"巧了！那天局方有检察员在飞机上，人家才不认识什么申航VIP，公司里的处分还没下来，就先收到局方的表扬，纪检部那群见风使舵的家伙又赶紧把警告邮件撤了换成表彰，你这运气，真的绝了，哈哈哈……"

宁佳书可不觉得运气好是偶然。

那天的情况其实不论她怎么处理，都不讨好，要么被教员看不起打低分，要么即便她换了左座也免不了被投诉，还不如硬气一点儿，直接把这个刺头轰下去。

宁佳书回忆半晌，还是想不起那天的乘客里有谁比较像检察员，也便作罢了。

不过这个满分评价还真是意外之喜，局方检察员简直威武。

从澳洲回来之后，考察期间宁佳书又飞了几次国内四段，不再是国际航班，延误晚点个把小时算是家常便饭，总算没再遇到找碴的旅客，飞得都还挺顺心。吉教员虽然严厉，但大概第一次飞行给他留下了好印象，平时不吝啬指点，给佳书写的评价也都是好话。

还有，宁佳书终于也尝到登上申航年刊和机场大屏，成为半个红人的红利。飞行结束经常有乘客找她合影，航班评价会有乘客特意去留满分好评。

这弄得她都有点儿受宠若惊，她问霍钦：“你去年上了年刊之后也这么红吗？是不是忽然多了很多人追着给你打好评、要号码、合影？”

霍钦仔细地回忆了一下，说道：“没有吧，我从业这几年，每年情况都差不多。号码都没给，合影就随便了。”

宁佳书：“……”

好吧，她得承认在这个世界上，气质和长相兼得的大帅哥，是比大美女还稀缺的资源。

从前上学时候不就领教了吗？干吗还去自己找虐？

回国第三周，宁佳书去过两次之前那家健身房，虽然还是没有方醒川的消息，但打听到了不少关于他的信息。

健身房的前台小妹和宁佳书凭借两杯奶茶就熟悉起来，这孩子耿直，大概以为宁佳书对前任经理有意思，简直知无不言，言无不尽。

方醒川的家庭条件也一般，双亲估计是哪个十八线城市的中学老师。除了另一个合伙人，他一般不和俱乐部里的员工往来，倒是领了两个留学时候认识的朋友来办了会员。

“他没怎么和我们搭过话，不过也正常，人家是海归呢，但他和咱们俱乐部一个游泳教练挺熟的。”

“男的？”

“女的。”女孩转身指了员工表上一个面孔给她看。

瞧着佳书诧异的神情，女孩凑到她耳朵边道：“人家是S市土著，听说家里有七八套房呢。”

宁佳书了然，又打听：“那他带来的朋友呢，方经理都从俱乐部退股走了，那两人还来吗？”

女孩回忆半晌，说道："小个子那位都一年半载没来了吧，还有一个倒是每周都来两三次，蛋白粉吃得比我们这儿的健身教练还像健身教练。"

她说着话，往健身房最右侧那端扫了一眼，用眼神示意宁佳书："喏，今天也来了，就在那儿呢。"

宁佳书笑了笑，告别前台小妹，径直朝那边走去。

虽然前台小妹说方醒川跟游泳教练也挺熟，但以他这个人目前表现出的性格来看，在得到周映这张大饭票之后，多半暂时不会再跟那个证件照上平平无奇的女教练有联系，所以还是直接找他看得上眼的朋友更有保障。

这家健身房的年卡费用不菲，能在朋友这儿花这笔钱，关系应该还算不错。

宁佳书里头穿的是运动背心，系带运动长裤，外套一脱，莹白平坦的腰部和肚脐便一览无余。

虽然扎了马尾也没化妆，但还是个光芒四射的大美女，走过去时，片区内异性的目光都不由自主地移了过来。

她特地选在男人旁边做背部训练，余光偶尔朝旁边扫去，美人在侧，男人又加了一倍重量。

但他显然高估了自己的能力，拉到一半，脸都憋红了也没能再挪动半寸。

宁佳书"扑哧"笑了一声。

漂亮女孩做什么都是可爱的，男人放弃逞能，冲她笑了笑，化尴尬为搭讪："嗨，你的线条已经很漂亮了，还继续做背部训练吗？"

健身房本来就有搭讪风气，加上"地缘优势"，男人不搭讪都觉得对不起自己。

宁佳书本就是抱着目的来的，两人自然一言即合，相谈甚欢。

不过二十来分钟，聊到男人为什么会选择离家比较远的健身房时，他解释：“之前我哥们儿是这家店的合伙人，支持一下嘛。”

“之前？”

“现在不是了，他退股出国了。”

宁佳书故作惊讶：“我之前在这儿的私人教练姓方，也退股出国了，和你哥们儿该不会是同一个人吧？”

“这么巧？”

有共同认识的人，两人之间的距离显然瞬间拉近了一些。

周边人投来艳羡的目光显然也让他很是飘飘然，他不动声色地炫耀了一番自己的留学经历和交友圈质量，话题又被宁佳书悄无声息地引到方醒川身上来。

“方教练离开得挺突然的，连声招呼也没打，俱乐部这边只能帮我重新换了教练。”

“确实挺突然的，这小子连我都没告诉，离开S市前匆匆见了一面就算道别了。”

果然找对人了！

离开前还见一面的人，那必然比大部分朋友关系要好一些。

“你们最近还有联系吗？”

“也有一段时间没聊天了，最近大家都还挺忙的。”

宁佳书故意做出一副惋惜状：“方教练之前教得挺好的，马甲线都练出来了，为表感谢我给他买了份礼物，谁知道还没送出去人就走了，好可惜。”

“那简单呀，”男人是不忍美人皱眉的，当即打包票，“我帮你问问地址，他肯定挺开心的。”

宁佳书闻言便笑起来：“那太好了，我们要不加个联系方式？”

和男人互相加了好友，拿到联系方式后，宁佳书显然就有些兴致索然了。

没过十分钟，她找了个借口道别，冲澡前，给朋友李衡发了男人的联系信息。

不用想，方醒川肯定不会轻易告诉别人他的联系地址。

但只要他回复哪怕一条消息，一个表情包也好，李衡就能够通过网络找到他。

账号信息发出去后，就只剩焦急的等待。李衡会通过男人的账户监测方醒川的动向。

从健身房回家后的一整晚，宁佳书一直竖起耳朵等消息进来的铃声。

霍钦正在写工作总结，无奈地抬头说道：“佳书，歇会儿吧，你围着我桌子转一整晚了。”

“绕晕你了吗？”

“嗯，晕。”

宁佳书“啪”的一声把他笔记本电脑合起来：“那就别写了。”

她长腿一跨，干脆坐到霍钦的腿上，将人和书桌隔开，没话找话：“你说那个王八蛋会上线吗？我同学能找着他吗？”

霍钦只能松开鼠标，拍拍女友的背安抚道：“能找着，你反应这么快，这么聪明，他肯定还不知道自己已经暴露了，不会那么谨慎，别着急。”

“也不是我着急，就是我爸这么大年纪了还被骗钱骗感情，胸口肯定堵着一大口气。”佳书叹了一口气，将下巴搁在他肩膀上，“事情解决了，这口气出来，病才能好，我最了解他了。我倒真不心疼那些钱，这次要不是把我爸气得弄医院去了，说不定我还幸灾乐祸呢，我爸还是我一个人的爸爸。”

可惜铃声没等到，她先等来了一通电话，是个陌生号码。

宁佳书刚准备洗澡，闻声奔到浴室门口朝霍钦喊：“快接快接！”

很可惜，这通电话不是宁佳书等待的好消息。

因为电话一接通，便是一句低沉的男声传来，带着一点点华裔说中文独有的咬字腔调，故作轻松。

他说："佳书，我回国了。"

几乎是瞬间，霍钦便猜到了这串陌生号码的主人的身份。

他沉默了几秒，在开口和不开口之间犹豫。

霍钦很清楚对方大概率是位重度抑郁症患者，理智的做法，是现在安静地把话筒交给佳书，但这一刻，再理智的男人终究还是宣示主权的本能占据上风。

他开口回答："佳书不在，你稍等，我让她来接。"

宿敌之间也许是存在磁场感应的。

电话另一端的季培风立刻接收到了佳书现任男友这份带着敌意的问候。

冬季顶风飞行，季培风从洛杉矶回S市足足花了十五个小时，中间头等舱的空姐一度向他推荐除了年刊以外的其他杂志，送来餐点、咖啡、红酒、果汁……季培风无一例外都拒绝了。

季培风刚结束为期三个月的复健，近半年没出过门，长途飞行令他耳鸣，头痛欲裂，无法入睡也无法进食，飞行噪声几乎每分每秒都在敲打着他敏感的神经点。

于是，他就翻来覆去地看申航年刊上宁佳书的几张杂志硬照，温习她的眉眼。

宁佳书长在他的审美点上，这季培风知道，但他自己也没想到，十五个小时竟然真的就看着几张照片度过了。

自上次洛杉矶最后一回见面后，佳书对他的态度温和许多，不管是出于愧疚还是补偿心态，抑或是夏图南私底下跟她达成了什么共识……无论什么理由，季培风都对现在的结果心满意足。

这样自私卑鄙的行为，是把绅士礼仪植进骨子里的季培风向来最为不屑的。可现在，他屈从于自私所能得到的温暖，他甚至想过，假使自私能让佳书回到他身边，他愿意剖开自己最不堪、最脆弱的地方，展示给所有人看。

在黑暗中待了太久，一点点的光亮和执念都令人欣喜，如同溺水者用力抓住了一根轻飘飘的稻草。

他在疗养院每天睁开眼睛醒来的第一件事，就是问护工有没有自己的信或包裹。闭眼前的最后一件事，是给佳书写回信。

当然，这些信他一封也没寄出。

他知道佳书是有男朋友的，也清楚她与人同居了。

但知道和亲自证实是两码事，他听着话筒另一端隐约传来带着鼻音的撒娇："谁打来的呀？这么晚了，怎么偏这时候……"

声音越来越近，季培风感觉自己的承受点忽然达到了极限，"嘟"的一声率先挂了电话。他转过身，挨着沙发瘫软地坐回地毯上，捂着胸腔大口喘息。

宁佳书拿到手机时，听筒里就只剩"嘟嘟"声，回拨也没人接。她洗发膏抹了一半还在滴水，郁闷地把手机扔回霍钦怀里，生气道："又不说干吗，接过来就挂了，大晚上的吃饱了撑着了，故意捉弄人的吧。"

霍钦一言不发，默许了她把来电当作整蛊电话。

02

望眼欲穿等到第三天晚上，宁佳书终于收到李衡姗姗来迟的消息。

"地址定位到了，你来警局。"

宁佳书给的信息到底派上了用场，三天里，方醒川直到刚刚才上线了一次，在线十分钟。

虽然没有回复任何消息，却还是被李衡的监控脚本捕捉到了，他伪装官方发了一封入境通知的邮件。方醒川没设防点开，李衡立刻抓住机会，捕捉到了他的具体地址——是斐济的一座小岛。

"跑得可真够快的，差点儿还真找不着了。"宁佳书心中庆幸。

立案还是一样的流程，宁父是澳籍，周映和方醒川还是中国原籍，跨国经济诈骗案件处理起来流程太复杂，不如让警方当作小孩妇女拐卖案处理来得直接。

被拐的小孩儿是她的便宜弟弟，被拐的妇女自然是周映。

这案子还是她动之以情、晓之以理……半逼半哄着周映妈以母亲的身份亲自报的，涉案金额是九百多万澳元。警方倒也还算重视，加上已经获悉方醒川的地址，在联系好的驻斐大使馆和斐济执法部门的帮助下，工作组在小岛五星级度假酒店，直接把冲浪回来的方醒川逮了个正着。

由于中斐没有签订引渡条例，大使馆干脆吊销了方醒川的护照和旅游证件，第二个星期，斐方便以遣返非法入境者的方式把两人连带一个小婴儿打包送上了回 S 市的飞机。

此时九百多万澳币除掉交给皮包公司的近百万手续费，还挥霍了五十来万，账面上还剩七百七十万，大头是追回来了，也算不幸中的万幸。

直到整件事情尘埃落定，佳书才给父亲打了电话，讲了大概过程。宁父听完还一脸蒙：“这就算完了？”

他心痛了一两个月，支架手术都没能解决的淤堵通畅了。

“还不能完吗？”佳书隔着电话翻白眼，“我都说了吧，您别把我当小孩儿，我又不是什么都不懂。这事儿您要是早告诉我，他们还在东南亚的时候我就能给您解决了，还能让他们花了后来的五十多万？”

“我还是没听明白，佳书，你是怎么知道周映会跟那小子跑的？”

“去年过年的时候，她怀着孕天天往外跑，我当时就怀疑她有外心，但不是没证据嘛，怕您不开心，我也就没往深里猜疑。”佳书三言两语安抚父亲，“结果你看吧，估计是老天爷都不想让这对野鸳鸯好过，帮忙把方醒川送到我跟前让我逮着他。”

……

话到最后，宁父叹了一口气："佳书啊，爸爸以后就守着你一个人过了。"

人越老，能信任的人也就越少，经此一事，估计宁父打死也不愿意再结一次婚了。

宁佳书听得怪心酸，别扭道："爸，其实从前我也不是对您再婚有意见，就是觉得周映不是个好人。现在我也不能常常陪在您身边，您就找个年纪大的，别找周映这样的就行。"

"年纪大的就都是好人了吗？你瞧瞧你妈找的，还不是惹上一个烂摊子。"

宁佳书悄悄转过身看宁母，中年女人正低头给那只捡来的麻雀小灰灰织毛衣，用的还是五彩线，她织得认真，全然没有意识到有人在电话里讲她坏话。

宁佳书捂住听筒，放低声音道："我没跟你说吗？我妈离婚了。"

电话那端愣了好几秒钟，才惊道："佳书，这事儿你也能忘了跟我说。"

"离了也好，我早说那个男人不靠谱，住着我的房，还一天天给我女儿脸色看……"

宁佳书打断他："那周映呢，爸，您要起诉她吗？"

宁父沉默良久。

"还是算了吧，她现在也算得到惩罚了。"

其实就算不问宁佳书也知道，父亲大概率不会起诉周映。

都说一日夫妻百日恩，毕竟是同床共枕几年的人，虽然这个人又骗钱又给他戴绿帽，但心眼儿也总算没坏到家，要是她直接把宁父算计死了，作为遗孀也一样能继承更多的财产。

现在身无长物被遣返回国内，大龄离异还带个未出襁褓的婴儿，周映终究是回归了她最不愿意回归的生活。

在S市这样的国际大都市，二流学校出来找不着正经工作的海归大有人在。

她眼高手低的性格注定了生活不会太如意，之前有宁父的财产支撑，能心无旁骛地做养尊处优的阔太与旧情人重燃爱火，然而失去了物质基础，这份爱情也将会变成怨恨很快消散。

事情尘埃落定，宁佳书感到前所未有的神清气爽。

连发现公寓里又一次有蟑螂出没，她都没有动气，只心平气和地敲开何西房门，通知她出来打扫卫生。

“这些蟑螂是你亲戚吗？你到哪儿它们跟到哪儿，我才几天不在，你竟然能把家里折腾成这样，水槽里的蟑螂都快能组军团了……这边这边，沙发缝里，抖干净点儿，你的薯片碎屑都是它们的储备粮。你说我能忍得了，以后你结婚，你老公能忍得了吗……”

“宁佳书，你差不多得了啊。”何西磨着后槽牙说道。

“你还瞪我呢。”宁佳书撕掉面膜，问道，“夏图南还没回你消息吗？”

她不问这个还好，一问，何西的眼神简直是要把她生吞活剥了。

“宁佳书，我上辈子是欠了你什么债？你真的是我感情路上最胖的拦路虎。从前霍钦也就不说了，现在轮到夏图南，还这样！你欺骗他哥的感情，让他把我一块儿都恨上了，老觉得我和你是一类人，要是这世上有真话水，多少钱我都得买来跟他解释。你说咱俩除了长相，还有哪儿像？我真的是被你害惨了！尤其最近他哥回国，他见我转头就走，连话都懒得跟我说……”

“我觉得你前男友交得也不少啊。”宁佳书自觉理亏，声势低下来辩解。

“咱俩能一样吗？都是我被甩的！”

宁佳书没来得及嘲笑她，忽然回味到何西话里的信息，大惊失色，从躺椅上翻身下来：“你说什么？”

“咱俩不一样！”

"上一句。"

"他哥最近回国。"

"季培风回国了？"

宁佳书这下是真被吓到了，撕下来的面膜都拿不稳，"啪"的一声掉到穿着人字拖的脚背上。

季培风和母亲很早就移民了，相比美利坚，对他来说这里才是一个陌生国家。

他回来，没有熟悉的环境和朋友，没有成熟的复健医疗体系，也肯定不会是职业发展需求……越往下想，宁佳书越觉得心惊胆战。

他要是回来找她的，那可怎么办？

不是宁佳书自恋，更年轻的时候，她从未觉得感情是一件大不了的事情，认为谁离了谁都能活下去。

但是在见过重逢后的宋博闻和疗养院里的季培风后，她的信念前所未有地被动摇了。

这个世界上是真的有人为爱生，为爱活的。

季培风的情况还比宋博闻糟糕得多得多，他在感情中受挫的余波同时摧毁了他的职业生涯和健康的躯体，也许他的爱意原本没有那么深刻，却在经历那么多事情之后，真正变成了执念。

"那季培风人现在在哪儿呢？"

"我哪儿知道。"何西翻白眼。

"那你问问，你问这个，夏图南肯定回复你。"

因为一看就知道是替她问的，夏图南巴不得宁佳书天天去探望兄长，让他好起来。

"我真是欠你的！"何西扔了抹布，在手机上操作几分钟，恨恨回复，"外滩半岛酒店，订了三个月的包房。"

"三个月！"宁佳书下意识惊呼。

"怎么着，人家回个祖国还得经过你的同意呀？"

“不是，他回来这么久……”宁佳书害怕得紧，像悬了很久的大石头终于掉了下来，压力骤增的同时，她恍惚意识到，到了偿还的时候了。

可感情实在是一项太过沉重的债务，它既没有办法劈成几份，也没办法顺从理智地还给一个人。

她的心虚、恐惧，也全部因此而产生。

“夏图南有说他回来做什么吗？”

“这你不是应该最清楚吗？”何西瞪她一眼，叹了一口气，“别一副没出息的样子。夏图南说他重新开始练习钢琴了，每天在琴房待八九个小时，只是中间荒废那么多年去打球，灵活度和速度肯定跟不上，正跟自己较劲呢。”

那还好。

有能重燃激情的事情，肯定比把自己关在房间里好。

只是她还未完全平静下来，心又因为何西的下一句话重新悬起来。

“夏图南说他哥回国当天给你打过电话，你没接到。”

什么时候？

宁佳书一头问号，回忆半晌，才在通话记录里找到那通陌生号码的来电。

宁佳书把号码存储进通信录里，打上季培风的名字，刚要点击保存，霍钦小侄女豆豆的电话打了进来。

像出轨被抓包的渣女，宁佳书手一抖接通了，差点儿把手机摔在地上。

“小舅妈，你看我微博了没？”

小女孩无忧无虑的声音听起来永远充满朝气，宁佳书摇摇头把一脑袋杂念赶出去，说道：“这两天飞来飞去，没来得及看呢，怎么啦？”

“那我告诉你一个好消息哦，咱们吃火锅那天拍的照片，点赞量超过七十万啦！广告商最近给我的报价都翻了四五倍呢，还想找你们俩带货来着，我就来问问你们愿不愿意赚点儿外快，你要是答应了，我小舅舅肯定也会答应！”

“公司应该不会同意，”宁佳书想了想摇头拒绝，“我刚上了申航今年的年度封面，要是产品出了什么纰漏，肯定一堆麻烦，还是不要了。”

“这样啊。”黄豆豆失落了两秒钟，说道，“那也没关系，我今年因为你们涨了好大一波粉，得给你俩分点儿钱呀，要不小舅妈你把银行卡号给我，我连小舅那份一起直接打到你账户上得了。”

宁佳书笑起来：“小舅妈不缺这些，哪里能要你一个小孩儿的钱，留着自己当零花钱吧。”

“啊……”送钱失败，黄豆豆垂头丧气，“那你有空一定得去看看我的微博啊，修完图超好看，大家都夸你们是神仙眷侣，说要粉小舅妈 CP 一万年的。”

精修确实比原图更精致好看了。

宁佳书把九宫格每一张都保存了，又设成屏保，指尖抚摸着厨房灯光下霍钦英俊的侧脸。

好后悔啊，要是她当年高中时候胆子没有那么小，把霍钦追到手了，也许后来压根儿不会发生这么多事。

同样在翻阅这些图片的，还有季培风。

酒店套房客厅里，有个开放式吧台。他放下手机，想给自己倒杯酒，犹豫了两秒钟，又将瓶子推出去，换成了牛奶。

酗酒手会颤，影响手速，他好不容易才在别人的鼓励下重新振作起来。

佳书不会喜欢一事无成被情绪打败的废人。

03

宁佳书的快乐总是不能超过两天，季培风的事儿还没完，这天飞完罗马，返程加机组在浦东落地，她忽然想起来要去趟飞行部，了解一下自己放机长训练的考评。

正是上午九点钟，员工们个个严阵以待，连电梯玻璃都擦得锃光瓦亮，不知道又要接待哪一方的例行检查。

其实但凡涉及航空行业，隔三岔五的检查就少不了。

只是申航今天好像格外隆重，前台小妹对着墙壁镜面整理领结，凑近小声跟宁佳书分享："你刚落地不知道，申航这周综合安全检查，今天局方有大领导过来开会，公司好多高层作陪。"

说着，小姑娘手指在柜台死角处抹了两下给她看："瞧见没，连这种陈年积灰都打扫干净了。你现在来，估计大家都没空理你……"

宁佳书想了想，说道："来都来了，还是问了再回去吧，我多等会儿没关系，省得下次再跑一趟。"

她打了个哈欠，挑了个大厅角落的位置落座，公司系统里的个人考评数据板块因为故障，两个月迟迟未更新，离考核训练结束的时间越来越近，换谁都沉不住气。

宁佳书原本打算玩会儿手机，没想到时差没调过来，身体陷入沙发后，整个人就开始昏昏欲睡。

九点半，局方和申航的领导们提前到了。

一群人呼啦啦进门，坐在角落的宁佳书半睁半闭的眼皮掀开，瞧清人影，瞬间从梦中惊醒，下意识努力往绿植后面躲了两下，可惜绿植太小，不足以藏住她的身子，还是有人将目光朝她的方向投过来。

为首那排领导中间，霍钦他爸赫然在列，显然把她刚刚的睡姿瞧在眼中。

电光石火间，宁佳书故作镇定地理了理头发，悄然放下跷起来的腿，起身远远地朝领导们颔首行礼。

人群才走过，宁佳书的笑脸便垮下来。

此刻，她不仅睡意全无，而且后悔万分，刚才怎么就没把前台小妹的金玉良言听进去。

早知道霍钦他爸也会来检查，她直接回家睡觉不行吗？再不济也得精精神神地在门口站着，展现一下实习机长良好的精神风貌，怎么能没眼色到大清早在领导们检查的必经之路上睡着了！

她知道自己长途飞行刚下班，可别人不知道呀！

人一走，她掏出手机噼里啪啦地给霍钦发消息，也不管他是不是在天上飞。

Shushu：霍钦霍钦霍钦！

Shushu：完蛋，你爸刚刚陪局方进行安全检查，看见我在飞行部的沙发上睡觉了！

Shushu：我这样是不是影响公司形象了？

Shushu：你爸看起来那么正经严厉，会不会要你跟我分手？

……

等霍钦落地关闭飞行模式时，聊天框里宁佳书的消息已经涨到“20+”，比过去一整周发给他的消息加起来还要多。内容从要他不着痕迹地帮忙解释，到脑补霍父棒打鸳鸯，霍钦看了真是哭笑不得，隔着屏幕都感受到了她的暴躁。

A：没事儿，我爸其实挺好相处的。而且他看过你这周的排班表。

Shushu：嗯？

宁佳书差点儿从沙发上弹起来，接通霍钦的电话。

“你爸爸怎么会看我的排班表？”

“快年底了，想趁你有空请你到家里吃顿饭。”

宁佳书倒吸一口气，吓得跌坐回去。

像她这样的女孩子，见家长比上断头台还难。既没有充分的讨好长辈的经验，也完全谈不上乖顺，要命的是还有着罄竹难书的感情黑历史前科。要是大人再问点“什么时候结婚”“什么时候生小孩”之类的问题，那简直是要她年纪轻轻当场去世。

“叔叔想好这顿饭什么时候吃了吗？”

“本来没想好，不过申航那么大，既然他今天都刚好碰见你了，应该会亲自跟你说时间吧。”霍钦猜测。

不。宁佳书后悔了，她要现在就去世。

果然，放下手机没超过五分钟，刚刚站在霍父身侧那助理模样的小伙找过来，刚照面便笑道：“你就是佳书吧？我是霍总的助理小贾，霍总现在陪着检查走不开，怕你先回去休息了，就让我过来问问你后天有没有别的安排，方便的话他想邀请你到家里吃个饭。家里霍钦奶奶呀，外公外婆呀，听说他恋爱了，都特别想见见你。”

排班表都看过了，她能说没时间吗……

宁佳书笑起来：“当然可以，没有别的安排。”

“其实霍总惦记这件事情挺久了，本来想亲自跟你说的，可惜今天时间不凑巧。”

“嗯，工作要紧嘛！”佳书忙点头。

又客套两句，加上联系方式，助理忍笑主动提起来：“我看霍总挺喜欢你的，刚刚进大厅那会儿，他主动跟别人介绍你呢。”

“我睡觉那会儿吗？”宁佳书花容失色，“介绍什么？”

“霍总说，我儿媳妇，早上刚落地就来飞行部报到了，瞧这孩子困的。”

宁佳书的脸“唰”地红了。

从接受邀请开始，宁佳书就有点儿寝食难安了。

她试图找出一件端庄温婉又不失贤惠乖巧的应试装备来，不过这种风格不太好拿捏，按照她自己的想法很容易走偏，最后还是宁母从衣柜底给她翻了一套上大学那会儿买的Chanel淡粉色套装，里面搭一件系带的雪纺衬衫。

连宁佳书揽镜自顾，都觉得这身装扮非常有欺骗性，绝对是初出茅庐、没有心眼、讨人喜欢的傻白甜的模样。

阳台上，宁母继续给小灰灰织它的第十五套毛衣。弟弟最近刚能走稳路，挪到宁佳书腿边试图往上爬，佳书嫌他脏，单手拎着他后领放回出发点，气得便宜弟弟往她乳白色的丝袜上“呸呸”吐口水。

“小崽子，你胆子挺大呀！”

佳书挑眉，伸手把他嘴巴捏紧，便宜弟弟两腮鼓气吹不出去，眼睛眨了两下，泪珠子疯狂在眼眶里蓄积。佳书赶在到达临界点之前松手，这下他鼻子一抽，气瘪了，嘴巴不知所措地张着，哭也不是，不哭也不是。

“别‘小崽子’‘小崽子’地叫，你弟弟有名字。”宁母纠正。

宁佳书才不怕：“他可听不懂你叫他名字，是吧，小崽子。”

臭弟弟果然兴奋地拍手附和：“咿呀，咿呀……”

在这方面，宁母和宁佳书的争执从来就没赢过，到最后也只得放任她的行为。

“对了妈，他们最近回来找过你吗？”宁佳书忽地想起这个，回头问宁母。

“他们”指的自然是罗父和罗图两个人。

不管怎么着也一起住了那么多年，宁佳书觉得自己还是挺了解他们性情的。就这么忽然散伙了从家里搬出去，等回过神来，罗父且不说，罗图肯定接受不了自己生活质量下降的现实。毕竟这寸土寸金的地段，婚姻存续期间，他们父女俩每月起码省下万把块房租。

女人才顿一下，宁佳书马上急道：“你可千万别告诉我你还想领一次证，给人做牛做马啊。”

宁母赶紧摆手，忽然就涨红了脸：“想哪儿去了，我都离婚了，肯定不会再走回头路的。你看你爸这么多年，我回头找过他吗？”

“那你刚刚在想什么？”

“他回来过几次，闹得街坊邻居都知道了，我就是觉得挺难为情的。”

“要不我给你换个地儿住？”宁佳书把手机掏出来，翻着相册里宁父写她名字的房本照片儿，说道，“你想住哪个区，我把房子收回来。”

“你爸给你这么多房子？什么时候的事儿？”宁母惊呆了。

“周映不是骗了他吗？这回就干脆把国内的不动产全转到我名下了。”

宁母反应了半晌，才喃喃道：“你爸虽然不是个好丈夫，但他对你来说倒还真是个好爸爸。”

宁佳书心说，他倒是想给别人当好爸爸，那不是没当成嘛。

宁母到底还是没换房，毕竟都是多年互相帮衬的老街坊，换了地儿也住不惯。

不过自从离婚以后，家里少伺候两个人，又请了月嫂帮忙带孩子，宁母脸上连皱纹都浅了，从广场舞边缘群众一跃成为C位领舞A角候选，家里客厅茶几上时隔多年又放了花瓶插了鲜花。

直到这个时候，宁佳书才真正放下悬着的心，确定宁母这个婚离得很值。

见霍钦家里人当天，宁佳书清早才收拾东西回公寓找霍钦。

宁佳书从小没什么长辈缘，爷爷奶奶外公外婆都没怎么管过她，本来就忐忑，一杯冰美式下肚，心跳得更快了。

出门前，宁佳书强迫霍钦换了柜子里的粉领带，算是情侣装。最后，她又检查了一遍后备厢里的礼物，宁母准备了一份，加上霍钦额外帮她准备的那份，就是两份了。

其实霍钦平时跟宁佳书分享的事情挺多的，他家里人什么性格，她基本清楚，但知道归知道，宁佳书一路还是在副驾驶上坐立不安。

霍钦无奈叹气：“佳书，我家又不是龙潭虎穴，你平时怎么样，今天就怎么样，大家都会喜欢你的。”

“我觉得不行。”宁佳书摇头，“你看我的七大姑八大姨，她们都不怎么疼我。”

霍钦家的位置离她俩的高中校园其实很近，步行不到十五分钟，算不折不扣的顶级学区房，还是十几年前申航改制划地给高级管理层们建的花园洋房，地段金贵，重点是带花园，花园里带车位！

小区的色调是统一的白墙红砖，鹅卵石小道。霍钦家的院子里还有秋千椅，种了不同品种的蔷薇月季爬到栅栏上，还有些别的什么宁佳书认不出来的植物，因为搭了花棚，照顾得精心，冬天也开得很好。

家庭环境很能展现一家人的生活状态，像宁家虽然没缺过钱，却也从未被精心打理过。宁母第二段婚姻里，日子更是过得满地鸡毛，不管怎么收拾，一会儿就又乱了。

霍钦家却截然相反，一看就是温馨和睦充满生气的家庭。

大概是听到停车声，没等按门铃，家里门就开了，开门的是家里的阿姨。

霍钦爸妈刚出门接老人去了，这会儿只有阿姨在家里做饭。

见面变缓刑，宁佳书松了口气放下礼物，咬了一口霍钦手上的苹果垫肚子，又把他的家庭人物图谱梳理了一遍，顺便上二楼参观他的房间。

这还是宁佳书第一次置身霍钦从小长到大的成长环境，小到一个足球，一架飞机模型，都承载着他的人生轨迹。

书桌上摆了相框，是霍钦高中毕业成人礼时候跟家人的合照，十七八岁的大男生还穿着校服，手上有捧花，模样比现在更年轻，更意气风发，与她记忆中的无二，朝镜头看来的眼神堪称直女斩。

宁佳书心痒难耐，实在想收藏，趁霍钦转身那会儿偷拍了一张。

拍完，她又觉得自己傻，现在他人都是她的了，还不是想怎么看就怎么看。不仅能看，她还能上手呢，将电话塞回包里，宁佳书揽着霍钦的脖子，扎进他怀里。

恋人间爱意澎湃的时候，肢体语言是比言语更直接的表达，虽然宁佳书嘴巴上提的是“你高中时候有没有喜欢过的女孩子”这种送命疑问，但贴在霍钦脖颈部位的脸颊已经表明了这样的行为本质上是在撒娇。

尽管知道她在找事儿，但霍钦还是认真地思索了一会儿才说道：“我高中时在理科特优班，班里就九个女同学，学习都很努力，我们班之外的其他女生……都不怎么有印象了。”

这张脸不管放再大也都找不到任何瑕疵，每一个细节都生得恰到好处，满意到了她心坎儿里，扔进娱乐圈估计起码也是个顶流，再加上那双认真的眼睛，就算他现在说地球是方的，宁佳书也会信了。

她故作轻松地假设：“可能上学时我们也曾经擦肩而过呢。”

霍钦想象一番，说道：“你要是从我面前走过去，我应该不会一点儿印象也没有。”

宁佳书的脸立刻垮下来：“我高中时的性格和现在不怎么像，也没现在好看。”

“你忘了？”霍钦提醒，“我见过你的毕业照，还是很好看的。佳书，那些都是你的错觉，你一直都是刀子嘴豆腐心，是个可爱的人。要是我高中的时候认识你了，可能还是会喜欢你的。”

仔细想想，她确实只躲在后头看过他的背影，还是远远地看着那种。

她那时候是没有勇气出现在他面前的。

不过旁人提起她不是头疼就是害怕，也只有他觉得她可爱。

“你现在怎么这么会哄人！”

“不好吗？”霍钦低头问道。

“哪里好？”她按下心间的激情涌动嗔他。

“我不会说话的，只是想到什么都忍不住告诉你。”

会心一击！宁佳书彻底沦陷了。

她搂着他的脖颈跳起来，腿夹着他的腰，咬他耳朵："只能怪你那么晚才发现我咯！"

霍钦吓一跳，怕她摔着，只得扶紧她的腰："等会儿人该到了。"

"可你家阿姨说你爸妈才出门不久。"宁佳书偏不下来，小情侣闹起来没分寸，纠纠缠缠的这一会儿时间，虚掩的门忽然被敲响了，伴着声音传进来。

"钦钦呀，不是说你女朋友来家里——"

宁佳书完全没听到脚步声，门被推开的一瞬间，当即呆住了。

她身子僵硬了两秒，才意识到自己的腿还挂在霍钦的腰上，在来人的视线中，尴尬地从他身上滑下来。

霍钦难得瞧见女朋友像只吓破胆的小兔子，主动揽住她的肩膀开口介绍："我奶奶。"

宁佳书乖顺地笑着说："奶奶好，我是宁佳书。"

心里懊恼，要是让宁母知道今天白挑这身规矩乖巧的傻白甜套装，全被自己一时把持不住破坏了别人的第一印象，多半要气死了。

"奶奶，你敲门就是敲个形式吧，我都没出声你就进来了。"霍钦显然跟他奶奶很亲近，因为他鲜少这样直接对谁抱怨。

老人也十分受用孙儿的小脾气："侬（你）门不是开着嘛，我以为没什么重要的事在做，对勿起（对不起）啦，下次再注意。"

说完，她的目光移到宁佳书脸上，顿了两秒钟，接着牵过她的手，换了普通话说道："你就是佳书，我听说你好久了呀！"

她打量了又打量，从眼睫毛到头发丝都瞧到了，眼神含笑，满意得不得了："真漂亮，好孩子，我们钦钦还是有眼光的。"

霍钦的奶奶在大学任教，退休后返聘，至今仍在讲台上授课。按霍钦的说法，老人最喜欢跟年轻的小姑娘小伙子相处，但宁佳书觉得他说得还是含蓄了一些。短暂的相处中，据她观察，霍奶奶不是喜欢跟年轻人相处，她简直是个十级颜控。

所有的孙辈里，霍奶奶最疼霍钦，亲戚里，她最喜欢豆豆，其他什么市厅副处，“东风快递”弹道研究所精英……听起来就比飞行员和网红厉害得多的职业，在她面前都抵不过长得好看。

年轻人在追的神颜“爱豆”，老太太讨论起来也是如数家珍，这个孩子鼻子生得好看，那个小姑娘盘顺条靓……

她甚至有自己的一套基因匹配论，长得好看就应该找长得好看的人结婚，多生几个孩子，把完美的基因遗传给下一代，为人类进化做贡献。

04

宁佳书因为见家长已经忐忑了两天，在和霍奶奶短暂相处过后，她真恨不得霍家全家都是颜控，只可惜这样的好事天底下没有——因为楼底下刚进门的外公外婆就有点儿难搞。

老两口是早年文工团搞艺术工作的，霍钦的妈妈也是学音乐出身，一家三口站在一起，文艺气质一脉相承，保养良好，举止优雅，挑剔精致。他们喝水、喝茶、喝咖啡分别用几套杯子，连每种肉类都有专用的餐具盛放。

一句话总结，就是龟毛。

宁佳书的讲究跟他们比起来简直是伪讲究，她生平就没遇到过几次比自己还擅长半垂眼儿看人的。

霍钦外婆瞧过来的视线是眼下五十度角，估计看在霍钦的面子上已经极度收敛，老两口尽力平和地跟她聊天，问了她一些话。

宁佳书虽然一一答了，但她是个敏感的人精，旁人可能察觉不到，可她听得出来俩老人话里话外无可奈何的惋惜。估计他们不喜欢她破碎的家庭，也挑剔她过往的恋爱史，还对她刚直不折的倔强也略有微词。

她倒也能理解，毕竟霍钦是个那么风光霁月的大丈夫，足以匹配一个心地善良、死心塌地喜欢他的贤惠的好姑娘。

一码归一码，宁佳书虽然明白原因，但不可能大度地接受结果，她就不是那种通情达理的人。她面上表情倒还没变，回话的热情已经冷了。

好在霍钦虽然遗传到了母亲家的美貌，但是性格和他们没沾边，更肖似父亲。

真庆幸霍爸是个对孩子负责任的老父亲，没把教育权假以人手。他对孩子的女朋友也不摆领导架子，异常平易近人。

饭桌上全场靠霍奶奶、霍父和霍钦活跃气氛，嘘寒问暖，消除她的局促。

不知道为什么，宁佳书来时那么紧张，希望被认可，见面后的结果又好像在意料之中。霍钦妈妈，外公外婆，他们的客套礼貌、无可挑剔的社交辞令其实远远比不假思索地发难更令人无力。

反正她那被妖魔化的恋爱史在国内的大环境里本身很难讨长辈喜欢，反而霍父和霍奶奶的友善令她稍感意外。

下午茶结束时，已经是傍晚了。

宁佳书感觉和长辈打一整天的交道比和人打了一架还累。除了装模作样地帮忙端水果那会儿打碎了一个盘子，她自认为表现得中规中矩，没出错，表面上宾主尽欢也算对得起霍钦，她也能和家里的老母亲交差了。

只是心情已经和来时截然不同，从紧张变成了一种不知未来会落在何方的茫然惆怅。

出门时在玄关换鞋，宁佳书弯腰扣高跟鞋鞋扣，视线忽然落在鞋柜上方陈列着相框的架子上。

霍奶奶送到门口，以为她感兴趣，便给她一一介绍。

"这几张照片都挺有意义的，就是都挺老了，柜子摆不下，好几次想换新的，钦儿挑来挑去就是哪张都舍不得换。"

宁佳书端详了好几分钟，直到霍钦催她，她才匆忙与长辈挥手道别。

回家途中，宁佳书开口道："原来你妈妈不喜欢我啊，我上次都没看出来。"

气氛有些沉默。

霍钦隔了好几秒钟才减速，将挡位挂回P挡，车停在路边，侧过身来面对她。他没有像别的男人一样安慰一堆套话，诸如"怎么会呢""你别瞎想"等，只是沉声开口："佳书，这是我要解决的事。"

男人的唇线抿紧，显得有些严肃。

"真的很抱歉，我原本以为他们已经接受了我的态度和意志，但是现在看来，也许是我表达得还不够明确，贸然把你带回家，让你受了委屈。"

"也没对我怎么样。"宁佳书往后一靠，说道，"他们这不是挺礼貌的吗？"

"但是你不开心了。"

世上大多数的男人无法敏感地察觉女人间相处的机锋，尤其在信任的家人面前，警报阈值更是会被潜意识调得无限大。霍钦也是个工科男，他也许没有察觉到那些微妙的细节，但他能感觉到宁佳书不开心。

这种不开心，不需要问为什么。

因为只要人和人之间的成见没有消失，礼貌再好，被偏见对待的人总能尝出不开心的滋味。尤其是宁佳书这样细腻又骄傲的人。

宁佳书默不作声地解开安全带，霍钦原本以为她是生气了要下车，心头一跳，谁知她竟是探身把头埋过来，紧紧环着他的腰。

"你说得对，其实我本来不高兴，但是出门那会儿，我忽然不在意了。"

她在玄关处的那些相框中看到了一张俯拍西南威尔士蜿蜒的海岸

线的照片。

她确信照片是那年在西澳学飞，她和霍钦恋爱后第一次过生日，两人一起横穿南澳时拍摄的。

因为同样的景色她见过，照片里还出现了Cassna 182的半边机翼，蓝天碧海的最右下角露出半个肩膀，披散着她还未长到现在这样长的头发。

宁佳书不记得当年霍钦偷偷拍过这张照片。

他什么也没说过，只是默默地把这张照片放在家中触目可及的柜子上，和家人的照片一同摆了六年。并且是在他自己都以为他已经放弃她，怪她，两人一辈子都可能没机会再相见的时候摆上去的。

而宁佳书当年分手，是恨不得把他所有的东西都扔掉销毁，不愿再承认这一场失败的恋情存在的。

他会为每一件大的、小的、主观的、客观的，也许根本都不是他做错的事情向她道歉，只是因为担忧她伤心委屈。而她鲜少道歉，即便明知自己错了，很多时候却还是担忧自己示弱会因此在相处中落得下风。

宁佳书抱得那样紧，霍钦有些不知所措，手抬到半空，又轻轻放在她的发顶拍了拍：“怎么了？”

宁佳书设身处地把自己换到霍钦的位置，要做得像他这么好，估计都感觉要累死放弃一百次了。

“我知道你已经很努力了，一定很累吧。”

“不是的，佳书，你错了。”霍钦纠正，“当你愿意去做好一件事情的时候，无论过程怎么样，付出都只会感到快乐。”

爱一个人和付出都是一种能力，这种能力霍钦拥有，而从前的宁佳书一直欠缺着。

第七章

陷入舆论的旋涡是怎样一种感觉?

01

临近年尾，又到了申航展开一年一度各种考核的时间，无论空中还是地面，每个工种都紧张地准备应考。

相比其他让人精神高度紧张的考试，水上救生训练这种逃生类的考核对宁佳书来说，还算可以起到调节心情、劳逸结合类的放松作用。

宁佳书所在的飞行六部周一在游泳馆考核，搭档的轮候空乘组名单中，刚好有何西带的组。

考试开始头一晚，宁佳书回忆了一遍去年的流程，又把申航自己编的水上求生训练考核标准浏览了一遍，觉得问题不大就准备睡了。倒是何西紧张得很，非要宁佳书给她当假人，回忆一下救生员执照操作步骤，甚至有点儿想临时抱佛脚去游泳池练练游泳带人和划救生艇。

宁佳书当然是无情地拒绝了。

她每每看完书就困得很，路过浴室，看到何西一个人在浴缸里原地划，可惜浴缸尺寸有限，空间不足以让她的腿蹬开，做一只真正的小青蛙。

宁佳书的睡意被何西笨拙的可爱样子赶跑了，疑惑道："你在公司泳池不是练过了吗？"

何西摘泳镜换气，说道："之前谁知道跟你们六部在同一批，早知道夏图南看着，我就练蝶泳了，现在临时习惯游泳姿势你知道多难吗？"

哦，嫌蛙泳姿势不好看。

何西从前考试一直蛙泳的，动作简单形成条件反射之后不费力，她的脑子同时运行好几件事情容易负载短路。

宁佳书这次是真笑出来了："我倒还真没发现这是蝶泳，哎，你把浴缸里的水放点儿出去，肩膀出水动作才标准。"

"滚一边去。"何西淬口洗澡水，从浴缸里坐起来，问道，"情况怎么样，领导一家子对你满意吗？”

宁佳书顿时没了取笑她的心情，偏偏还要将手插兜里装作不在乎的样子：“你觉得呢？”

“那就是不满意咯？”何西张嘴就说大实话，“不过讲真的，我要是霍钦他妈，我不只不想理你，还想和你打一架骂你狐狸精别来祸害霍钦呢。”

宁佳书眼神斜过来，何西话到嘴边忙改口：“……就算打不赢，我还有钱，我愿意给你两千万求你离开我儿子。”

“是吧，连你也这么说。”宁佳书低头笑了一声。

她这一笑，令何西后颈发毛：“哎，你别这样……不至于啊，我听说霍钦外公外婆从前在部队军衔挺高的，一家子领导、大知识分子，应该还是会自恃身份，不至于直接对你发难吧？”

“没你想象的那么糟。”宁佳书叹了一口气，说道，“我就是觉得，霍钦真累啊，他和我在一起，受了很多委屈。”

何西关掉水阀，目光惊奇地落在宁佳书身上，像第一次认识她一样，盯了她半晌。

“我差点儿要以为你被什么东西附身了，宁佳书，有生之年，我真的没想到，你竟然还能讲出这么有人性的话。”

宁佳书却没有了再和何西斗嘴的意思，转过身，一个人靠墙在地上坐下来。

这样何西就不能看见她的神情，嘲笑她的脆弱。

“可能人太年轻的时候，总是无法明白自己拥有的东西有多珍贵。

“背负着一个人命运的感觉真沉啊，我以前从来就没想过，有一天会被这样的负罪感压得喘不过气来。我甚至没办法把这件事情对霍钦的父母坦诚相告，就算他们同意了我和霍钦结婚，我也可能会退缩。”

从某种意义上说，其实何西比宁母这个做母亲的更了解宁佳书。她立刻领会，追问：“你怕季培风的状况因此变得更糟糕？”

季培风确实有着最好的治疗团队，但心理医生治不好一个不愿好起来的病人。

这几个月以来，大家都知道了，无论是鼓励还是建议，季培风都只愿意听宁佳书的话。随着她探望次数的增加，所有人都能瞧见季培风肉眼可见的正面变化。

她是一个节点，在她之后，季培风的人生不可挽回地离轨走偏，就像《盗梦空间》里的陀螺图腾一样，她的存在，是季培风分清梦境与现实，振作还是堕落的关键。

何西也没有想到，有一天，宁佳书不敢结婚的原因，从她自己不愿意变成了渴望却不敢。

何西第一次听见宁佳书示弱，嘴唇动了动，却发现自己并没有扬眉吐气、一雪前耻的快感。

“我现在忽然有点儿同情你了，你比我惨。”

往年的水上求生考核环节都穿泳衣，可惜今年情况有变，为了取得真实演练效果，有高层大手一挥，要求员工都穿工作服跳水。机师还好，有衬衫长裤，空乘们就都是修身衬衫裙了，尽管都把泳衣穿在里头，但还是限制了游泳水平的发挥。练了一晚蝶泳的何西从救生梯上滑下来，最后还是选择了蛙泳。

没办法，保住工作要紧。

乘务员的逃生环节在这一过程中是非常紧张繁复的，每一项都不能有任何错漏，除了保障他们自己和乘客安全从训练模拟仓撤离登上求生艇，还要考核应对各种突发状况所采取的应急措施。

宁佳书第一批考完，洗完澡出来坐在岸边喝水休息。可惜一口矿泉水还没下肚，任可雅先过来了，劈头盖脸就是一句：“你这女朋友怎么当的？！”

宁佳书还一脸蒙，刚皱眉想问问她来找什么骂，目光落在泳池对面，含在嘴巴里的一口水差点儿全喷出来。

她立刻同任可雅一样义愤填膺了。

刚刚和宁佳书一批从泳池湿淋淋地爬上来的某个小乘务，不知怎的坐到那边等候考核的霍钦身边去了。女孩面容姣好，披着的湿毛巾下只有贴身衬裙，滑到短及腿根，白花花得直晃人眼睛。

航空训练中心的游泳馆，椅子都是一米宽，双人座。她往那儿一坐，还不安分地扭来扭去擦头发，那意图简直是司马昭之心，路人皆知！

其他乘务是眼睛瞎了，没看到那边有空位吗？

当然不是！

在霍钦还单身的时候，女人们对这位申航顶级流量都保持着心照不宣的默契，只可远观不敢亵玩，背后调笑几句就算了，往他身边凑很容易自惭形秽。

虽然宁佳书的到来打破了这种微妙的状态，把霍钦从神坛上拉下来引起公愤，但也因此更没什么人往他身边凑了。

一部分是因为觉得有主的男人不能碰，她们宁愿多走两步坐其他空位；一部分就像今天，从泳池爬上来的都忙着去休息室冲澡换衣服了。对于长得天仙样的人，大家自然都愿意多欣赏几眼，但若要说真把他变成自己的所有物，那还不如冲个澡来得实在。

“有人放火烧你房子了，你还在这儿愣着干吗？！”

“霍钦要是这点儿定力都没有，他就不是霍钦了。”宁佳书拧上瓶盖，瞧她一眼，“再说，烧的是我房子，你怎么比我还着急？”

任可雅张口欲辩，却又语塞，最后恨恨地鼓起脸颊道：“真是狗咬吕洞宾。”

“听说你现在跟和畅在谈恋爱啊，好好恋爱，眼睛老盯着别人的习惯得改掉啊，不然你男朋友会怎么想。”

任可雅脸红跺脚，气急否认：“谁跟他在一起了？谁乱传的？哪有的事？”不想接下来立刻露了马脚，“再说和畅从前不也喜欢你，弄得人尽皆知的。我都没怎么想，他敢怎么想？”

宁佳书耸肩，放下毛巾不急不缓地朝对面去了。

任可雅瞧着她的背影暗骂：“死鸭子嘴硬，没见你比我强。”

霍钦其实压根没注意到身边什么时候坐了人，还在翻航空中心里的培训守则。这书就摆在一楼大厅入口处的架子上，不过从来没什么人看。

宁佳书也就没急着过去，先慢悠悠地走了会儿，挤进一个认识的乘务聊天小圈儿里聊了几句，接着就有人注意到她了：“佳书，你怎么不过去找你的机长，还跟我们待在这儿？”

宁佳书摊手：“他看书呢，多没劲，再说那边不是没位子了嘛，还是跟你们聊天有意思。”

话是这么讲，意思大家都能领会。

“坐霍钦旁边那女的是谁呀？”终于有人注意到了那边的情况。

“不洗澡在那儿拿块毛巾干擦是个什么意思？衣服也不换，当这里谁没长双腿似的。”

八卦的旋涡中心瞬间移过来，大家顾忌着正牌女友在不好调侃霍钦，但对那个“项庄舞腿，意在霍钦”的女孩子可不会口下留情，三两下就把这人的来历扒得一清二楚。

所谓知己知彼，百战不殆。

这女孩是从阿联酋航空跳槽过来的，叫曾琦。申航如今使劲儿拓展国际航线，正是需要大量语言人才的时候，进公司两三个月就照从前给了她乘务长待遇，年薪也非常可观。

霍钦执飞时候和她搭档过两三次，也是认识的。

果然，在佳书听到这儿的时候，女人停下擦头发的动作，和霍钦搭话了。

隔着半个泳池的距离，宁佳书能瞧见霍钦抬头时瞳孔忽然缩小，估计被忽然出现的声音吓了一跳，然后直起背来，点头回礼。

曾琦的招呼得到回应，笑容比服务头等舱的乘客时还要灿烂，她身体微微前倾，又说了些什么。

宁佳书收回视线，有人望向她，欲言又止。

“怎么了？”宁佳书满足众人的好奇心，追问。

“上次我们不是和她们的航班在希思罗机场有交接吗？其实我早就听她们班组里的小姑娘说啦，这曾琦对霍钦可殷勤了，又是送奶又是送咖啡，连吃饭都抢着跟他坐一桌，瞧样子是想撬墙脚。”

“公司内部论坛上有不少消息，她就算是新来的，也应该知道霍钦是有主的呀。”

……

“现在的人哪管这些，结了婚的都不在乎，更别提没结婚的——”话说到这儿，那人似乎才意识到宁佳书在场，忙道，“佳书，你别介意，我没那个意思哈，我就是在批判这种行为。”

“嗯，我当然知道你的意思。”

她还知道在场很多人不觉得撬没结婚的女士墙脚是什么大事，也就假意骂给她听听。

真被撬走了，个个都得偷着乐呢。

笑着从人群里出来了，她才抬手冲对面叫人：“霍钦！”

霍钦立刻起身朝她走过来，像是屁股底下是针毡，走近才小声抱怨：“我排得也太靠后了，还没轮到，又得让你等了。”

“反正也没什么事儿，等你考完了再一起去吃饭。”宁佳书笑着，把书从他手里抽出来，问道，“写了什么？你怎么看这些乱七八糟的条例也能认真得跟看名著似的。”

“这是修订之后的第五版了，改了好多地方，还挺有意思的。”

宁佳书合上书，又问：“刚才坐你身边的那个女生是谁呀？瞧着怎么怪面生的。”

霍钦回头瞧了一眼她说的人，回想一番说道：“执飞时候搭过两次班，是个乘务长，名字……我一下想不起来了。”

哦，名字还没记住呀。

宁佳书忽然有点儿为曾琦感到好笑了，她白扭了半天霍钦没抬头看也就罢了，都合作不止一次了，敢情霍钦还没她这刚见过几分钟的了解人家呢。

其实从前在西澳他俩刚认识的时候，宁佳书自己差不多也是这个待遇，再好看的人给霍钦抛媚眼，他也是不解风情的。但那会儿宁佳书觉得挫败，这会儿只有幸灾乐祸。

只是她这笑容，瞧在别人眼睛里，是有些刺眼的，像耀武扬威在宣示主权。

曾琦收回视线，笑容浅淡，捡起椅子上的毛巾转身进了休息室。

02

首聘机长考评暨聘任机长仪式在放假前一天举行。

这个模式有点儿像大学最后的毕业答辩，不同之处在于，副驾毕业最难的地方是答辩之前的环节，而当天只要通过了评委们的问答，就能当场拿到聘书，进行机长宣誓。

作为一名左座副驾驶员，宁佳书的机长执照进度条基本已经抵达百分之九十五。

经过了漫长的地面理论考试、模拟机训练考核以及本场训练考核、航线飞行考核……目前她只需再通过一次例行飞行员检测，就能顺利参加考评会。

在去年和牛机长搭档坠机以后，宁佳书就发誓，下回匹配考核搭档，一定得叫宁母给菩萨捐点儿香火钱。

事关女儿的考试，宁母当然痛快地捐了一大笔钱。

只可惜不知道这香火钱是不是在中间被贪墨没递到菩萨手上还是怎么回事，菩萨完全没听到宁佳书的心愿，考核匹配名单才下来，她就感受到了周围人熟悉的目光关怀。

宁佳书这次模拟机的考核搭档叫刘传，只有一条杠，是今年才进公司的第一阶段副驾，听说花了比别人多一年的时间拿到飞行执照，简单来讲，是个菜鸡。

“宁姐，这次弟弟全靠你带飞了。”

进模拟机前的早餐时间，刘传一眼从几百人的食堂精准找着宁佳书对面的位子，孝敬了她一只鸡腿。

呵呵，我可没你这么大的便宜弟弟。

宁佳书眉头挑了挑，还是张口应下来：“当然，我尽量。”

“太好了，姐！”男孩越发跟她近乎，“昨晚在宿舍看到名单出来，你不知道我有多开心。你这么年轻就要升A330机长，这在咱们申航还是头一个，连我室友都说我稳过了。老实说，所有的检测我最怕上模拟机，去年坠机我犯恶心好几天。”

宁佳书嘴角又挂上想骂人但很无奈的微笑：“一起加油，我们能过。”

没办法，模拟机考核除了技术，心态同样重要，只能以鼓励为主。

宁佳书现在要是再说点儿其他的影响了他，说不定人家五分的技术就只剩两分了。

她正面临升任机长考核，申航的教员可能会适当增加模拟机考题出题难度，这宁佳书早就料到了。但再次见到去年韩国教员熟悉的泡菜脸，宁佳书还是感受到一股扑面而来的窒息。

吸取从前的教训，进模拟机时，宁佳书直接不搞虚头巴脑打招呼那套了。不过这次，一直以冷面著称的杀手教员却难得冲她露出了一丝笑容。

映入她眼中，这笑容的潜台词显然是：瞧你，又落在我手上了。

他来了，他重新带着低能见侧风、单发失效、双液压失效、低空风切变……多重故障的奥林匹克竞赛项目题走来了。

宁佳书感觉浑身寒毛直竖。

刘传却是懵懵懂懂，他大大地回了教员一抹笑容，回过头来还觉得兴奋，小声跟宁佳书说：“姐，教员看起来挺面善的呀，稳了稳了，这下稳过了。”

呵呵，愚蠢的人类。

宁佳书面无表情地看了刘传一眼，决定让暴风雨使他明白自己怎么会是一只真正的菜鸟，因此并不纠正，深吸一口气，坐上模拟机左座。

她是整架飞机的最高决策者和首要责任承担者，今年被踢座位的，也要从牛均变成她了。

一上来还是熟悉的配方、熟悉的味道，上来就是跑道侧风，爬升经历较长积冰区。

好在宁佳书对此早就有心理准备，稳稳地在侧风中起飞，有条不紊地打开发动机和机翼的防冰系统，只留给菜鸟副驾一些操作简单的边缘任务，以免教员鸡蛋里挑骨头，再拿她不懂配合说事扣分。

处理完一系列惊险操作，宁佳书回头，只见那韩国教员咧嘴阴险一笑，仿佛在告诉她：你以为仅此而已吗？

她吓得一个激灵，回神意识到自己气势落了下风，又挺直腰板，留下一个挑衅的眼神：放马过来。

今天的宁佳书已非昔日吴下阿蒙。

教员果然又给她扔来一个雷暴大礼包。

倘若把航空模拟机训练中心比作一款游戏，不同的考核是不同的副本，教员相当于不同难度的怪兽，这个韩国教员，就是其中困难副本中的变态大怪。

考核才开始不过十分钟，就是积冰加雷暴双重打击，宁佳书心里冷哼，勇敢接招。

直到巡航才稍得喘息，教员又扮演空管单位要求她最大速度巡航，宁佳书将巡航速度加快到马赫数 0.78。

终于，教员开始了自己的主场，设置第一个大的故障科目，蓝液压低压。

宁佳书凝神，低压出现之后，飞机的自动驾驶便被接通了。

由于空客系列有绿、黄、蓝三套系统，任何一套系统发生故障，剩下的两套都还能够维持正常飞行。因此她做出评估，又象征性地和刘传商量了一下，两人决定继续飞往目的地。

教员又扔出了第二个故障科目，左侧发动机火警。

宁佳书按照火警的处置程序，让刘传申请下降高度，自己关掉了左侧的发动机。左侧发动机是驱动绿色液压泵的，因此关掉左侧发动机后，绿压系统也随之不再工作。

这就是检查中一个经典的考核科目了：单发加双液压失效。

到了这个阶段，刘传额头已经开始冒汗，袖子抬起来擦了两下，宁佳书余光分神瞧见他手微颤，提醒：“静心，不要紧张，你就保持刚才的状态，现在释放发动机灭火瓶，剩下的交给我。”

刘传赶紧点头：“知道了，机长。”

飞机每台发动机配备两个灭火瓶，这一次灭火瓶释放完毕之后，宁佳书却发现火警依然存在。

“没办法，只能申请备降了。”宁佳书叹气。

“机长，是返航吗？”刘传战战兢兢地询问。

不怪他没出息，这个教员看着和蔼，没想到如此心狠手辣，这就是传说中的面慈心毒吗？才起飞多久呀，就整出这么一大堆事来。

“你觉得能返航吗？”

“油量省一点儿是够的呀。”

“那要是回去途中再出点儿意外省不了呢？教员在后边坐着不就是给你出麻烦的？”

“飞机都破成这样了，教员不会再搞事情了吧……”刘传小声说道。

宁佳书翻了个白眼，忽然知道教员为什么都喜欢骂人了，说道：“机长是你还是我？不要啰唆，申请紧急备降。”

“可是这附近只有一个勉强满足着陆性能所需条件的备降场，降落难度挺大的。不如在返航途中的另一个机场备降吧，那个跑道长一些，只要多飞十五分钟。”刘传提议。

双液压失效会影响很多系统，包括襟缝翼、刹车和减速板等，这些都会增大飞机着陆的速度，需要备降机场有更长的跑道距离，供飞机着陆缓冲滑跑。

因此，很多小机场肯定不符合备降条件。

“不，就在这儿降落，只要是干跑道就行。”宁佳书呼出一口气，坚定了决心。

她总觉得油量消耗快得有些不同寻常，就算是备降场一个也不符合着陆性能，她也只能强行降下去，至少结果是可控的，她能用降落技术弥补跑道条件不足的问题。

返航途中万一油量耗空，不等教员弄出的故障置他们于死地，他们自己就得机毁人亡，到那会儿才哭都来不及。

心里有了疑问，飞往备降场的途中，宁佳书处理故障紧张之余，便一直抽空盯着仪表盘，也就是在这时，她发现了一个一直没有注意到的细节，备忘信息里显示了一行绿色的字母。

天哪，宁佳书愣了一瞬。

电光石火之间，她脑中百转千回，突然明白了飞机起飞后，她唯一一次回头时，韩国教员那阴险的笑容到底是什么意思。

原来，他一直在这儿等着她呢！

和波音系列不一样，她所驾驶的空客型号着陆灯打开后是伸展的，正常的程序是飞机爬到一万英尺的情况下就需要关闭着陆灯。这是她分配给刘传的工作，刘传也确实执行了，但由于机械故障，着陆灯没能成功收回去，便一直暴露在机翼表面之下。

这也不能怪刘传，因为这样小的机械故障，不仅不会有明显的音响警告和目视警告，连备忘录信息的提示都只会显示正常情况的绿色，而非不正常的琥珀色。

然而从他们起飞开始，整个飞行过程就是危机四伏、异常紧凑的，宁佳书包揽了所有最难的操作，完全没有时间去注意这种仪表细节，刘传更是完全不可能注意到，不，也许就算是许多经验丰富的老飞行员，都不可能注意到。

没想到教员竟然专门为她准备了一个比变态还变态的题目。

之后所有的故障科目，都基于他们没能成功收回着陆灯。

蓝液压低压，是因为他们听从管制员的指令最大速度飞行，穿过积冰区。而着陆灯是完全没有防冰系统的，灯上也许积了很厚的明冰，马赫数 0.78 的速度下，脱落的积冰击穿了水平尾翼，引起蓝液压系统液压油泄漏。

也是因为一直保持着最大速度，着陆灯承载不了那么大的积冰载荷，最终脱落，脱落的着陆灯碎片击穿了左侧发动机蒙皮，导致了第二个故障科目引发火警。

就连不正常的油耗，也可能是暴露在机翼下没收回去并且还积冰的着陆灯导致的。

当然，实际油耗不可能有这么夸张，但谁让这模拟驾驶舱是教员说了算呢？只要他按照最极端的结果设置科目，一切就都能实现。

最可怕的是，模拟机无法模拟现实中水平尾翼被击穿后对操纵的直观影响，教员自然也不可能提醒他们，还假装只是单纯地出了一个蓝液压系统低压科目问题。

接踵而至的危机一环扣一环，宁佳书心有余悸。

要不是从前飞国际航班时，巡航太漫长，霍钦同她讲过着陆灯无法关闭可能导致的各种极端情况，她到现在都无法快速反应过来根本原因所在。

倘若错过最后的机会，不，甚至只要她再晚几分钟意识到这个问题，不正常的油耗要么让他们在返航途中坠机，要么只能在不满足降落条件的机场强行落地。

也许就算等她好不容易安全落地了，宁佳书也完全可以想象得出，教员怎么用没有发现着陆灯的理由拒绝给她合格的成绩。因为一个优秀的机长，应该要把可能导致故障的情况在一开始就尽量全部规避，使风险降到最低。

还好，一切还来得及，还有最后一次机会。

宁佳书无暇再想其他的，也没有时间和刘传解释，收敛心神，全神贯注屏息凝神应对最后的备降。

她已经能瞧见白色的跑道线了。

飞机逐渐接近跑道，她的心提到了嗓子眼，在临近地面时稍微抬了一下机头，稳稳拉杆，在渐减的空速中开始滑翔，轻飘飘落入跑道。

宁佳书没有感觉到明显的砸顿感，飞机流畅地减速，最终成功停下来。

成了！

她呼出一口闷气，爽快感像是一口气喝干了十瓶汽水。

直到从驾驶座起身，教员犹自不甘心地想要揪她的小辫子，想要试探她能成功降落是否有运气的成分，以便酌情给她不合格。他问：“宁，你为什么不选择返航？”

“这个原因教员您不是很清楚吗？毕竟您给我设置的第一个考核就是收回着陆灯故障。”宁佳书微笑。

着陆灯故障？

刘传呆头呆脑的，在一旁都听蒙了，他和宁佳书驾驶的是同一架飞机吗？着陆灯收回故障是什么时候发生的事？

“好吧。”教员并没有被戳穿的不满，摊手，“但我还是要给你们扣分。”

“为什么？”

没等宁佳书开口，刘传先急了，虽然他不敢问着陆灯的事儿，但这么难的题目和这么完美的备降都要扣分，还有人性吗？

“毕竟刚才的一切故障，都是由于你们最初的疏忽。如果一开始就发现备忘录里的提示，就能尽早采取措施，例如避开积冰区、拒绝管制员的指令低速飞行，也不会造成飞机损伤和公司的经济损失。”

宁佳书早有预料，并不是很在意，只要能让她参加首聘机长考评，怎么都行。

以目前的情况，教员再怎么抠细节也扣不到不及格。

出了模拟机训练大楼，刘传劫后余生般小腿犹颤，千恩万谢：“宁姐，您的大恩大德小弟没齿难忘，这次要不是你，我可就真挂了。”

宁佳书微微一笑，抬手道别，深藏功与名。

她并不解释要不是遇上她机长考试，加之和教员早有渊源，他并不会碰见这样难度的题目。

只是她今天能力挽狂澜，也有一个人要感谢。

03

机长考评会暨新机长聘任仪式在申航大礼堂举行，公司员工和家属们可自由选择观礼。

宁父的身体短期内不再适宜乘坐跨洋航班，不能到场，倒是宁母早在考评会还没开始就在台下坐好了。

哦，一起的还有霍钦。

他们的座位刚好在会堂入场的必经之地，评委们进来时瞧见，纷纷笑着和他招呼。

就连和宁佳书同一批晋升的八位飞行员都小声道：“佳书，你这家属简直来得又齐又早啊。”

宁佳书本来一身轻松来答辩，被打趣到脸上的赔笑都快撑不住了，尴尬地坐到宁母旁边说道：“妈，我不是说让您吃了早饭再来吗？考评得三个小时，您老来这么早干吗？”

“我听说小霍早上就来，主要我来早点儿可以跟他说说话。”

敢情你是来聊天的。

“不可以吗？”宁母左右看了一圈，见只有自己几人在，也有些尴尬。

宁佳书：“……您开心就行。”

考评会分为案例分析、评委提问以评议等，一模一样的环节霍钦也经历过，开始准备的阶段就给她题库，顺便画了重点。

结果也没什么悬念，三个小时结束后，八位机长都获得晋升资格，跟随飞行部经理对着国旗和申航的徽章开始进行就任机长宣誓，依次授衔、颁发证书。

这个阶段，大礼堂台下已经快坐满三分之一，不仅有飞行员的家属和同事等候合影的环节，也来了许多乘务，因为在就任仪式过后，还有乘务长的晋升及优秀员工表彰仪式。

申航高层出席了一大堆，还好霍钦爸爸出差了。

总经理亲自为宁佳书授衔，三道金黄色的肩章取下来，换上崭新的四道杠机长肩章。

作为申航获得 A330 执照的最年轻女机长，总经理顺便也表达了一番对她技术的欣赏，以及对未来的期待与展望。

领导们多数有个毛病，就是会开多了以后，丁点儿大的事情也能讲出一篇三千字的小作文式发言，引用排比、劝诫、鼓励加上画大饼，一套套组合拳打得纯熟，对谁都使得炉火纯青。

宁佳书连连点头，已经有点儿按捺不住了，余光往站在台阶上等着上来献花的宁母那里瞥了一眼，趁领导作文小段落结尾的空隙展露笑容：“领导，我们能合张影吗？我妈妈特别感谢您对我的栽培，想和您一起拍一张照片，用来纪念。”

总经理本来还没讲完，但是宁佳书这记马屁拍得恰到好处，剩下的几句也就作罢了。

“那好吧。”

宁佳书赶紧朝台下招手，领导轻咳两声，挺直腰板往中间一站，摆上拍照专用、刚直而不失威严的笑容。

快门闪光灯闪过几次后，领导就被别人拉走了，剩下霍钦、宁佳书还有宁母一起拍。

大礼堂的灯光明亮干净，照得每个人连笑容都温暖纯粹起来。宁佳书身上制服笔挺，捧花站在男朋友和母亲中间，瞧上去就是幸福的一家三口。

……

台上的人开心，台下有人却是另一番心情。

“曾琦，我觉得你还是别浪费时间了，霍钦虽然好，但也难撬。我听说宁佳书是他还在航校时就谈的初恋，等了那么多年才成功复合，这事就算有门儿，你的付出和收获也不成正比啊。”

“我觉得周周说得对。”有人附和，“宁佳书这个人真不是好相与的，半点儿不吃亏，这在公司都是有前车之鉴的。有次你知道吧？和她同组的乘务就在匿名论坛发了关于她的一个帖子，她直接把人家信息查出来搞到辞退。”

被劝的人却并不为所动，反而笑眯眯地道：“要是能把霍钦这样的人追到手，换哪儿待不行，大不了再回原来的公司去。

“再说，她能在公司晋升得这么畅通无阻，又是表彰又是把人辞退的，不都是仗着霍钦吗？没了霍钦，她什么都不是，还有什么好怕的。”

两边的人这么一听，虽然说不上来哪儿不对，但曾琦说的好像也有道理。

霍钦的爸爸可是总公司决策层的大领导，虽然霍钦平日并不高调，但公司官网上的照片可不是摆设，父子俩的脸型、气质仿佛一个模子里刻出来的。加之他的朋友圈都是申航那群官二代，这也不算什么秘密，公司但凡有点儿八卦途径的老人早就都心知肚明。

宁佳书进公司以来的晋升表彰路径堪比三级跳，又登申航典藏版年刊，几乎一模一样地复制了霍钦的履历。

人家霍钦还能说飞行技术骨干靠能力，宁佳书一个年轻漂亮的女生……可不就是全靠男朋友后台吗？且不说普通人谁能拿到上年刊的资格，就说宁佳书连事故征候表彰，都是坐在霍钦机组观察位上蹭来的。

“但到时候她要是豁出去把你名声搞坏，那吃亏的还是你啊。”

曾琦听完，感觉有点儿不可思议：“S 市这样的国际大都市，没结婚的男女分分合合不是很正常吗？宁佳书自己的名声也不见得多好，大家各凭本事咯。”

“再说——”她讲到这儿，似是有点儿说不出口，但更好地调动了旁人的好奇心。

“再说什么？”立刻有人意识到她的言外之意。

“也不知道该不该讲，我也是偶然发现的……”

听起来就藏着一个天大的瓜。

“磨叽什么？”

“快说呀！”

……

“那我讲了，你们可别告诉别人，我不喜欢用下三烂的手段追男人。”曾琦心满意足地开口说道。

“我有个同专业的大学同学，当初刚毕业我俩一起进的美联航。后来我不是跳槽到阿联酋了嘛，她就一直留在美国那边。前段时间回国碰面，吃饭时候，我在她手机上看见一个博主的首页。”

“这和宁佳书有什么关系？你就别扯那么远卖关子啦！”

“这个博主就和宁佳书有关系啊。他是个华裔，前几个赛季NCAA全美大学生篮球联赛的大明星Eugene，长得又高又帅，打球还厉害。”说着，曾琦把手机掏出来，熟练地连上VPN，登录外网社交软件，“我还是把照片给你们也认认看吧，说不定是我认错了，只是长得很像呢。”

搜索主页的时候，曾琦介绍：“我这个朋友是他的迷妹，这个Eugene不仅出身名校还是个富二代，不过上个赛季因为伤病状态低迷退赛后，主页就再也没有更新过了。但女人嘛，你们都懂的，只要有蛛丝马迹就能把小号扒出来。我朋友又关注了他的小号，刚好我俩碰面那天，他发了新动态——

“喏，就是这张。”

她点击将图片放大，宁佳书的侧脸便清清楚楚地映入大家眼中。

这张照片是从侧面拍的，她站在高楼层窗口，看背景像是在酒店，吹进来的风拂起她鬓角的发丝，女人沉静的半身轮廓后映出S市夜晚摩天大楼的彩灯。照片结构很精妙，画面也很漂亮，完全能瞧出拍摄者的珍爱。

几个人不停地抬头，目光在台上和照片之间徘徊比对：“我的天，估计就是这几天拍的，冬装，连发型和头发长度都和她的一样！”

“我保存到手机本地，显示的时间就是我和朋友碰面当天。”曾琦补充道。

“仔细看看，这个房间背景的布置和位置，好像是外滩半岛酒店？”有人认出来了。

另外一个更冷静些，说道：“不过就算照片上是宁佳书本人，这也只能证明她和Eugene认识吧？”

“那这张呢？”曾琦翻出第二张，问道。

“……”

这张就过于暧昧了，根本就是情侣合照！篮球室内赛场，场面像吹哨后的中场休息，宁佳书站在木质台阶上正对镜头与男人相拥，

Eugene 还穿着白色球服，背影显示出他在 NCAA 的球服号码。

不过，这是一张三年前的照片，因为配文写着——

I embraced the summer dawn.

Three years later, I still miss my kiss.

（我曾吻抱夏晨的黎明，三年过去了，我仍然想念这个吻。）

所有的博文中，这是唯一一条配了图的。

这个小号动态寥寥，不过一百多关注者，还有大半是没有动态的死粉。

账号隔一两个月更新一次，虽然博主都用英文发布，但也能读出那些内容全是写给一个女人的情诗。

要是没有最后这两张照片，前面那些内容完全可以反映一位艺术家、诗人的内心世界，但结合这条最新动态之后，性质就变了，这完全是一个男小三的自白呀！

因为实在按不下这份不能见光的爱情的焦灼感，所以他在一个也许永远不会有人发现的小天地里发了声。

众人看到这里，终于觉得第一张照片也不再单纯。

想一想，一个女人跟苦恋她多年的前男友到酒店去，还能做什么事情？

“呵，泡到霍钦她竟然还忍心劈腿？”

不知是谁，讲出了大家的心声。

众人看向台上的宁佳书，忽然觉得这女的太绝了！

有这样的极品男友，她仍然能保持定力脚踩两条船！最可气的是，两条船都是顶尖豪华游轮。

这是多少女人的梦想！更绝的是，男小三竟然知道她有男朋友还情深不悔愿做第三者，甚至为了倾诉相思之苦还专门藏着掖着写英文情诗。

尽管考评会后就开始放年假，但这个八卦消息仍然以迅雷不及掩耳的速度被传开了。

账号的使用者也许是发现了不同寻常的阅读量，当晚便删除了原动态，但内容早已经被截图保存，删掉也是没用的。

也有组团去围观的吃瓜群众发现，这个洋鬼子 Eugene 的相貌，竟然还和本公司的夏图南有点儿像，这是怎么回事？

04

宁佳书还是从何西的手机社交群里，才知道自己闹得沸沸扬扬的劈腿绯闻。

她登录外网搜索季培风的社交账号，小号状态已经删得见底了，大号状态停更在两年前。

所有事情的经过她只能从旁人的截图里看到，这两个账号都发过她的照片，在那些爱意几乎要溢满的诗句里，她接收到的不是感动，而是害怕。

害怕她不能再从这个名为负罪感的牢笼脱身，也害怕感情失去原有的平静。

或许她应该庆幸，年假已经开始了，不然消息在公司的传播速度会更快。

她大概率还会面临飞行纪委又一次为员工调整心态而下达的停飞通知，他们的存在，就是为了不放行任何一位家庭感情突发变故，可能存在未解决心理问题的飞行员到天上去。

旁的飞行员的私事他们不了解也就罢了，像宁佳书这样从进申航一举一动都在所有员工眼皮子底下的人，上级不可能不管。

对宁佳书来说，停飞不可怕，真正可怕的是，在这样的局势下，上级就算出于好意给她一段调整时间，也会被世人曲解，坐实劈腿的传闻。

陷入舆论的旋涡是怎样一种感觉？

她不是第一次经历这样的旋涡了，却是头一次真真切切地感受到它对普通人的杀伤力。

从前，宁佳书能在所有流言的中伤里仍然昂首挺胸、全身而退，是因为那时她无所畏惧，也没什么可失去的。说白了，她不在意自己在不相干的人的生命中被渲染成什么样子，她爱的人很少，而这些人不可能因为旁人的三言两语收回自己的感情。

她不是什么明星政要，没有事实基础的闲言碎语在当事人自己都无所谓的情况下，热度消退的速度快得就像阳光底下的泡沫。

这一次却不同了。

尽管只是两张胡乱拼凑的照片，还有十来句连宁佳书这个当事人自己都没见过的情诗，但自古以来群众写檄文从来就不需要真相，每个人都只愿意相信自己愿意相信的事实。

第二张照片拍在月初，那天，她和夏图南例行去探望季培风。

他回国后状态好了许多，周一刚好是康复理疗师过来给他做物理治疗的日子，治疗在季培风居住的酒店套房进行，宁佳书自然也只能在酒店里坐了一下午。

她浑然不知季培风在什么时候拍下了照片，那几个小时她只想着等治疗结束，要和霍钦去哪里吃饭。

除非夏图南愿意，否则她无法解释自己为什么同他一起去探望还深爱自己的前男友。

普通朋友间聚会的理由显然无法成立，再往下，势必牵扯出季培风糟糕的精神状态。

季培风的治疗从一开始就是秘密进行的。

连前年他身为炙手可热的新星突然退赛，在疗养院接受快一年的心理治疗，全美关注 NCAA 的媒体，大到赛事周刊，小到十八线三流小报，都没提过“Eugene 抑郁症”这两个词，这就足以想见季培风家人包括他自己，对这件事的在意程度。

像他这样的天之骄子，接受一切为了荣耀的教育长大。对外承认患病无异于承认懦弱，这本身就是和治疗一样困难的事。

宁佳书想得很明白，在这样的情况下，夏图南是疯了才有可能为她做证。他巴不得她在这样的旋涡里越陷越深，撑不下去分手就更好了。

唯一可能令夏图南困扰的，就是照片越传越广之后，八卦只听半截的人把小三男主角当成他自己。

不过权衡利弊之后，这点儿困扰对于他一个没有家室的大男人来说根本微不足道。

“霍钦知道这件事了吗？”何西小心翼翼地从宁佳书掌心抽回手机，观察着她明暗难辨的神情。

“你都知道了，他身为被劈腿的男主角，怎么可能不知道。”

“那你赶紧去找他解释解释啊！”何西比她还急。

“他的航班明天才落地。再有，”宁佳书顿了一下，又道，“去探望季培风那天，是他开车送我去的。”

“我真服了，男朋友亲自把你送到前男朋友家里。遇上这么通情达理、包容大度的男人，你上辈子到底是积了什么德。”何西叹完又道，“但你和季培风该怎么办，总不可能永远这样下去吧，这……这样算三人行吗？天底下再大度的男人，也不可能接受自己女人一辈子这么照顾前男友。只要你们关系不断，就算解释一百遍，这种绿帽子，霍钦以后该戴还得戴。

“还有啊，就算霍钦没有误会你，他爸爸妈妈不可能听不见这些传闻，哪对父母能忍受自己的孩子受这样的委屈……”

“能别转来转去在我耳朵边说话吗？让我安静会儿。”宁佳书觉得脑袋都要爆炸了。

何西的每个问题都直指关键之处，她不是没有想到这些问题，正因为解决不了才感到烦躁。

天底下最难改变的，是人的偏见；最难掌握的，是与人的关系。

宁佳书不害怕考核，不害怕努力，可别人的理解和喜欢，并不像考核那样，每一道题都能得到明白的步骤分，努力一次就能获得好结果。辛苦累积的好感会因为误会付诸东流，何况就算流言只是捕风捉影，季培风的事却不是过去式，最大的问题仍然横亘在面前。

宁佳书忽然站起来，她抓过外套和茶几上的车钥匙就往门外走。

何西被她的动作吓了一跳，问道："你要去哪儿？"

"去找季培风！"宁佳书头也没回地答道，"我今天就把这件事解决掉。"

第八章

佳书，我不在乎那些非议，也不需要别人来替我在乎，我清楚我选择的是什么。

01

宁佳书出门的时候下定了决心。

驱车前往半岛酒店的路上，她一遍一遍地组织、推翻、再组织语言，好一次性对季培风表达清楚她陷入这样的困境里到底有多为难。她向他忏悔，愿意为自己犯的错付出能力范围内最大的代价，只希望他能收回这份爱意，忘记过去所有的事，重新开始自己的人生。

直到站在季培风套房门前，她都还抱着破釜沉舟的勇气，发誓一定要在今天解决这件事。

然后，她开始敲门。

门铃响过一分钟，又一分钟。

她叫了季培风的名字好几声，房门始终没有打开。

宁佳书心中焦躁，左右脚换着重心踩在酒店长廊的地毯上，她随手拉住隔壁房间一名保洁员问道：“这个房间的客人今天出门了吗？”

这是酒店高层唯一有隔音琴房的套间，季培风回国后，把自己的钢琴从洛杉矶空运过来，替换了酒店的钢琴，之后就整日埋头在隔音室里练琴了。

宁佳书几次过来，一次也没碰见过他出门。

那保洁员摇头：“客人，这个我也不清楚的。”

“那这个房间打扫过了吗？”

“这得问问我同事。”保洁员拿起对讲机冲那边问了几句，才道，“今天还没有打扫，早上客人好像是身体不舒服，说不需要客房服务。”

“不舒服？”宁佳书的心悬了起来，“那他到底出门了没有？”

“不好意思女士，这涉及客人的隐私，我们无权——”

宁佳书没再管他，掏出手机，按下季培风的电话。

几秒钟过后，她将手机从耳朵上拿下来，屏住呼吸，似乎真的隔着门板听见一道微弱的手机来电铃声。

“等等！”她叫住正要走远的保洁员，说道，“叫人拿房卡过来把门打开，我是季培风的朋友，他身体不太好，我怀疑他在里面晕倒了。”

一鼓作气，再而衰、三而竭，古人诚不欺宁佳书。因为门打开的一瞬间，她就后悔了。

季培风不是晕倒，而是犯病，抑郁发作。

手机就掉在季培风几米远的地方，但他终是没能站起来，走过去将电话接通。

房间里一片混乱，他瘫坐在地，倚在套房客厅的柜子边缘，像是有一只无形的手将他脖颈抓紧，让他几乎无法呼吸，更没办法说话，他需要努力喘气才能得到空气，胸膛响得像破掉的风箱。

他像条被抛到案板上的鱼，生命力只剩下腮部的翕动。

服务员和经理惊叫着冲进去的瞬间，宁佳书盯着这一幕，僵直的身体愣在门口，挪不动脚步，不知道是被吓到了还是被震住了。

她还是第一次见到人抑郁发作的样子。无论是从前，还是去年在洛杉矶疗养院，季培风都尽力将最好的一面展现给她。

以至于到今天，她都还心存侥幸，季培风在好起来，这段过往也许很快就能结束。

宁佳书的心在一瞬间彻底沉到谷底。

她不敢走过去，美好的幻想好像一触即破的泡泡，好像走过去之后，事态便再也无法回到一切开始之前的样子。

她完全忘记了来时想好的那些话，她很害怕，只想迫不及待地逃离这个地方，假装自己没来过。

这样想着，她的脚不由自主地开始往后退，直到被经理攥住了手腕，将手机递过来。

“女士，我们已经叫了救护车，对方在问你的朋友有什么既往病史？”

其实季培风入住酒店前填过这些，但时间紧迫，来不及去调了。

“我、我不是很清楚……”宁佳书意识到自己声如蚊蚋，对着话筒努力打开声带，“我只知道他膝盖动过三次韧带修复手术，在服用抗抑郁药物，可能有布洛芬类药物过敏史。”

手机递回去的时候，她意识到被放上担架的季培风在看她。

佳书不清楚这目光的落点究竟是有意识还是无意识，因为他看上去已经完全神志模糊，只有那双形状漂亮的眼睛始终睁着，茫然无神。

宁佳书又开始怕了，季培风套房的管家，好几次想让她上前陪在季培风身边，但宁佳书自始至终假装没有听到，只跟在人群最后，像极了做错事情茫然又无措的孩子。

她大脑里空白一片，根本想不出这样的棋面能怎么走活。

宁佳书可以分享任何事情给霍钦，让他一起想解决办法，但是这一次，她完全坦然不起来。

这样的难题抛给任何人要求帮忙，行为本质上和要求他们一起分担痛苦没有区别，霍钦尤甚。

他和季培风的立场天生就是对立的两边，任何一种解决途径都是在为难他。

救护车抵达医院时，夏图南已经立在急诊大厅中央，宁佳书还没到酒店门口就给他打了电话。

他回头看过来，面容比S市冬天的湿冷空气还要冷峻，然后就跟着医生扶着的担架一路快步跑进诊室。

医生诊断，是药物服用过量的副作用导致发病的。

季培风回国这几个月状态好转后，服药一直是减了量的，昨晚抑郁发作，他一个人在酒店，意识不甚清醒的情况下服了从前的药量。

套房的管家被叮嘱过，不会擅自让人打扰季培风练琴。如果不是宁佳书突然探访，季培风现在可能还是一个人躺在酒店。

搞清楚了事情的始末，夏图南没再像刚开始那样给宁佳书看脸色。

“谢谢。”

病房外，夏图南把喝完的酒精饮料罐捏扁扔进垃圾桶，和宁佳书并排坐下，说道：“谢谢你去看他。”

宁佳书摇头，把手放进大衣口袋，藏起心中的胆怯，努力让声音变得平静。

“不要谢我，夏图南，我今天是去跟他坦白的。”

下一秒，她鼓起所有勇气抬头说道：“不能再这样下去了，公司的传闻你也听到了，我不能让所有的事情越变越糟。我自己也就算了，霍钦和他的家人，没有理由因为我遭人议论。”

“那你就分手啊。”夏图南嘲笑。

闻言，宁佳书大衣口袋里的手抓紧了，偏头怒目而视：“请你不要对别人的人生这么轻巧地开玩笑。”

“那你要坦白什么，说因为你对季培风的探视影响到了你的正常生活？让他回洛杉矶去，不要再出现在你的生活里？”

夏图南猛然站起来，声音咄咄逼人，调子扬高八度。

他无法控制自己的怒火：“宁佳书，设身处地想一想，如果这张病床上躺着的人是霍钦，你还会这么无动于衷铁石心肠吗？”

宁佳书讶异，愣了半秒之后说道：“这怎么能是一回事？霍钦和他不一样……而且……而且我不是这个意思。”

“人心都是肉长的，有哪里不一样？”

夏图南深吸一口气，来回踱步又站定，蹲下来死死地盯着她，放缓语气道：“公平一点儿，宁佳书。他们都是你的恋人，就算季培风是过去式，但他今天变成这样有你的责任。我都不是要求你无条件付出，也不要求你爱他，仅仅求你摸着自己的良心好好想想，如果你还有那么一点儿负罪感，就看在过去的情分上，分给他一点点关注，救救他的性命！”

“可以吗？”他深吸一口气，闭上眼睛，又吐出来，“公司的事情，我来替你解释。”

宁佳书张口，却再也讲不出一个“不”字。

夏图南把她所有的话都堵住了。

其实宁佳书从前算个自私的人，这次，她仍然可以自私，只要过得了自己心里的那一关。

但她悲哀地发现，自己每每要下定决心，冥冥之中又被另一道声音阻止。

夏图南说得对，如果病床上躺的人是霍钦，她绝不忍心对他说自己准备好的那些话。

非但不会，她只要想到假如自己使霍钦的人生变成这样，就愿意不惜一切代价——不论是放弃工作还是人生，都要陪到他好起来。

是霍钦改变了她。

爱一个人的时候，会在不知不觉中被同化，会生出自己更了解、更在意对方的想法。

就像此刻，宁佳书清楚地知道，她已经不是过去的自己了。

做出那样自私决定的人，不配成为霍钦爱的人。霍钦的品行不允许他自己有不坦荡之处，得到了建立在旁人痛苦之上的爱情，并不能使他更快乐半分。

就连宁佳书自己也会忍不住怀疑，倘若她抛开一切选择这份来之不易的感情，那样他会不会因为她的自私再一次心存芥蒂。

02

医院的落地玻璃窗上，映出宁佳书被白炽灯照得发白的面孔。

她隔着走廊，注视对面镜面中的自己，抉择的时间好像已经过了一个世纪。

不知过了多久，季培风醒来了。

他说完谢谢又与她道歉：“很抱歉吓到你了，佳书。”

只要季培风一清醒，在她眼前就又重新恢复了从容不迫，与生俱来的仪态风度已经融进他的血液里，仿佛他不是正穿着病号服虚弱地半靠在病床上，而是风度翩翩地在与人会谈，完全和早上在酒店见他时的模样割裂开来。

“没有吓到我。”宁佳书否认，“你好好保重身体，就是对我最大的感谢了。”

说着，她又忍不住说道：“你一个人住在酒店里会不会太危险？为什么不和你弟弟一起，或者搬回家住呢？”

“你担心我？”

“就算是普通朋友，我这么问一句也不过分吧？”

“是这样没错。”季培风从善如流，然后解释说，“我十三岁离开 S 市，不论是和我的父亲，还是图南，至多几年见一次面，彼此都习惯了保持距离生活。他们固然希望我能回家住一些时日……但你也知道，我目前的状态和任何人同住，都是在给人添麻烦。”

“可这一次是被我碰巧遇见了，要是再发生这样的事……”

“我保证不会再发生了。”季培风笑起来，“这一次是我心急，药量减速快了一些，下一次我会严格遵照医嘱。我会通知套房管家，按时敲响我的房门检查。”

“家人的帮助也是在添麻烦吗？”宁佳书不解。

“我母亲当年带我去洛杉矶时，是不准我再与他们往来的。现在这样的距离，我已经很满足了。”

人人都有自己不愿对人吐露的秘密，但当季培风毫无遮掩地向宁佳书敞开自己的人生时，她却并不愿再往下问。

季培风意识到她的闪避，不再往下说，只想换个话题聊天。

夏图南自始至终没向哥哥讲过公司发生的事情，宁佳书自然也不会对他提及。

季培风确实并非有意，他不希望让过多的人发现自己的内心动态，从他发现浏览量异常便立刻注销账号便能看出来，但也因为那被注销的账号，阴差阳错地断绝了他发现这场风波的可能。

星期天，赶在霍钦落地的当天上午，夏图南用自己的账号在公司内部论坛公开澄清了这件事，同时贴上自己和双胞胎哥哥Eugene的图片比对，自证身份。

“宁佳书是我同胞哥哥的前女友，由于Eugene长年居住国外，他们两人此前已经数年没有私下往来。那天在酒店拍的照片，只是Eugene回国后生病暂居于酒店，我邀请宁佳书前往探望时候的场景。当时数人在场，并非大家想的桃色绯闻。

“很抱歉叫有心人失望了，难为你大海捞针找到一个连宁佳书自己都不知情的私人账号。”

他说明过程，又义正词严地讽刺了那些捕风捉影、以讹传讹的长舌妇一番才罢休。

这番解释发出去之后，几乎没人怀疑他话里的真实性。

不说旁的，单看他那张和季培风几乎是一个模子里刻出来的脸，也没人能昧着良心说人家不是亲兄弟。

正逢假期，前段时间，只要有宁佳书待的公司群，气氛凝重得几乎没人说话，直到夏图南的解释发出来，才又仿佛破冰。

好几个人转了夏图南的账号截图，来跟佳书聊天，内容诸如“就知道你不是这种人”“这些造谣的人也太可恨了”云云。还有关系熟悉一些的云航老同事也来安慰打趣：“咱们佳书真是受委屈了”“佳书你前男友排面竟然这么大”……

宁佳书对他们墙头草般的信任毫无触动，只希望霍钦的父母朋友也能消除误会和芥蒂。

霍钦放假的时间比她稍晚，公司为他增加了几个重要航班，从国外接一些有身份的华侨回国过春节，需要资深机长执飞。

九点钟，宁佳书抵达机场。

以往都是霍钦在她落地的廊桥等待，这一回，也终于轮到宁佳书隔着大厅玻璃注视霍钦驾驶的航班落地。

春节前正是各大机场运营最忙的时候，起落的飞机应接不暇，但宁佳书还是在霍钦驾驶的 A330 穿出云层，出现在视线尽头时，一眼将它辨认出来。

大厅尽头的那扇门刚打开，宁佳书的眼眶就涩了。

她强忍着情绪，下机的乘客一个个从身边穿过，她逆行在人流中，直到在尽头瞧见霍钦的身影。

其实霍钦还在慕尼黑时，就从好几个朋友发来的消息中得知了事情始末。

但当时国内已是深夜两点半，他不愿为这件事情把宁佳书吵醒，便只给她发了一条定心的消息。

“等我回来。”

消息还躺在宁佳书的消息列表中，一遍遍看了好多次，这是她的勇气源泉。

两步、一步——

宁佳书像归巢的乳燕一样扎进霍钦怀里，挺括的制服和冰冷坚硬的飞行徽章抵在柔软的脸颊上，但她只是更用力地抱紧了他的腰。

“对不起。”

霍钦没有开口说话，他松开飞行箱，摘下檐帽，手搭上她的背，轻轻拍了两下。

旁边就是在排队下飞机的回家的华裔，在流动人群的视线中，他却并未像以往羞于情感表达，把宁佳书推开，叫她听话。

他懂得她现在需要什么。

除了最开始那句，宁佳书不敢开口，她怕自己一开口就掩饰不住喉咙里的哽咽。

霍钦却仿佛能体会到她的沉默。

等到宁佳书的情绪缓过来，他才低声道：“我没关系的，佳书，不管是什么困难，我们一起面对。”

“可是麻烦或许会变得源源不断。明明是我的错，却要连累你被非议、不被家人理解……”她瓮声瓮气地说。

“可这不正代表我们在朝彼此靠近吗？”

霍钦继续道：“佳书，没有人生来就是为对方准备的，两个人的磨合是每一段修成正果的恋爱都必须经历的磨难。我不在乎那些非议，也不需要别人来替我在乎，我清楚我选择的是什么。”

宁佳书咽下了所有未尽的言语。

霍钦的温柔像和风细雨，她沉溺在这样毫无保留的宽容和爱里。

03

回家的路上，宁佳书把绯闻发酵的过程大致和霍钦说了一遍，又一并说了夏图南站出来澄清，事情已经解决。

中间省略了季培风的病情，还有在医院和夏图南对话的部分。

虽然霍钦有些奇怪，但还是将心中疑惑按下，说道：“这次真得好好谢谢他了。”

毕竟夏图南与佳书大多数时候很难和睦相处，他没料想对方这次会通情达理地主动帮忙。

宁佳书并不搭腔，只是又探过身搂着霍钦的腰，把头搭在他的肩膀上。

霍钦都没想到经过这件事，佳书竟然这么黏他，像时刻不能分离的连体婴儿。

他移开一些距离，扶正她的肩膀，说道：“佳书，系上安全带好好坐着，我在开车。”

宁佳书虽是依言系好安全带，却又来牵他的手。

霍钦无奈：“飞行安全规则比地面复杂那么多，你都能学好，怎么几条交规就是记不住呢？”

“我当然记得很好。”宁佳书低头说道，“但这些日子不知道为什么，我就想时刻抓紧你。我昨晚还做了个梦，梦到你在我前面越走越远，我想追你却总是一脚踩空。”

她越来越感到一种强烈的不安全感在靠近，好像稍微拉开距离就会失去他。

车流在中环堵得水泄不通，霍钦挂到停车挡，主动拉起她的手掌。

“梦都是相反的，只要你自己坚定信念，就没有人能把我们分开。”

但万一使他们分开的不是任何人呢？

世界上总有那么多叫人无奈的事，不然从古至今也不会有那么多关于爱情的千古绝唱了。

乱七八糟的念头在宁佳书的脑子里飞快过了一遍，她摩挲着霍钦的掌心，说出来的却是：“我真的好喜欢你啊，霍钦。”

他的手指蓦地攥紧，把每个字的滋味在舌尖咂摸了好几遍，才提醒她：“你可要记住自己说过的话，别再转头就忘了。”

她美滋滋地点点头，又听霍钦问道：“那今年要和我一起回家过年吗？”

宁佳书才展开的笑颜又不见了，毕竟才发生那样的劈腿绯闻，谁也不敢立刻就往公婆跟前凑。

霍钦瞥了一眼就能猜到宁佳书的想法，也不勉强。

“不要担心，奶奶和我爸肯定站我这边，他们都很喜欢你。这件事情我会好好和家里解释清楚的，等你想好了，随时都可以来。”

“嗯。”她乖巧地答应。

霍钦从她嘴角收回视线。

宁佳书有时候做错事，真气得人肝胆都生出毛病来。可她讨人喜欢的时候，也能一句话就抚平人的心扉，叫人完全不计前嫌，抛开芥蒂只想疼她。

家人的感觉也就是这样了吧。

相爱的时候是情人，更多的时候，他感觉自己像宁佳书的老父亲。

新来的保姆叫小山，算宁母半个老乡。宁母专门抱着弟弟去职业介绍所里挑的，小色坯挑来挑去，只往年轻香软的小姑娘怀里扎。

好在这姑娘脾气好，爱干净，手脚也勤快。

小年夜就是四个人一起过的，做了一桌子菜。

宁佳书和大洋彼岸的父亲打完视频电话才下楼吃饭，小山站起来给她盛了碗三鲜馅儿的饺子。

宁母着急："小山，少给她盛两个，这孩子最近吃起东西来怎么没个数，都要结婚的人了，吃成个大胖子，婚纱穿起来能好看吗？"

"妈——"宁佳书拖长调子，"谁告诉你我要结婚？"

"父母都见了，小霍也跟我说想结婚，你也老大不小了，既然是喜欢的人，还拿什么乔？你跟妈说实话，是不是他爸妈不满意你？"

"您想哪儿去了？"宁佳书无奈。

宁母越想越觉得自己猜得对："我说呢，上次从霍钦家里回来那几天你就蔫蔫的，是不是他们给你脸色看了？"

"没有的事儿！"

天底下的父母都觉得自己生的是顶好的孩子，佳书在外头的风评再差，宁母也觉得自己的孩子足以匹配任何人。

自己再大的苦都能忍，但旁人要是给她孩子一点儿脸色看，这口气宁母是绝对咽不下去的。

瞧着宁母仍旧怀疑的眼神，宁佳书把筷子往桌上一拍，吃不下去了："您觉得就我这脾气是能忍别人脸色的吗？对我不客气，我不把桌子掀了都算好的。"

那倒也是。

宁母心里的石头稍微落地，说道："掀桌子大可不必啊，女孩子家还是要淑女一点儿，有什么好好沟通，能不能在一起都要保持风度。”

“放心吧，他家人都很有礼貌，对我也挺好的。”

很有礼貌？

宁母放心了，小山却觉得，有时候人和人之间太有礼貌，也不是什么好事。

像她妈，在她小时候就和她爸离了婚，嫁到S市周边城中村，日子过得不错，不仅给她零花钱，还给她买了不少新衣裳。但小山内心仍旧感到不踏实，因为，妈妈太客气了。那种刻意的温柔让人无端产生距离感，好像她们永远不能挨近一样。

她想要的既不是新衣服，也不是零花钱，而是渴望妈妈像对异父弟弟一样，可以亲近地敲她的头，用错了毛巾和脸盆，也能随意对她大呼小叫。

可是，自己也就算了，佳书姐这么漂亮聪明又有气质的女孩子，为什么也不讨人家的父母喜欢？

她来的这些天，听到很多街坊聊天，说佳书姐的爸爸是个大富翁，在澳洲有很多财产要给她继承，光是S市就有十几套房子收租。

像她妈妈嫁的S市人，家里五口人住两间卧室，和别家挤着轮流用厨房，连洗手间都是公共的，饶是这样，已经被老家人说是攀上了高枝。宁家这样，有两百平方米宽敞的大房子，已经算是她遇见过的最有钱的人家了，没想到这只是她财产的其中一套！

小山一开始不能想象，直到给宁母打扫房间时，看见宁佳书的衣帽间，被宁母按季节颜色摆放过的数不清的衣服，几百个包填满了整面墙的木柜格子，最便宜的都比她几个月的工资还要高，她这才理解了有钱人是什么概念。

那户看不上佳书姐的人家，眼光也太高了，究竟得有多少钱呀？

当然，小山年纪还小，早早地出来挣钱，阅历还不足以让她明白，有钱并不能解决天底下所有的事情。

像霍钦家这样既清贵又有实权的家庭，是再多钱也买不来的。

家里自从多了一个人做家务，到处都一尘不染，年底连大扫除都不需要做。

小年夜过完，家里又没什么事，第二天，宁母便让小山帮忙，到宁佳书住的公寓去打扫卫生。

宁佳书当然不会告诉宁母，她现在几乎已经长住楼上了。

促使她长住楼上的一部分原因，就是何西养的那窝小蟑螂崽子。这几乎是大部分高楼层的住户避免不了的灾难，团灭再多次，也是蟑螂克星杀不尽，一点儿残渣忽又生。既然有人肯帮忙大扫除，何西当然是求之不得。

因此，宁佳书没来得及打招呼直接把小山带回公寓的时候，直接和房间里的何西、夏图南撞了个正着。

夏图南站在何西卧室的门口，仓皇地扭头朝门口看来，解开一粒扣子的领口还有她车厘子色的唇印，何西更是只穿了一件露到大腿根的睡袍。

“对不住，打扰了！是我的错。”宁佳书很有眼色地就要关门退出去，打算把小山带到楼上歇歇脚。

她才转身却又被夏图南叫住：“不用了，我还有事，现在就走了。”

“那怎么行，上次帮我的事还没好好谢谢你呢。”宁佳书在何西的死亡凝视下开口挽留，“我下楼买点儿水果蔬菜，你多坐会儿，好不容易来一趟，怎么能不好好招待招待你，小山做菜可好吃了，是吧，小山？”

“一……一般。”

小山羞得连头也不敢抬，她都没跟男生大声讲过话，更别提这种活色生香的场面。

“这孩子净会瞎谦虚。”

宁佳书顺手带上门，小山稀里糊涂地被她挽着手往外头走，脑子里只有一个念头，佳书姐用的是什么香水儿？香喷喷的。

“哎，佳书姐，我们不是要去买菜吗？”

“嗯，楼上有菜。”

小山还真以为楼上有个开在住宅楼里的超市，进了门才知道是佳书姐男朋友住的地方。

双开门的冰箱一打开，灯光底下堆满了新鲜蔬菜，还有又大品相又好的进口瓜果，一个一个贴标签卖那种。

这些都是霍钦头天早上买的，本来想和宁佳书一起过小年夜，谁知道她忽然被喊回家了，菜也就没做成。

霍钦的家比宁家还要干净，这种干净不是体现在物面上有没有灰尘，而是他所有的收纳都非常简洁，几乎没有一件多余的摆设，装修色调比小山看的偶像剧里面的还要有层次感。

小山踩在地毯上有些不安，都不知道该往哪里落脚。

“随便坐吧，我们玩会儿手机就下去。”宁佳书把遥控扔给她，问道，“要看电视吗？”

电视打开了，但小山怕打扰宁佳书玩手机，把声音开到最小，注意力集中不起来。

柜子两边摆着相框，应该就是佳书姐和她男朋友的合影。小山一开始还只能远远瞧清大致轮廓，屁股悄悄往前挪了又挪，挪了又挪，然后就吓了一跳。

妈妈呀！果然是个大帅哥！

她长这么大，还没在现实里见过长得这么英俊的人呢！

04

磨蹭了半个小时，宁佳书收到何西发来的消息——“你还不滚回来！”

这和宁佳书估摸的时间也差不多。

她慢吞吞地从沙发上起身，叫上小山收拾了冰箱里的菜和水果一道下楼去。

她是真没想到何西那么猛，天天说着夏图南不搭理她、追不上、没希望等，结果直接把人家带家里往床上扑。

楼下夏图南还没走，倒像是真准备留下来吃饭的样子，脸皮比她想象的稍微厚一些。

宁佳书不禁感慨："你和你哥哥除了长相，别的倒还真是一点儿也不像。"

夏图南不置可否："要是我们性格稍微有相仿之处，他也不至于被你伤成那样。"

这倒是真的，不同的人生经历造成了他们性格的差异，如果季培风像少女漫里的白马王子，对爱情的态度干净灼热，那夏图南就是婆媳剧里极其会权衡利益、擅长平衡婆媳关系的男主角。

一个挨着天上，一个挨近现实里。要是他们的态度稍微调换，相信何西和宁佳书都会很满意。

厨房里小山在做饭，毕竟不是自己花钱雇的，何西不好意思，也跟着进去帮忙。

可惜她跟宁佳书一样是厨房杀手，隔着玻璃门，伴着抽油烟机的噪声，都能听见她跟"十万个为什么"似的问这问那。

高压锅炖好牛肉，小山忙着炒菜，头也没回地教何西先用冷水浇高压锅外壁给它降温。

"这个高压锅怎么还是打不开啊？"

夏图南闻声，人刚进厨房，宁佳书在外头就听"啪"的一声异响传出来。

高亢的气声之后，紧接着是锅盖落地的脆鸣。

"怎么了？"

她赶紧往厨房跑，只见瓷砖地板上一片狼藉，牛肉都滚到了地上。

小山快哭了："对不起啊佳书姐，我应该自己来开盖的！"

高压锅还没放完热气，何西试图强行打开，锅盖让喷气顶起来，差点儿喷她满脸，还好恰巧被刚进门的夏图南往中间挡了一下，否则何西不仅脸毁了，饭碗也砸了。

隔着衣服看不出伤势，夏图南快速脱掉衣服，何西用洗手间的花洒给他冲凉，一连冲了半个小时。

小山吓得大气也不敢出，拿着锅铲战战兢兢地往边上站。

"何西，真的，你这辈子别再进厨房了。"夏图南感慨。

何西眼眶里闪着泪花，捶了他肩膀一下："我又没让你替我挡！还好冬天衣服穿得厚，不然我看你怎么办！"

花洒底下随着冲淋，渐渐浮出十几个亮晶晶的水泡，没有大面积烫伤，已经是不幸中的万幸。

"还是去医院吧？"宁佳书提议。

何西送夏图南出门去医院时，他忽然想起来什么，说道："我还有一趟大年初一的航班要飞，现在——"

"让宁佳书替你飞一趟！"何西抢先答应。

高空工作有大气压力，因此挑选飞行员的标准之一，就是身上不得有超过一厘米的疤痕。身体内部压力超过外部气压，与深层组织产生联结的旧伤容易因膨胀而产生撕裂。

已经培养出来的飞行员，身上有未愈合的伤口，一般也不被允许执飞。

但春节期间所有人已经安排好固定排班，谁也不愿意放弃自己计划好的假期，顶别人的班。

"你都不问问我大年初一有没有安排？"宁佳书不服。

"我还不知道你，你能有什么安排？"

何西说完，把她拉到一旁，背过夏图南压低声音说道："帮帮忙，你那帮亲戚我还不知道吗？你出去工作，还能顺便把拜年也省了呢。再说，霍钦约你跟公婆过除夕，你不是也不想去吗？”

“谁说我不想去？滚蛋。”宁佳书也压低声音，这下都懒得在心里翻白眼了。

但宁佳书最后到底还是答应了。

毕竟要不是她留人吃饭，人家说不定也不会遭遇这场飞来横祸。

重点是她大年初一确实没有安排，宁父正在昆士兰休养，不能回国过春节，只剩她一个人给那堆亲戚拜年确实挺头大的。

当天，夏图南跟公司申请了调配，与此同时，宁佳书的系统里多了一组未执行航班。

虽然已不是第一次坐左座，但这确实是她升上四道杠之后的首飞。

宁佳书没料到，当天公寓做完大扫除，小山回家转头就把她在旁边听到的话告诉了宁母。

一老一小虽然相处时间不长，关系却好得像是穿一条裤子。

宁母当即打电话过来：“佳书！霍钦家人都这么诚恳地邀请你回家过除夕了，你怎么能不去呢？你知不知道这样很过分？人家的父母也是父母，会伤心的。”

“你听谁说的，人家什么时候邀请我过除夕了？”

“我都听小山说啦，她当时就在何西和你旁边，听得清清楚楚。”

“……妈，你都不明白情况，就不要搅和添乱了。”

“我怎么就是添乱了呢？”

宁母深吸两口气平静下来，接着说道：“佳书，妈妈跟你说，结婚不仅是你们两个人的事，也是两个家庭的组合。你在家任性妈妈不管，但你要是到了外边还礼数不周，别人就会怪我没教好你了。你为什么害怕和亲戚们打交道，就是因为和他们相处的时间太少，和任何人的感情都是需要以相处来培养的……”

宁母的长篇大论像在给宁佳书上紧箍咒，她听得耳朵疼，把话筒移远，吹着阳台上的风沉思了几分钟。

宁母的话虽然听着让人心烦，但确实有几分道理，她说道："妈，你别说了，我考虑考虑。"

"那你好好想想，你要是真喜欢人家小伙子，自己也得主动点儿。人家的爸妈又不是洪水猛兽，多相处相处感情就培养出来了。"

"再说我就真不去了！"

宁母立刻噤声长达半分钟，最后才道："妈妈帮你准备带去的礼物，宝贝早点儿休息，我去哄弟弟睡觉。"

宁佳书犹犹豫豫两三天，还是霍钦聊天时候主动告诉她，因为家里的阿姨好几年没回家，今年过年给她放假了，除夕当晚在外头订了宴席，会多准备两个位子，要是宁佳书来的话，还能顺便把宁母也一块儿叫来。

"我又没说要去。"宁佳书手中卷着座机电话线，说道，"初一凌晨我有趟飞洛杉矶的航班。"

"怎么忽然加了排班？"

"还不是因为何西。"宁佳书把事情经过讲了一遍，吐槽道，"你说她怎么连掀个高压锅盖也能搞出氢弹爆发的气势。"

霍钦笑起来戳穿她："难道你们不是半斤八两，所以才能做好朋友吗？"

宁佳书恼羞成怒："我有像她一样炸过你的厨房吗？"

"嗯，只是一不小心把我的碗碟摔完，自己偷偷换了新的。"

上回霍钦飞国外因为暴雨滞留将近两周，宁佳书某天起床想着给自己煮个面条，不料把碗柜里所有的碗碟全摔碎了，怕霍钦发现，她又偷偷下楼买了几个一模一样的。

"你到底是怎么发现的？我不是一个不少地还回去了吗？"宁佳书纳闷。

"你买的新碗背面多了一圈细金线。"

这观察力简直太可怕了！

宁佳书无可辩驳，只能撇嘴。

霍钦面上含笑，心情如沐春风，挂掉电话时，家里阿姨已经收拾好回老家的行李下楼。

他三两步上前，帮阿姨把行李拎到家门口，又帮忙叫了车。

“钦钦啊，我回家以后可别让你妈妈进厨房，她把东西翻得乱七八糟的，过了年回来我都找不到。”

“阿姨您放心。”霍钦忍俊不禁地点头。

“还有啊，你妈妈说什么，都顺着她点儿，她年纪大了脾气跟小孩似的。”

“那是肯定的。”

阿姨在霍钦家待了不短的时间，关系也和半个亲戚差不多，她叮嘱着，霍钦都应下来，把人送上车。

可惜阿姨说的“顺着点儿”指什么，霍钦此时还不大明白。

霍母向来宠溺儿子，霍钦要做什么，她从来都是二话不说毫无原则地答应，这么多年来唯一的分歧，无非就是女朋友的事情。

当时宁佳书劈腿的照片传遍了申航，霍母身为申航太太团的小核心，自然不可能不知道这个消息，身边多的是耳报神。

“你家钦儿这样好的孩子，怎么能找这种女朋友。要说，叫我们闭着眼睛瞎介绍一个，都比这个强呀。”

“漂亮是漂亮，就是我跟你讲哦，品行有问题的儿媳妇，真的不能选的。”

……

这些人你一言我一语，霍母当时只觉得脸上臊得慌，她二十多年来都没在这些人面前丢过这么大的人。

当天她气得连麻将都没心情打，气势汹汹地回了家。

霍家就此掀起一场地震，可惜霍钦飞国外了，家里就霍父在，一个人承受了这场轩然大波的全部威力，简直苦不堪言。

虽然后头论坛澄清了，不过造谣一张嘴，辟谣跑断腿。就算别人都相信夏图南的澄清是事实，可对于霍母这样对宁佳书早有偏见的人来说，就算她没有劈腿，辟谣也并不能减少她半分偏见。

毕竟她有那么多前男友不假吧？

光是霍母自己见过的就有两个了，分手了还跟前任藕断丝连，她不被误会谁被误会？

霍母一想到自己阳光帅气、品行端正的儿子被那样的女孩子吃得死死的，甚至要结婚了，就要心绞痛发作。

霍父被霍母折磨了好几天，直到她跟那群小姐妹替自己孩子相看起了年轻适龄的姑娘，家里才算稍微平静些。

等霍钦回来的时候，风波貌似过去了，其实更大的暴风雨还潜伏在平静的海面下。

阿姨早有预感，特意叮嘱了一句。

第九章

因为我们都改变了对方，我爱你，
而你也爱我。

01

果然，除夕当天下午六点，霍钦驱车载着一家人到外滩吃年夜饭。

霍母中途一直低头看手机，直到开始上菜前，才忽然提了一句："哎呀，我老朋友忽然给我发消息，说他们也在这儿吃年夜饭呢，钦儿赶紧的，把你带来的香槟和杯子拿上，我们过去打个招呼。要不是咱们订了那么大的桌子，不然并个桌多热闹。"

霍钦一头雾水，他特意订个大桌，就是担心宁佳书忽然要来，没有地方坐。他赶紧出言阻止："妈，哪里有和别人家一块儿过除夕的道理，您还是别心血来潮啦。"

霍母在桌子底下暗暗踢了丈夫一下，霍父终于不能再装哑巴："确实是好多年没见的老朋友了，后来调到北京分公司，霍钦你小时候还去过他们家玩儿呢，见见面碰个杯是应该的，拼桌嘛——"

霍母喜上眉梢，霍父却话锋一转，道："我和钦儿的想法一样，还是不要了吧。"话音才落，就被狠狠踩了一脚。

霍母沉住气，心说拼桌不行，能说几句话也是好的。她的目的当然不是见老朋友。

这是一场名为叙旧，实则双方家长都在场的儿女相看。

她前段时间和朋友们一通排查，拿着保存了十几年的通信录挨个回想，总算查出一个最棒的。

背景相当，女孩儿本人还是斯坦福大学的硕士，在美国太平洋投资管理公司工作，下半年就有望回S市定居，长相比起宁佳书来也绝对不差，妥妥的气质大美女。

霍母瞧见照片，当时就乐得合不拢嘴。

霍母觉得自己挺了解男人的，甭管什么君子，嘴上说着不要，只要如花似玉的大姑娘往跟前一站，哪能心里毫无触动呢。

说是许多年没见面的老朋友，但双方的谈话内容全是自己的孩子。

霍钦待在别人的包厢里，忽然隐约明白霍母为什么非要他订离家这么远的餐厅吃年夜饭了。

叔叔阿姨的提问也越听越熟悉。

“小霍你平时有什么兴趣爱好？”

“平时喜欢自己下厨吗？”

“休息日喜欢做点儿什么呀？”

这简直就是相亲必出的灵魂发问三连击。

霍钦如坐针毡，抬头望去。对面的女孩显然清楚今天相见的目的，始终面带微笑。

他礼貌地回答完所有的问题，只在最后道：“我现在的休息日一般以女朋友的活动为主，她喜欢去健身房，游泳或者逛街。”

“女朋友”这三个字一出口，气氛立刻有了一瞬的冷却，连霍母的笑容都僵住了。

霍钦本不愿戳穿自己的母亲，霍母赌的也正是儿子不会当着别人的面落她面子，可眼前的局面确实令他由衷地感到失望。

佳书害怕他不高兴，为除夕这顿饭患得患失、犹犹豫豫好几天，她从来就是个骄傲过头的人，面对他的家人，姿态已经放得足够低了。

他没料到他妈竟然在他有女朋友的情况下，仍然介绍别的女孩给他认识。

这无论是对佳书，还是对他，抑或是对面的一家三口，都是一种羞辱。

他妈是打心底里觉得佳书和他不会长久，还是打定了主意不能让他们在一起？

无论是哪一种，都足以让霍钦生气。

在他这次回答过后，寒暄便在尴尬中匆匆结束。

刚回到他们自己订的包厢，霍母便开始生气：“钦儿，你到底在干吗，好端端的，提什么女朋友。你知道吗？我托了好几个姐妹帮忙才约到的机会，你这么来一出，弄得我里外不是人了！”

……

她喋喋不休地埋怨完，意识到霍钦长久没有说话，抬头望去，只能瞧见儿子冷肃的脸，声音毫无波澜。

“妈妈，您也知道我有女朋友。我以为您不知道。”

霍母从来没听过儿子用这样的语气跟自己说话，她被震慑了一瞬，怒气更添一层：“可你那个女朋友能结婚吗？

“钦儿，妈妈可以不在乎你结婚对象的家世相貌，但至少她得是个好姑娘。一心一意爱你，不舍得伤害你，不会总让你伤心给你添麻烦。可宁佳书呢？她能做到哪条？她爱你的程度同你爱她是对等的吗？她既没有责任感，也不善良，如果真的在乎你，为什么不和前男友们断得干干净净，为什么在公司传出那些难听的话，让你脸上蒙羞？

“年轻人总想为自己的爱情跟世界对抗，但总有一天你会明白，不是这个世界在阻拦你，而是你的爱情本身就不堪一击。你们的道德观念、感情底线不一样，现在你可以不在乎，但等未来婚姻的激情消磨光了，这些原则性的问题暴露出来，每一件事都足以成为你们之间的鸿沟。

“未来的事情谁也不能担保，与其那时候相看两生厌，还不如就让你们彼此的记忆留在最好的时候。再说，妈妈费这么大劲儿到底是为了谁？今天那个女孩子是国际名校斯坦福毕业的，长得又好看，哪里都比宁佳书强。你就算不喜欢她，当个朋友也是好的，何必让妈妈下不来台。”

……

隔着包厢薄薄一道木帘，宁佳书只觉得那些拷问每一句都像巴掌往她脸上招呼过来。

她此刻唯一庆幸的是刚刚由于电梯太挤，宁母拿着礼物在后头等下一趟电梯。

“小姐？”带路的服务生小声提醒她。

“算了，你去忙吧，我可能记错房号了。”

宁佳书不想再听接下来的内容，她脑子里百转千回的念头闪过，最后只吐出这样一句话，说完就快步往回走。

走廊拐角迎面有腊月的风吹来，她却感觉脸上阵阵火辣，快要把皮烫破了。

是的，按照宁佳书的性格，刚才应该进去把桌子掀了，再狠狠地羞辱恶准婆婆一番。你挑剔我，我还不想嫁你儿子呢！世上两条腿的蛤蟆难找，男人还不好找吗？损到别人都气得快死了，宁佳书才算能出完这口气。

可是，她不想让霍钦难堪。

霍钦为她做了很多很多事情，连家里那么大的分歧都试图自己一个人解决，不让她跟着难受，但她好像从来没为他做过什么好事情。

那就走掉好了，为这个意料之外、却又在情理之中的场面，选择一个彼此都体面的离开方式。

宁佳书面上火辣辣的，完全不是为霍母的评价感到羞耻，而是她发现，纵然她再不爱听，但站在一位母亲的立场上，霍母那番话竟不是没有道理，她确实在全心全意为自己的儿子着想。

宁佳书能承诺自己现在对霍钦全心全意，但这份爱无法保障未来他们之间能永远不生嫌隙，不生变故。

旁的不说，就连眼前季培风这件事情，她都束手无策。未来，她又拿什么保证？

宁母刚出电梯门便和宁佳书撞上了，奇怪道：“佳书，你怎么不进去，还没找着包厢位置吗？怎么不问人呢？”

宁佳书从宁母手中接过礼物袋子，目不斜视地看着电梯不断变化的楼层数字。

“我忽然不想吃了。”

“你这孩子怎么反复无常的，才开车过来，怎么又不吃了？”

宁母气坏了，敢情她在家里劝了两天都白劝了。

宁佳书没有心情解释，直接从包里拿出平板电脑，找到飞行计划指给她看。

“看到了吧，几个小时之后我就要飞洛杉矶，算上往返机场的路程和准备时间，我还有两个小时吃饭时间。比起吃饭，我现在更想回家洗澡闷头睡两个小时。”

宁母被推着往外走，边走边说：“你早不告诉我，这么出尔反尔把妈妈叫到饭店里遛了一圈，回家竟然还睡得着吗？那礼物怎么办？不吃饭总要打个招呼吧？”

“拿回家，下次就省得买了。”

宁母以为女儿是临阵脱逃，又开始胆怯，连半个字都懒得再和她讲，上车就气鼓鼓地看着窗外，脸撇向一边。

“对不起，妈妈。”

宁佳书收回视线，低头启动引擎。若在平时，她也许还有心情哄宁母几句，但今天，宁佳书连自己的脑袋都空荡荡的，找个逃开的借口已经使尽浑身的力气，旁的内容是半点儿也挤不出来了。

02

霍钦人在包厢里，不知道外面发生的事。

他听着母亲语如连珠般讲出的大道理，内心的失望已经到了顶点。

教养不允许霍钦顶撞自己的母亲，所以等母亲说完，他才抬起头来。他的神情彻底冷下来，凝视着母亲，一字一句道：“妈妈，您没有感觉自己很不公平吗？

“你从未放下偏见和她好好相处过哪怕几个小时，却妄图用从陌生人那里听到的只言片语来对我的人生做出自以为公平的裁断。

“佳书和您的认知恰好相反。她善良、孝顺，无论对亲人朋友还是工作，都尽全力负责。她很骄傲、很要强，每做一件事情都想做到最好，她不像您口中说的那样没有底线，正是因为她太好了，所以才会有人喜欢她。无论是您知道的前男友还是和畅，也包括我自己。

“我是个成年人，您应该相信我有足够的判断能力，我知道我爱上的是什么样的人。”

霍母一个字儿也听不进去，她就觉得是自己的儿子被欺瞒了，压下怒气问道：“如果我一定不答应你们结婚呢？”

霍钦闭上眼睛片刻，扶在椅子上的指尖发白，他终于开口。

“您生了我，我是您的儿子，我劝不了您，您极力反对的事情，我没有办法去做——

“但我能选择不做什么，这您也没有办法。我没办法娶一个我不爱的人，所以不管您再怎么劝我，我也不会结婚，直到我不再爱她那天为止。

“您知道我放弃一个人要多久吧？从西澳学飞到现在七年，我没有一秒钟忘记过她，您可以期待下一个七年，我能不能成功。”

霍母呆呆地看着他，像从未认识过自己的儿子，结结巴巴道：“你……你怎么能对妈妈说出这样的话？”

“我不愿这样，可您没有意识到吗？妈妈，您的决定对儿子来说同样残忍。”

包厢的最后一道菜上齐，但这顿饭谁也没有心情再吃。

霍父从头到尾旁观他们母子之间的争执，没有出言打断，像以往一样打圆场。他很清楚，妻子和儿子的想法已经根深蒂固，这关系到家庭的未来和他自己的人生，调和矛盾的唯一方式只有一方退步。

他不劝，是因为妻子人生的每一步都顺风顺水，唯有让她按自己的想法去撞得头破血流，她才会真正重新审视自己的对错。

“咦，客人还没来齐吗？”

酒店经理看着包厢里空着的座位觉得有些奇怪，说道：“刚刚在前台明明有顾客报了房号的呀，是不是找错地方了……”

霍钦心中一紧，问道：“什么样的顾客？”

“一位挺漂亮的小姐。”

“宁佳书，她怎么也来了……”霍母又是心虚，又是惊讶。

霍钦怕佳书不敢来，便没有提前跟霍母打招呼，闻声回头看了他妈一眼：“是我邀请佳书和她的家人一起来的。”

他说完又问经理：“那人呢？”

经理赶紧按下耳麦，问刚刚派去领路的服务员。

服务员戴着耳机茫然道：“她在门口站了一会儿，说是记错包厢号了，然后就掉头走了。”

霍钦提起来的心从峰顶落进悬崖底，眼神彻底暗了下去。

他拎起椅背上的外套便往外走，行到门口，回头道歉，深深地鞠了一躬。

“爸、妈，对不起。我去找她了，年夜饭你们自己吃吧。”

出了包厢，霍钦才发现，手机里有半个小时前佳书说要过来的消息。

可那时候他还在别人的包厢里，自然不可能看到。

霍钦按下号码回拨，不过宁佳书这时候已经把车开上中环了。

她瞥了一眼静音状态显示的来电屏幕，又看了看副驾驶座上无知无觉的妈妈，悄悄按了挂断。

车厢这样安静的环境里，她只要一接电话宁母就能察觉出不对。

上高架桥之前本来没有堵车的迹象，直到快走到一半路程时，车流忽然滞塞了，这一塞就塞了二十分钟。

外头下着小雨，宁佳书从后备厢里找了把伞，撑着走了四五百米到前头一看，才知道是出车祸了。

一辆爆胎的小轿车横在路中间，被另一辆来不及刹车的 SUV 拦腰撞到，现场状况惨烈。车一阵阵冒着烟，SUV里的一家人被扶出来半靠在路边，小轿车严重变形，司机已经唤不醒了，卡在里边也救不出，只能瞧见驾驶座下被雨水晕开的大摊血水。

后边还有七八辆车连环追尾，但都是小擦碰。

毕竟是大年三十，无论道路抢险救援车还是值班的消防交警和救护车，人手都不够，赶过来的速度也比平时要慢。

宁佳书叹气，果然就算是一年到头最喜庆的节日，也还是有人欢喜有人愁，人类的苦难并不相通。

已经有热心人帮从SUV里救出来的一家人撑伞，还有人沿车流逆行，大声询问有没有医生护士。

宁佳书低头看了一眼表。

再看那家人，妻子额头仍在淌血，渗进了领子底下，只不过她似乎无知无觉，只捂着小女儿的眼睛把她抱在怀里，在寒风中发着抖。

犹豫再三，宁佳书最终快步折返，把自己车里备用的毯子和急救箱都取出来。

急救护理也算飞行行业的必修课，人们在周边撑着伞，她迅速给女人头上的伤口消毒，用绷带包扎严实。

男人躺在地上，大约是肋骨断了，宁佳书不敢随意移动，只帮他把身上的出血点都进行消毒，然后包好。

小女孩坐的后排安全座椅，倒是没有受伤。她小小一个，坚持要从妈妈怀里滑出来，牵爸爸的手帮他呼痛痛，看着宁佳书包好纱布，又小声问她："你是医生吗？"

女孩扬起来的小脑袋被雨淋湿，头发打成一缕缕的自然卷，黑白分明的大眼睛凝视着她。

"不，"宁佳书抬手帮她擦掉脸上的雨水，说道，"我是个飞行员。"

下高架两公里，车流不通畅，只能步行。

怕时间紧赶不及回家，宁佳书直接把钥匙交给宁母，想等车流通畅了之后再开回家。一再叮嘱宁母小心之后，宁佳书才撑伞拿着飞行箱往前走，下了桥再打车直接去机场。

任何人都难以避免被接连发生的坏事影响心情，但宁佳书不能将现在的情绪带到几个小时后。

到了机场，她就必须把所有的坏情绪都封存好。

这还是她第一次和霍钦搭档跟飞时，他讲的费斯汀格法则。一丁点儿的不愉快都可能会引发一系列效应，扩大到所有人、所有事情都出错。

擦掉斜扑到脸上的雨水，她一只手拎起飞行箱越过水洼，努力想些开心的事情。比如，庆幸自己没有提前把制服换到身上，到了公司更衣室还有整套干净的衣服可以换。

在加州落地，或许休息之余还可以见见改装训练时的老朋友。

还有，便宜弟弟差不多可以送去幼儿园了吧？

……

纵使脑海里一再闪现血淋淋的车祸现场，但随着她回想起的开心的事情越来越多，呼吸终于渐渐平缓下去。

比起刚刚小轿车里的司机，抑或是地上的一家人，她今天的遭遇真是微不足道。

宁佳书浑然忘了霍钦的来电。

霍钦在车载广播里听见高架桥车祸的消息，又打不通宁佳书的电话时，饶是大冷天也急得汗落到眼睫上，他抬手擦了，又开始联系宁母。

“小霍你别急啊，她没事儿！”宁母赶紧安慰。

“是别人的车出车祸了，我们就是在中环堵住了，佳书她怕时间赶不上，自己先下高架桥打车去了。这会儿她在去机场的路上，可能是调了静音没听见你给她打电话呢。”

宁母能清晰地听到话筒那边传来松气的声音，霍钦往身后车门上靠，觉得脚底软得发飘。

“没事就好。”他不知道这话是说给别人听的还是说给自己听的。

宁佳书抵达机场的第一件事情，是先到公司借员工宿舍的卫生间洗澡换制服，出来的时候，同班组的空乘小姐姐还顺手帮她泡了一杯热咖啡。

“谢谢你呀。”宁佳书抬手举杯，冲对方笑了笑。

小乘务挺不好意思的，等了两秒才想起来，说道：“哦，机长，刚刚你在里头洗澡的时候，我好像听到你手机一直在振动。”

完了！

宁佳书猛地想起来，赶紧从换下来的大衣外套里翻手机。屏幕才亮就看到二十通未接来电，她刚按下回拨，便听有铃声从门外传来。

迟疑了两秒，宁佳书疾步走到门口，拉开宿舍门。

果然，霍钦就站在门口。

走廊的灯光从他背后落下来，高大颀长的身形投下大片阴影。宁佳书看不清他的脸，但能瞧见他灰色大衣上沾着的雨雾，冷冷的，仿佛携着腊月的寒风与潮气，伞柄尖处的雨水很快顺着滴下来，聚成一片小水洼。

宁佳书甚至没想起来问“你怎么来了”，只呆呆地凝望着他，道：“这不是女员工公寓吗？”

一楼入口处追上来的老大妈喋喋不休地埋怨：“我都说了男士要登记要登记的呀，好好一个小伙子，怎么年纪轻轻聋了哦，侬（你）勿（不）要赶去投胎伐。”

要不是看他长得帅，估计早就叫保安了！

直到和宁佳书四目相对，霍钦一颗心才算真正落到了实处。

“对不起，阿姨。”霍钦一边低头填别人递过来的登记册子，一边跟宁佳书解释，“我问了你的副驾，他在学员时期是我带飞的，他说你在这边，我就直接过来了。”

宁佳书注意到他写联系方式的手在颤，大抵是被冻僵了，白皙的指节发红。

“那你……不陪你爸妈过年了吗？”

“我有更重要的事。”

他写完，连笔带本子一起塞回阿姨手中，瞧了一眼宁佳书湿淋淋的头发说道：“你先去把头发吹干，我在外面等你。”

宁佳书没有多话，她莫名觉得霍钦情绪不大好，乖乖地进门打开吹风机。

霍钦转过身，一动不动地立在门口，脸部轮廓绷紧，下颌线如雕塑一般立体。

小乘务好几次邀请他进室内坐坐，都被他礼貌谢绝了。

春节期间，公寓里人已经很少了，但还是有轮班的员工在。

有女乘务路过瞧见霍钦，忙不迭地回宿舍呼朋引伴：“大新闻！我刚过来，看见霍钦在咱们楼道里！”

“他怎么会来？”

“来找宁佳书！”

“呃，没意思——”

才聚拢的姑娘们闻言又作鸟兽散，只是到底有几个人探出脑袋去偷看帅哥。

曾琦从洗手间的镜子前收回视线，擦到一半的口红刷来不及拧上，又朝进来的人确认了一遍：“是今晚的航班换人了吗？”

“没有，还是宁佳书执飞。”

“那他都没有排班，怎么年三十跑这儿来了？”

“乘务长，我刚刚查了客舱旅客名单，发现霍机长买了咱们这趟航班机票，他大概打算和宁佳书一起去加州过春节吧。”

由于航班长达近十四个小时，飞机是双机组设置，两位机长交替执飞。公司还给宁佳书配了个新升两道杠的副驾，叫江律，板寸剃到扎手，笑起来时嘴巴几乎能咧到耳垂，一看就知道是个愣头青，没想到这人还和霍钦有交集。

宁佳书吹完头发，把喝了一半的热咖啡端出门，说道："你喝，手都冻僵了。"

她反应了一下，觉得霍钦这么快追到机场，连年夜饭都没吃，估计是猜到自己听见他妈妈说的那些话了。毕竟去的路上，她还给他发了消息。

霍钦把咖啡还给她，说道："你喝吧，我不冷。"

瞧着他身上的水汽，宁佳书气不打一处来："你是傻了呀，连把伞都不会撑就追过来，被雨淋成这样。你怕什么？我都这么大的人了，难道还会因为别人说两句不好听的话就寻死觅活吗？那么多人不喜欢我，我不也照样好好活着吗？"

"今天，我闯了两次红灯。"

霍钦顿了两三秒，垂头，目光落在地面，不去看她的眼睛，似乎在极力忍耐。

"电话打不通，我又听见高架桥上的连环追尾新闻。你说得对，我怕，怕得要死了。

"很久很久之前我想过，佳书要是再乖一点儿、再循规蹈矩一点儿就好了，像所有普通的女孩子，那样，也许我们六年前就不会分手。"

他深深地吸了一口气，抬头看着她的眼睛，一字一句地说道："可是现在，佳书，我宁愿你的不开心能讲给所有人听，不是独自委屈；宁愿别人冤枉你，你就跟她掀桌子，不是一个人偷跑。"

宁佳书好不容易调整好自己的状态，把所有的情绪封存起来，却轻而易举被这两句话击溃，眼睛不由得一酸。

"来的路上，我一直在想，你为什么没有推门进来，为什么一个人走了，为什么在你妈妈面前把今晚的事说成自己的过失……直到站在这里的时候，我突然想明白了。

"因为我们都改变了对方。

“我爱你，而你也爱我。”

就像他担心她委屈一样，她甚至能想象得到，从来循规蹈矩的霍钦是有多恐慌焦急，才会连闯红灯，从外滩开车一路疾驰到这儿来。

可惜这爱，因为中间发生的种种波折，反倒成为束缚和隔阂。

她再不敢向他肆无忌惮地坦承自己所有的喜怒哀乐，而他也宁愿自己悄无声息地承担所有。

宁佳书极力忍住眼里的酸胀感，说道：“我马上就起飞了，你还来跟我说这个。”

“是我的错。”霍钦点头，坦然承认，“我不再讲了，等到了那边落地再说。”

宁佳书会在加利福尼亚南部停留三天，直到执飞回程的航班。

她忽然意识到什么，缓缓地睁大眼睛问：“你买了我那趟航班的机票？”

“二十分钟前下的单。”

夜航加小雨，好在除夕夜的浦东机场风不大，起飞条件不算很不理想。

宁佳书穿着反光服下停机坪做绕机检查，江律撑着伞跟在后边道：“师姐，你和教员真是如胶似漆、形影相随，难舍难分呀，连年三十也要在飞机上一起过呢。”

“你现在跟我不也是焦不离孟，孟不离焦？”宁佳书看他一眼。

愣头青被吓到了，猛地拉开距离又撑伞跟上来：“我可不是对教员的女人有想法，这不是给您撑伞嘛。”

宁佳书把打湿的鬓发别到耳后，继续朝前走。

江律又小跑着跟上来说道：“师姐，我怎么感觉男朋友跟来你不太开心啊？我从前跟飞，那些知道要搭档教员的乘务组，尤其是未婚的小姐姐，一个个都可开心了，走路都带风呢。”

“哪里不开心？”宁佳书反问他，“我分明很开心。”

江律又认真地将她的面部表情打量一遍，肯定道：“可是我没有从你的笑容里感受到喜意。”

宁佳书踮脚打开电筒，朝引擎里照了照，没有直接回答他，而是换了个话题：“你有什么喜欢吃的东西吗？”

“要请我吃饭？”江律惊喜，“那肯定是火锅呀。我就喜欢吃火锅，如果可以光吃不上火，我能一年三百六十五天顿顿吃火锅。”

“假设我真的请了你吃火锅，最贵的服务费、最棒的汤底、最好的牛肉，最新鲜的蔬菜……但这会是你这辈子最后一次吃火锅，你开心吗？”

江律便秘一般，咧到耳根的微笑回落，眼神莫测：“师姐，你不想请客就算了，可别做这么可怕的假设。”

03

S 市直飞美国西海岸的航线并不如许多乘客想象中横跨太平洋，而是先向北飞，沿途路过白令海峡，绕成一段大圆航。通常实际飞行时又稍微比大圆航偏南一些，沿着盛行西风带借风加快航行速度。

宁佳书前半程执飞，后半程一路睡到目的地洛杉矶国际机场。

S 市下雨，洛杉矶也在下。

不过 S 市雨热同期，冬天大多是不值一提的毛毛雨，洛杉矶却不一样，他们的雨季集中在冬天。轮候机组的机长落地时，迎面而来就是一个暴雨礼包，他和宁佳书一样是个新晋四杠，绕边盘旋了两圈才敢落地，落到地面时一摸脑门一头汗。

好在加州四季温暖如春，冬天气温也在十摄氏度以上。

下飞机后，宁佳书还脱了一件保暖内衣。

在洛杉矶停留三天，第一天，机组成员大部分用来昏天黑地地补觉。毕竟常飞国际航班的人都习惯了紊乱的时差，二十四小时过后一般能适应良好地到处溜达，旅游拍照留念。而且，申航给员工订的酒店通常在市中心，交通便利，吃住玩儿出行都方便。

可惜这回洛杉矶连下三天雨，打开窗户就是黑沉沉的云压下来，大多数室外活动无法进行，只能在附近逛逛街，或者在酒店娱乐大厅玩玩游戏打打牌了。

但也有霍钦和宁佳书这种从头到尾不出房门的。

宁佳书补觉醒来时，遮光窗帘把房间挡得伸手不见五指，外头哗哗的雨声在耳朵里渐渐清晰起来，一墙之隔的外厅门板底下透进一丝光线。

她赤脚踩着地毯下床，推开门才发现是霍钦在看电影，调至最小的音量淹没在雨声中，黑白色调的屏幕泛着浅淡的荧光，模糊柔和了他的轮廓侧颜。

这是一部经典爱情电影《罗马假日》，霍钦从前是不怎么看爱情片的。

大约是听闻声响，他转过头来，见她便道："醒了？先去洗漱，我帮你叫餐。"

洗漱的时候，宁佳书看了下手表，她倒时差睡得很长，一觉睡了十三个小时，再过一会儿天应该要亮了。

她在洗漱台边刷牙，回头问霍钦："你醒来很久了吗？"

"飞机上睡得太久，落地就不怎么困了。"

宁佳书吃了一个夹满黄油、鸡蛋、奶酪薯饼的三明治，又吞下一块咸味焦糖核桃巴步卡蛋糕，这才放下刀叉，端了杯热牛奶在霍钦身边的沙发上坐下来。

电影正放到安妮撑不住镇静的药效，在路边睡着了，被乔带回家。

满屏的俊男靓女，叫人无论再看几遍，还是觉得赏心悦目。

"你怎么看这个？"宁佳书好奇地问道。

霍钦飞国际长途，落地休息的时间，除了偶尔游赏当地景点，剩下大多时间或者在看书，或者去酒店健身房游泳池运动，不喝酒也不打牌，简直是个养生达人。像这样十几个小时待房间里看电影，还挺少见的。

“想跟你待在一块儿，就打发时间。”

霍钦把声音调大，让她也能听清台词，侧过脸，就见宁佳书上唇沾了一圈奶沫。

“沾了东西，别动。”他抬手，拇指印在她唇上替她擦拭。

他的眼神像电影里的男主角那样看着她，专注而温柔，昏暗的光线中，她能瞧见他瞳孔里自己的身形轮廓。

宁佳书的神思有一瞬间的恍惚。

她抓着霍钦递过来的手，小心翼翼地挨着他肩头靠下来。

享受了很久的安宁，宁佳书才从荧屏上收回视线，低声开口：“霍钦，你有想过吗，如果你妈妈一直不同意我们在一起，该怎么办？”

人的想法不可能在一朝一夕间发生改变，就连霍钦也无法空口承诺所有的事情。

就像过去这段时间以来，他想尽办法消除霍母的偏见，却还是在那段劈腿绯闻传遍申航时前功尽弃、功亏一篑。谁都无法掌控未来，因为这世上的不可控状况多得好像S市早班高峰的南北高架。

如果霍钦能自私地为了爱情与母亲彻底做切割，那他又不是宁佳书认识的霍钦了。

这一点，他们彼此都很清楚，结果是他只能精疲力竭地在两段关系里奔波，使尽解数缓和她们的关系，直到有一天霍母真正敞开心扉接纳宁佳书。

宁佳书提问，也不是为了得到答案，只是为了引出接下来他们要面对的另一个客观问题。

“其实，我有件事一直没告诉你。上次夏图南之所以愿意帮我澄清，是有条件的。”

宁佳书十指交叉纠缠，就要把手背抠破了：“那天，申航论坛上的截图照片传开后，我本来想去找季培风理论，到了酒店，刚好撞见他抑郁症发作不省人事。我叫人把他送进医院，在急诊室外头，夏图南求我不要跟他哥哥断绝往来，不要做压死他的最后一根稻草。

“很奇怪，我一直以为，我是个只要自己活得好，什么都不管的人，可是那一刻，我竟然不敢拒绝他。

“我那天真不该去找季培风的，没有看见他濒死的样子，没有看见他手腕上那些缝针的划痕，现在就不会每天晚上被他死了的噩梦吓醒，就不会每天晚上一闭眼，就感觉自己的良心在被拉扯。

“我想永远和你在一起，可我也真害怕，从来没有那么怕过，怕他真的死了，这条生命就会成为我永远要背负的责任。”

霍钦呼吸一滞，按住宁佳书的手，制止她近乎自我虐待式的排解，听着她剖白原委，内心竟隐隐猜到了她的意思，替她把最难的一句讲了出来：“我们……又要分手了吗？”

那一个“又”字直压得宁佳书的心打了好几个战，她才忍着眼泪点头。

为了能和她结婚，霍钦已经想尽所有办法，就算霍母真的被他们打动了，等未来某天了解到季培风的事情，也绝对会勃然大怒反悔，不只是霍母，即使连霍父、霍奶奶也不可能同意。天底下没人能忍受自己的孩子背上这种负担，陷入畸形的三角关系。

更何况，根本原因本来就并非不可抗力造成的，而是她自作自受，为年轻时候犯的错埋单。

“前几天，季培风从前在洛杉矶疗养院的心理医生给夏图南回复邮件，说他的病情处在长程咨询的过程中，需要密切观察系统治疗，国内的心理医学治疗水平落后于西方，他现在差不多才进入明确起效的阶段，不可以在国内继续待下去了。但考虑到他在国内有所好转，心理医生想让我一起跟到疗养院，帮助他度过接下来的分界时间点。”

至于这个时间点到底是多长，是几个月还是半年，只能取决于季培风的自身状况，医生也无法给出准确判断。

唯一清楚的是，这是季培风最后的希望。

所有人和他一起配合世界顶级的心理治疗师，在这段长程咨询中深入解决他成长中的创伤经历问题，解决所有爱情、亲情印刻在他灵魂里给他带来的负面思维和不良的行为模式影响，帮他找回身份认同，重新建立人际关系和社会关系，在废墟上构建新的目标与人生。

“夏图南把邮件转发给我，我告诉他，给我一段时间考虑。”

宁佳书不敢抬头，地面在她眼眶的水色中出现重影，怎么努力忍也收不回去。

整个空间里，除了窗外的雨声和电影的对白，所有事物都安静下来。

“所以，你在等我帮你做决定。”

霍钦陈述结论，他嘴角动了动，过了良久才发出声音来：“佳书，你可真狠心。”

她明知道霍钦永远没办法做出违背道德的自私选择。

宁佳书手里的热牛奶温度已经散尽了，杯壁变得冰凉。霍钦探手抬起她的脸，擦掉她滑落到下巴的眼泪，然后默不作声地开始解自己的衬衫领扣。

宁佳书顺着他的身形陷入沙发，睡袍摊开落地，她的指尖最后还试图摸索着将牛奶杯摆上沙发旁的矮几，但最终失败了。

半杯牛奶顺着矮几流淌到地面，无声地融入地毯，洇出一片发暗的颜色。

霍钦从来没有像如今这样粗暴，即便喝了酒也没有。

他仿佛全然没了理智，只知道一遍又一遍地申明主权。

宁佳书的指甲只有深深掐紧陷入他的背脊，才能将四面八方所有的痛感忍耐下来。她下颌与脖颈近乎绷成一条直线，仍努力仰头去吻他。

自下而上看过来，泪眼蒙眬的宁佳书，是天底下最瑰丽纯情，也最残忍性感的尤物。

可霍钦并不只是因她美丽而爱她。

他内心犹如困兽之斗，在痛苦挣扎，那挣扎是爱、是恨、是占有、是成全的无奈、是绝望的释放。

黑白电影已经放到安妮即将离开罗马那一幕，记者会召开，有人问安妮。

“殿下最喜欢到过的哪一个城市？”

“各有千秋，很难讲……”

公主目不转睛地盯着人群中的乔：“罗马，我最爱罗马，我在罗马的日子必将终生难忘。”

她温柔明亮的眼睛含着泪，最后一次深情地凝望他，咫尺天涯。

此后终其一生，他们也许都不会再有交集。

洛杉矶市中心下着天亮前的瓢泼大雨，酒店窗内是昏暗的光线与阴潮湿冷的空气。

他们唯能体会彼此身上的滚热，肌肤与汗水相触的瞬间，像一起发了场四十度的烧。

最后的宣泄是感性，留给对方的克制是理性。

“人生总不如人愿的。”

镜头闪现，西装革履的乔手插在裤兜里转身离去，背影落魄悲凉。

04

洛杉矶下了三天大雨，宁佳书房间的窗帘也闭了三天。

小乘务们的八卦之魂快要飞上天了。

“他们真的在房间里待了三天？”

“那可不？餐厅吃饭都没见他俩，都叫的客房服务。”

“我做证，我和小昭的洗手间漏水，酒店新换的房间和霍钦在一个楼层，我俩是真没见他回来过，连门响都没听见，肯定一直待在宁佳书屋里呢。”

“我的天，霍钦也太厉害了吧，三天三夜，这肾得多能扛。”

“不愧是十项全能、综合发展的男人！”

……

她们议论正酣，电梯到了，大厅的声音滞了一瞬才重新恢复。

轿厢里出来的，正是两位陷入八卦中心的情侣，两人在出发前准时下楼集合。

宁佳书已经换好制服，霍钦的衬衫同样整齐笔挺扣到风纪扣，高冷禁欲，丝毫瞧不出两位就是刚刚众人口中“不知节制”的男女主角。

作为全球繁忙度可以排名前五的机场，三天大雨过后，机港变海港，洛杉矶的航班延误量已经积压到令人发指的地步，大多数航班已经取消。

不知道是不是宁佳书运气太好，到了中午，天气稍微转晴，笼罩的阴云和电闪雷鸣都散了，只下着点儿淅沥的小雨，也没了风。

塔台抓紧机会把延误的航班安排上了天。

他们返程的航班本来有一半空座，由于前头返回浦东的航班全部被取消，往后三天都不再有直飞航班，因此一下被改签满了。

满载满油量的飞机起飞难度更大，需要更长的跑道，认真做航前准备，保证飞机重心平衡。

下午三点，宁佳书召集机组成员简单地开完航前会议，布置了具体的工作，机组人员便登机了。

仍是江律跟她做航前检查。

机务小哥的口音是纯正的洛杉矶黑人英语，江律跟他比画半天，最后还是找宁佳书这个在洛杉矶住了大半年的前辈来，两方才实现成功交流。

关闭货舱门签单时笔又漏了墨，画半天写不上字儿，她干脆折返飞机上拿新的。

机舱内的乘务们也在忙碌着做起飞准备，宁佳书进来时，大家都各忙各的没人注意。她正要掀开前厨房舱帘，忽地听见里面好像有人提到她的名字，掀帘子的动作便顿了一下。

“……还挺后悔的，当时听她说完就把照片发到了论坛上，我是真以为宁佳书出轨来着。现在看来，其实也就是普通照片，连霍钦自己都不在乎，要是没人添油加醋地描述，大家哪能想到劈腿那方面去。我越回忆越不得劲儿，总感觉被乘务长当枪使了。”

“我当时就觉得有问题，按乘务长原话说的，她不想用下三烂的手段，叫我们别往外说，干吗自己又当着那么多人的面说出来，这不明摆着就想大家帮忙往外传吗？而且你看看她对霍钦那殷勤劲儿，来的路上人家正牌女朋友还在驾驶舱坐着，她就又是送茶又是送水地跟霍钦搭讪，是个狠人。”

“干咱们这行，要是忍耐力不行，脸皮不够厚，她也不能年纪轻轻就当上乘务长啊。”

“你今天早上看到没？才听说霍钦他俩在酒店房间三天没出门，这么恩爱，她那张脸沉得都要滴水了。”

……

舱帘里面明显只有两个人在做事。

两位都是头等舱的乘务，一位管左通道，一位管右通道。

话声夹在餐食柜门开关的噼里啪啦的声响里断断续续不太明显，但宁佳书的耳朵好使，还是让她听了个大概。

她站在原地略一思索，便想清楚了事情的原委。

原来她的“出轨照”，就是里头那个3号传出去的，但按她的说法，她发照片，是因为受了乘务长的怂恿和蛊惑，现在非常后悔。

至于她们的乘务长……

宁佳书至今还能想起年前室内水上求生考核，曾琦望向霍钦那双充满野心的眼睛。

她知道喜欢霍钦的女人不少，但并不是每个人都值得宁佳书正眼看待。曾琦第一回见面就能在她心里留下一个名字，已经是了不得的能力了。

年前在机组名单里看见曾琦，宁佳书还没多想，要不是霍钦突然跟过来，她还不知道，原来在她瞧不见的地方，这个人已经整出那么多幺蛾子。

不过以后，霍钦就不再是她的了。

更何况马上就要起飞，宁佳书不想在这时候生出意外，影响航班运转，不管什么事都得等落地了再说。想到此处，她径直掀了帘子进去。

正在说话的两人之前没听见脚步响，闻声仓皇噤声回头。

宁佳书安然享受着她们的惊恐，扬唇冲两人露出一排闪亮的白牙，然后径直穿过通道进驾驶舱拿笔。

出去前，她又冲两人意味不明地笑了一下。

留下3号瑟瑟发抖："你说，她听见咱们说话没有？"

"应该不会吧……"2号也有点儿慌，"听见了还冲我们笑？"

"等会儿驾驶舱送水送餐你去吧，我心里毛毛的。"

"我比你还毛，我不管，话是你起的头，要去你去，我完全是被你连累的。"

接近起飞前半个小时，登机旅客陆续上齐。之前预留给国内同行加机组的座位忽然出了点儿变故，三个头等舱座位都换了别人，几位同行本来已经在洛杉矶待了几天了，这一来，至少还得再滞留一周。

"怎么会忽然换人？"宁佳书疑惑道。

和她轮换执飞的机长同样一头雾水："不知道，民航局紧急下发的通知，要客部说是重要航客，我跟飞到现在也是第一回遇见。"

起飞前三十分钟，宁佳书的总部直系领导给她打来电话，语气相当郑重：“佳书，这班你来起落，好好飞，务必要保障要客飞行安全，准时落地，落地时总经理和执行董事会亲自过来接机。”

一般的重要客人，在起飞前一天，名单就会被送到民航局、航空公司以及机场等所有涉及的业务单位，派最有经验的资深教员机长起落。对于特别重要的客人，航空公司高层才会亲自迎送。

申航如此重视，对方妥妥是各大航空公司要客名单上的大人物了，又是从洛杉矶回国的航班，最不济也是大使级别的政要。这样的客人，除去万中无一的大面积航班取消，又偏偏有紧急任务回国，根本不可能轮得到宁佳书这种新机长来驾驶飞机。

不过宁佳书的重点在于，领导的这番叮嘱，相当于默认她的技术比双机组的另一位男性机长强了。

航班延误到原定起飞时间前十五分钟，客人终于在荷枪实弹的洛杉矶机场地面警察的护送下，一路从特快通道过来，车子直接将人送到停机坪。

不仅是宁佳书，另外一位机长及乘务长曾琦都在机舱门口列队迎接。机组成员这才看清来宾，果然是位大人物！

两位随行官中间，赫然是张熟悉的脸，五六十岁，戴银边眼镜，黑发里夹了几根银丝，儒雅斯文。连宁佳书这种基本不看新闻的人，都知道他每逢国事就出现在官方电视台的新闻频道里，外交发言的片段剪辑在网上高频出现。

另一位机长激动得直接讲不出话，还是宁佳书强作淡定与人问候，三两句介绍了飞机的基本情况和航行时间。

“谢谢，辛苦了。”

对方异常平易近人，甚至与宁佳书握了手。

这只手蓦地变贵重了，一切都在瞬间变得不真实，让她感觉脑袋里轻飘飘的，生出自己也是个重要人物的错觉来。

为了不让大人物感觉被打扰，机组其他人仍在自己的岗位上维持秩序，此刻登机通道里仅有的同事都投来艳羡的眼神。

虽然乘务提前打了招呼，但头等舱的贵宾瞧见最后进来的大人物还是沸腾了，刚才等待的怨言全没了。

虽然没人敢上去打招呼，但国人都默默地把手机掏出来。空乘一一劝阻安抚后，又紧了紧头等舱与商务舱相隔的舱帘，尽量缩小知密范围。

下午五点，最后清点登机旅客人数，关闭舱门。

就在舱门关闭以后，雨忽地变大了。

看完气象图，宁佳书有点儿慌，要是领导没临时打电话来还没什么，他叮嘱完了之后，她忽然感觉到有点儿压力。

洛杉矶的起飞条件目前其实并不理想，尤其要客乘坐的航班不能取消、变更。人家之所以坐上她的飞机，就是因为有紧急任务需要临时回国，要是错过了时间，那就是外交事故了。

宁佳书最后从机尾走到驾驶舱，途中路过霍钦的位置，他靠走道坐，刚系好安全带，估计是瞧出宁佳书有些心神不宁，在她经过身边时，拉了拉她的制服。

霍钦黑沉的眼睛凝视她，安抚道："别紧张，平时怎么做，今天就怎么做。"

一瞬间，好像所有的隔阂都消失了，他重新变成了她的教员，在她第一次上座前打气叮嘱。

是啊，身边还有霍钦这种危机处理天才呢。申航的领导们如果知道霍钦也在洛杉矶，说不定直接换他上了。宁佳书深吸一口气，忽然镇定下来。

其实紧张的不只是宁佳书。平日机组成员工作也认真，但在这位客人登机后，他们的认真程度明显翻了几倍，连再简单不过的工作检查都互相确认好几遍，到了谨慎过头的地步。所有人在客舱走路都是脚掌着地，关门关柜子也极轻极慢，不敢发出一点儿噪声。

毕竟这要是在国内，提前有消息的情况下，各大航空公司调度室不仅会为大使调状况最棒的飞机、维修车间深度体检，连飞行员空乘家庭背景都得进行政治审查。

进驾驶舱前，宁佳书把霍钦的原话又对别人强调了一遍："你们别紧张，平时怎么服务今天就怎么服务。"

两位头等舱乘务员齐齐点头，比起这件事来，刚刚宁佳书是不是听到她们的谈话，已经无足轻重了。

机长情绪稳定，机组成员显然也安心很多。

起飞前，由另一位机长做宁佳书的右座副驾驶，在他向放行报备已经准备好之后，对方非常爽快地优先放行。

"妈妈呀，我工作六年，还是头一回无条件优先起飞！"

看着地面大面积排队的航班，其中不乏资质比他们厉害许多的机长，副驾激动的心情溢于言表。

地面接着给出推开指令，滑到跑道外边，转频塔台。

塔台依然优先给出让他们起飞的指令。

大雨中，十米开外视线就不大清晰了，只能瞧清跑道边灯。

宁佳书松了松十指，开始执行起飞任务。

由于是满油量满载，地面湿滑，空气湿度大，还有侧风，视线也不大清晰，她必须在心里计算好油门和时间，在精准的跑道位置离开地面，以防万一发生。这其实并不比模拟机困难，但伴随的心理压力比模拟机恐怖了十倍不止。

飞机在跑道上开始滑跑，宁佳书目视前方，默读秒数，拉动操纵杆。

伴随着巨大的引擎轰鸣声，客机成功离陆，她的余光能瞧见隔壁副驾擦了一把汗。

飞机在轻微的颠簸中爬升到巡航阶段，宁佳书松了一口气，交代后座观察位的副驾填任务书和舱单等琐事，自己打开多普勒气象雷达。

因为返程的航路天气实在不好，气象状况又瞬息万变，宁佳书得尽全力保证今天的航行平稳妥当、万无一失，避免颠簸摇晃使客人受到惊吓。

返程回S市的航线又与来时不同，受西风带的影响，航行时间上也有差异，一般会多半个到一个小时。宁佳书选择的航路是更近的大圆航线，起飞后从西北方向行经阿留申群岛，最后抵达S市。

黄黄绿绿的雷达图看半个小时，眼睛都花了，宁佳书将左座让给另一位机长，跟飞的副驾也从观察位顶上右座。

她起身松了松肩颈，还顺道去厨房要了杯咖啡。

驾驶员再把雷达调到云图天气时，航路左侧出现了一片雷雨云。

“看着问题不大，面积挺小的，又离咱们航路还有好几十海里，应该没事儿吧。”机长埋头研究了一下，做出结论。

宁佳书本来也觉得问题不大，客舱的乘务员们开始分发餐食饮料，正好叫到她去吃饭，转身摘下墨镜往驾驶舱外走时，她冷不丁从最左侧的风挡玻璃往外头瞧了一眼，吓得手里的杯子差点儿没拿稳。

“等等，你们抬头看！”

几人疑惑地顺着宁佳书手指的方向一瞧，也顿时吓坏了。

那是一片黑沉灰蒙的巨大雷雨云，它的体积根本不似雷达显示的那样小，也许因为距离太近，大得惊人。

从雷雨云最底处，就能看出来它在朝航路缓缓移动。

肉眼看似缓慢，实际速度却非常快。

“我就知道今天不会这么顺利，强者果然总是遇到困难。”男机长差点儿哭了，“你的意见是什么，要返航吗，宁机长？”

其他人的脸色也不太好看。

事实上，雷达图的可视角度中，除了刚刚出现的那片通红的区域，其他航向也都是稠黄油绿一片，降雨量都不低，想要找空子绕行或者钻过去都很难。

所以对方的第一选择不是向管制申请其他航向，而是直接想到了返航方案。宁佳书沉思了几秒钟，说道：“可是，就算我们现在折返洛杉矶，那边天气条件不达标，想降落也很困难。”

“其他几处备降机场，降落条件都够呛。”副驾补充道。

起飞时的状况大家都看见了，气象预报显示那两个小时已经是一整天降雨量最小的时段，都千难万难才爬升上来，更别提返航，他们还要满载满油降落。

何况飞机上还有这么一位赶时间回国，有紧急外交事宜的大人物。

难道飞一两个小时告诉人家：嘿，领导，咱们又回洛杉矶啦？

就算他们好意思，对方没意见，等回S市，申航飞行检查部门启动调查，复盘他们的航行过程，觉得是他们技术不行导致后续外交事故，几位小小的飞行员就是万死也难辞其咎。

“提高航速，先向区调申请雷暴云反方航向和增加高度。”

其实飞机上升高度后，云顶上仍然可能有上升气流，只不过高空水汽不足，没有形成他们目视可见的云，但仍然存在风险，而且安全条例里对上空绕飞有着严苛的标准，只能先升上去看看情况再做打算了。

区调空管很快答应了他们的请求，并向他们通知了区域内的气象变动情况，整体和雷达显示的情况差不多，都非常严峻。

宁佳书重新坐回左座，吸了一口气，活动下声带，打开机长广播，用最清晰的声音沉着冷静地播报。

“女生们先生们，飞机即将行经雷雨区，我们预计前方可能持续发生颠簸，客舱会暂停配餐及其他服务，请确认您已经回到自己的位子上，系好安全带，感谢您的配合与理解。”

等宁佳书再用英文重播一遍，去向头等舱的大人物汇报状况的江律也回到驾驶舱。

“机长，大使说无论返航还是绕飞，都尊重你的决定。”

这话基本相当于给宁佳书吞了颗定心丸，她在心里感谢了一百遍善解人意的大使，指尖在雷达图一整片红色里虚虚指出一处细长的绿色区域，说道："咱们就从这儿穿过去。"

雷达可视角度有限，这是她左转右转后，万般慎重才选择出来的路线，虽然仍然伴随风险，但相比其他航路，已经算是最佳选择。而且她得尽可能保障在绕行后还有充足的油量返回 S 市，否则还得重新规划备降。

轻微的颠簸已经开始，客舱连续响铃三声。空乘们都明白出现情况了，迅速安抚完客舱旅客，回到自己的座位上系紧安全带。

宁佳书的手心也冒汗了，还必须假装出云淡风轻、稳如泰山的姿态给别人看。她知道，自己既然坐在左座，就是整架飞机的主心骨，她要是慌了，任何人都无法再保持冷静。

飞机外的光线逐渐暗沉，客舱内壁微弱的照明灯成为唯一的光源。

两面窗外都是灰蒙蒙混沌般的大团巨云，偶尔爆开紫色的闪电，颠簸越来越强烈。

靠窗的乘客先前还有人拿出手机拍照，等细小的紫色闪电劈到窗户上时，彻底吓坏了。连先前被吓得一直哭的婴孩都被他的母亲抱紧在胸口，不再发出声音来。

整个过程持续了十几分钟，全客舱的人都屏住呼吸，悬起一颗心。机舱外是狂风骤雨般袭来的电闪雷鸣，机舱内却异常安静，甚至有人悄悄地拿出笔记本，"沙沙"地开始写遗书。

飞机越来越接近绿色边缘出口，宁佳书眼睁睁地看着气象雷达上的红色边界移动，一团巨大的黑云移到了他们右前方。

"再申请上升高度！"宁佳书当机立断。

他们的飞机是擦着雷暴云顶端过去的，她自己都不确定这个距离有没有四百米。因为能清晰地瞧见风挡玻璃上在放电，像蜿蜒的血管纹路。

最后几分钟，空气中异常干燥，像是浑身被羊绒大衣摩擦起电，头发寒毛都快要竖起来了。

所幸漫长的时间一分一秒过后，颠簸渐趋于平缓，雷达干净了许多，至少不是花花绿绿一片了。

光线重新明亮起来，可视范围重新变得宽阔，在乘务长广播过后，客舱传来乘客雷鸣般的鼓掌声。

驾驶舱所有人对视一眼，都是一副劫后余生的庆幸模样。

大约是坏运气已经用完了，接下来的航程总算平静安稳了，宁佳书中途和另一位机长交接过一次，睡了六个小时，一觉醒来已经行至日本，和国内领空很接近了。

她跟江律休息过后重回驾驶座，开始执飞最后小半程。

整个航行过程，她和霍钦的交流很少，因为没空。

下午六点五十分，飞机终于抵达 S 市上空。

十几个小时的漫长航程能叫任何人精疲力竭，好在要客乘坐的飞机还有优先落地和率先卸机的权利。

宁佳书长舒一口气，心情大好，最后一次进行机长播报。

“女士们先生们，我们的航班十五分钟后即将在目的地降落。洛杉矶与 S 市时差为十六小时，大家可以提前调好自己的手表。浦东目前天气清朗，风很小，温度适宜，看起来会是美好的一天。

“为庆祝航班提前一小时抵达浦东，我们的乘务将在您下飞机时，为所有厉害的大人和可爱的小孩儿分发申航出品的幸运饼干。如果您下次再搭乘申航的航班遭遇晚点，那咱们就扯平了。”

宁佳书顿了一下，把喉咙间千万种情绪一并压下，瞧着风挡外的蓝天白云，抿唇微笑：“祝大家都能过一个愉快的春节。我是本次航班机长宁佳书，我们再见。”

前面盘旋的二十五架飞机全部为他们让路，宁佳书驾驶飞机一路畅通无阻地落入跑道，落地轻巧得几乎毫无感觉。

飞机滑行至廊桥，机舱门打开，头等舱的客人先下。

随行官与地面警察护送大使下飞机，宁佳书却继续同乘务们一并站在机舱门口。

整架飞机上一共三百五十位旅客，他们对每一位客人说再见。

也是在飞机落地后，大家才瞧见十个小时前暴风雨侵袭加州，整个洛杉矶的城市道路一片混乱的新闻，所有人都止不住一阵后怕。

有的乘客和宁佳书握了手，赞美感谢她的飞行技术以及辛苦付出，还有的客人难得见到女机长，想要跟她合影，但为避免阻拦后面的乘客，她都微笑着一一谢绝。

最后一位乘客是霍钦。

宁佳书亲手把幸运小饼干交到他手上。

霍钦定下脚步，撕开包装袋，掰碎饼干放进嘴里，摊开字条。

“月光偷跑到你的床沿，我只托它祝愿你，希望你的人生能被快乐的事情填满。”

他把字条放进钱夹，问她：“你今天晚上会回来吗？”

“嗯，”宁佳书点头，轻声道，“得回来收东西啊。”

她的东西都快把霍钦的公寓填满了。

霍钦垂眸，视线落在她的发梢上几秒，又极快地收回来。

他绷紧的声带动了动，说道：“好，我在家里等你。”

霍钦颀长的背影远去，除去厨房里收拾东西的乘务，飞机上彻底安静下来。

昏暗的光线中，宁佳书摘下檐帽放进臂弯，脚步缓慢，走过空荡荡的客舱的每一排座位，最后到驾驶舱，依次抚过椅背和驾驶盘。她的目光柔软，又似缅怀。

第十章

我很欣慰教会你承担责任，但我更后悔，佳书，我宁愿没有教过你这一课。

01

机组落地后有一堆事情，尤其是这次结束所有的工作还得去见领导，汇报工作。

大使已经在半个小时前在护送下离开机场，前来迎送的总经理在大使离开之后，继续接见了此次航班的机组成员，花二十分钟开了个短会，顺便给予了大家口头表彰。

总经理离开后，飞行部经理又拉着大家开了二十分钟小会，说完一二三四五个小点，又以承诺的绩效奖金结尾。

散会后，他拍拍宁佳书的肩膀："大使对你的飞行技术和机长广播都留下了深刻印象，佳书，年纪轻轻前途无量啊，好好干！"

"我能有今天也多亏领导您栽培。"宁佳书感动地凝视他，"经理，我想休假。"

"现在不就是春假吗？回去好好休息啊，好好吃点儿喝点儿，玩够了再回来上班。"

"不是那种休假，我有一些私事需要处理，先把我的公休用完，之后可能得停飞两个月。"

经理的笑容顿住了，说道："小宁啊，你这个思想觉悟不行呀。刚升上机长，什么大不了的事需要大半年时间去处理？你这也跟产假差不多了吧？"

申航的疗养假有十五天，带薪假十五天，公休能积攒，已经算是各大航空公司中较为宽松的休假制度了。

请事假病假都需要交假条，在和值班及所在飞行部的经理说明情况，经过评估和批准后，计划室和休假系统会进行记录，然后交到经理上级处汇报，上级的上级再安排经理来谈话敲打，副驾休假太多会影响机长评议。

宁佳书自打进申航后，从没用过公休、疗养假和带薪假，飞行时长已经到民航局规定的上限。

像她这样刚升上来就休长假的，正常人都会以为，攒这么久就等着这天呢。

“真是有很重要的事儿。”宁佳书发誓，“我知道，开口要这么长的假期不太好，公司就算停飞、辞退我，我也绝无二话。”

飞行部每个部门都有自己的指标任务，宁佳书休假，完不成的任务只能让别人承担。

经理脑袋疼起来：“看来你是真的不想要这份工作了，这种话都能对我说出口。”

“对不起，领导。”宁佳书低头道，“我知道很难，我热爱这份工作，但我没有办法。”

宁佳书从一进申航就是那种天赋出众又高傲的女孩子。她家境不错，人又漂亮，脑子够用，还跟公司大领导的儿子谈恋爱，后台很硬，骄傲也是正常的。经理平日用在别人那儿十分的敲打，到她这儿只敢用一分，反正宁佳书能听懂，说什么都会马上调整过来。

经理自己都没想到，有一天能从她脸上瞧见这种他都形容不上来的表情，像服软、苦涩，又像是挫败、无奈。

“行吧，既然你都打定主意破釜沉舟了，我还能有什么办法。”经理失望叹气，“你好好写份情况说明吧，我只能帮你交上去看。”

“谢谢你，经理。”

“谢我什么？”

“谢您这段时间来对我的关照，我是真的都记在心里。”

经理无奈摇头，他越听越感觉宁佳书跟不会回来了似的。

也对，毕竟这行业女飞少不是没有原因，工作苦、压力大，整天待在机舱里，一飞十几个小时，时差颠倒，还有无止境的考核测试。像她这个年纪的水嫩的女孩子，不都是打扮得漂漂亮亮出去谈恋爱？谁会甘愿数十年如一日地忍受枯燥的工作呢。

……

与经理聊完时，会议室的机组成员也散了大半。

宁佳书和几位乘务一同下班，走出会议室，顺道上了个洗手间。

太阳西斜，大楼落地窗外的光线渐暗，公司晚上的电闸开启，廊灯一瞬间亮起来。

打开隔间出来，保洁阿姨已经在门口收拾洒扫工具，陆续有离开的乘务跟宁佳书打招呼。

偌大的镜子清晰干净地映出她的面容，她疲惫地揉了揉太阳穴，松开两粒风纪扣，挤了洗手液在掌心，搓一搓后放到水龙头下。

身后再次响起冲水的声音，有隔间门开了，宁佳书不必回头就能从镜子里看清来人，是曾琦。

“嗨。”曾琦愣过一瞬后很快主动打了招呼，也站到洗手台前洗手补妆。

感应水龙头阀门开启时间很短暂，手还没冲干净就停了。

宁佳书抬头瞧曾琦一眼，回应：“嗨。”

手重新伸到水龙头底下冲洗，宁佳书平静地注视着水流，突然开口道：“我听说，Eugene 的小号是你发现的。”

除去刚刚往返洛杉矶合作的二十几个小时，她们此前的人生没有任何交集。

冷不丁地听到宁佳书这句话，曾琦着实吓了一跳，冲水的动作定住了。

宁佳书到底是从哪里知道的?

“别担心，我没有找你麻烦的意思，不过是想证实一下。”宁佳书微笑。

只是这宽容反倒像居高临下的睥睨，仿佛她只是什么渺小得都不值得生气的小人物。

曾琦闻言，一点点的心虚反倒成了不服气，直接站直了身体，坦然承认：“是，是我。”

“但那些照片和动态，既不是我合成的，也不是我杜撰的，我无非是将自己的发现分享给朋友，后续的风波跟我无关。”

“有道理，”宁佳书点头，开门见山地问道，“所以你喜欢霍钦吗？”

宁佳书的手已经冲干净了，也站直身体，回头朝曾琦看来，安静中带着不露锋芒的凌厉。曾琦硬着头皮与她对峙，挺胸扩肩，不愿落了下风，说道：“是，但那又怎样。你们又没结婚，这种事情不就是能者先得？”

瞧着曾琦不明就里却依然理直气壮的姿态，宁佳书再也忍不住，扶着洗手台笑起来。

“你笑什么？”曾琦收紧掌心。

对方的笑容并没有让人觉得放松，曾琦只感受到了攻击力和冒犯。

“不好意思。”宁佳书抽了张纸巾，慢条斯理地擦干手上的水汽，说道，“我就是觉得你天真得实在可爱。”

她将废纸揉成一团，以抛物线状轻松扔进垃圾篓，抬手整理领扣。

“我不知道你哪里来的自信能把霍钦追到手，也不知道你喜欢他哪一点，但如果你再了解他一些，就会明白——我们在一起那么多年，几经波折，这样的琐事，无法再给我们彼此的信任带来任何损耗。

“在整段风波中，你并没有光辉伟岸地救他于水火，而是不折不扣的破坏者，倘若霍钦知晓真相，你将成为他最讨厌的人。”

临走前，到了门口，宁佳书又想起什么一般，脚步定住，回头道：“对了，提醒你一句，就算有一天我们分手了，他也永远不会喜欢你。

“因为霍钦无法爱上一个卑劣的灵魂。”

窈窕的制服背影远去，卫生间门口彻底安静下来。

曾琦气血翻涌，掌心好几次握紧，身形晃了晃，但最终什么也没能做出。

她明明也是年纪轻轻杀出重围做到申航大型客机乘务长的人，在刚刚那一瞬间，却哑口无言，不是她口齿不行，而是气势完全被压制了，脑子一片空白。

门口保洁阿姨抬头看她一眼，又迅速低下头，试图降低自己的存在感。

曾琦深呼一口气，怒道："看什么看，干你什么事！"

保洁阿姨无辜被呛，拎着东西躲进工具房，小声嘀咕："撬墙脚算什么本事，还跟我大呼小叫，有本事刚刚跟正主发狠啊……"

宁佳书才回公寓，何西就第一时间迎上来问道："你休假，是真要陪季培风去国外治病？这什么意思，是要跟霍钦分手的节奏吗？"

见她默不作声地放下包，何西满脸不可思议："宁佳书你脑子被驴踢了？

"这话就算我跟夏图南在一起，我当着他的面也得说。你跟季培风的事儿都过去了，再愧疚还能怎么着？你歉也道了，礼也赔了，还要冒着丢工作的风险再跟霍钦分手去赎罪，你还是我认识的宁佳书吗？威风点儿，拿出你当年那不要脸的气势来啊！"

何西噼里啪啦地讲着，一路追她到卧室："你起来，别不说话，你现在就打电话跟季培风说清楚，你那么喜欢霍钦，辜负谁也不能辜负他，对不起谁也不能对不起他，你下辈子结草衔环再给他季培风做牛做马，这辈子让他哪儿来的回哪儿去！"

宁佳书太阳穴胀痛，乏力地在床边坐下来，脸色苍白地说道："别说话，我头疼。"

一旦脱离工作环境，她又重新回到感情的困境里，被拉入泥沼。

何西顿住，小声试探着问道："你……不会已经跟霍钦摊牌了吧？"

"我们已经分手了，等会儿就上楼收拾东西。"

何西嘴巴微张，愣在原地，想了半晌才挤出一句："早知道有今天，我当时就是让你把我的黑视频发给全世界看，也不应该让你住进来的。"

霍钦作为她的前白月光，平日里但凡宁佳书这个女朋友有半点儿不是，何西可会损了。这次明明还有一肚子骂人的话，可看着宁佳书的样子，她怎么也发不出声音来。

无论如何，做出这样的决定，宁佳书比任何人都痛苦。

看到她的挣扎以后，何西忽然不知该怎样评价她的选择了。

打个不那么恰当的比方，就好比坏人终于想上岸从良，却发现一来一往间，洗白已经变成付不起的代价。

倘若自私一点儿只顾自己感受，不管季培风，那从道德的层面来讲，她就还是个坏人。

季培风郁郁寡欢要是再出点儿什么意外英年早逝，两人都得背上负罪的包袱，捂成一辈子的脓包。

何西倒了一杯热牛奶，亲手送到宁佳书手里，说道："喝点儿，有力气，要不等下我陪你上去收东西？"

"想什么呢？"宁佳书把手抽回来，警惕地盯着她，"我告诉你，就算我们分手了，你也甭想打霍钦的主意。"

"我真是咸吃萝卜淡操心，搁你这儿做什么东郭先生。"何西呸了她一口。

好歹这一番打诨插科过后，气氛总算不那么沉重可怕了。

宁佳书换下制服，往脸上拍了点儿水，打起精神上楼。

才开门，霍钦瞧见她的脸色，把手贴上她的额头："你是不是感冒了？"

"不知道，落地以后就头疼。"

"我给你找点儿药。"

霍钦转身往里走，宁佳书却忽然抱紧他的腰，轻声说："霍钦，我好累好困啊，想睡觉。"

他的脊背笔直坚硬，却是天底下最能让她感觉安全的所在。

霍钦默不作声地静立半晌，拍拍她的手背，答应她："好。"

宁佳书一陷入被窝里，思绪就昏昏沉沉的，睡得全然失去了意识。

她在这张床上躺了一年多，在这儿跟霍钦谈天、亲昵、翻滚过，却从未感觉这地方这么冷。羊绒、棉絮的被褥仿佛全变成了冰块，她拼命蜷缩身体保存热量也还是冷得吓人。

她只记得半梦半醒间，霍钦扶她起来靠在怀里喂她喝了药，温热苦涩的液体从喉咙滚下肚，然后身上就温暖起来。

也可能是因为霍钦从身后抱住了她。

他的热量隔着薄薄的睡衣没有递减地传递到宁佳书的肌肤和血液里，气息交融，温暖得像有一年冬天飞北欧，在零下的温度里，紧紧依偎着居住的民宿里燃烧的壁炉。

她想往热源里钻，却又怕被真火灼伤，踱着步几经踌躇，火却快熄灭了。四周渐寒，急得她直跺脚，伸手去碰火种，火苗燃到她指尖之际，她猛然被惊醒——

天已经大亮了。

床上只剩她一个人，霍钦的卧室依旧一尘不染、干干净净。

她的手表被解开放在枕边，毛衣和外套整齐地叠好静置在床头柜上，不是她来时穿的那套。

衣帽间门口已经放好几只收拾过的行李箱，她的东西全部被装进去了。

厨房里传来碗碟碰撞的轻响，是霍钦在做早餐。

宁佳书像往常一样冲了澡，洗掉一身黏腻的冷汗，换上干净的衣服，衣服散发着和霍钦身上一样的洗衣液香味。

“今天冰箱里没有其他菜，我怕你醒得早，来不及下去买，只能将就吃了。”

霍钦替她摆了碗碟，感冒冲剂也冲好，连同几颗退烧药和抗生素药一起推到她面前，说道：“这个吃完饭再喝。”

说是将就，其实也比平日宁佳书自己对付的早餐好很多，有热牛奶、鸡蛋三明治和瘦肉粥。

他不厌其烦、事无巨细地向她交代一些琐事。

“化妆品、首饰和包放在黑色的箱子里，衣服太多装不下，我找了两个二十四寸的箱子放，都折过了，还是很挤，回家要记得挂起来。

“洗完头要吹干，别再湿着头发就上床睡觉了，年纪大了会头痛。

“你昨晚发烧了，这几天要连续吃药。”

……

宁佳书对他交代的每一件事都点头答应。

“好。”

“我知道了。”

“这次记住了，不会忘的。”

霍钦说到最后，终于停下来。

静谧漆黑的眼睛深深地凝望着她，仿佛要把她的样子最后一次记在心里。

“你好像长大了，佳书。

“已经学会承担自己的责任，”他顿了几秒，说道，“我很欣慰，能够教会你这些。”

宁佳书发了一整夜的烧，说了一堆的梦话。这一夜，其实霍钦没怎么合过眼，要给她换退烧贴，用凉毛巾擦身体物理降温，还要安抚她。

他想了一整夜，终于说服自己。

或许佳书原本就不是属于他的，兜兜转转这么多年，几经波折，再怎么强求，还是要还回去了。

可是，比起从未认识她，霍钦宁愿这样。

至少他拥有过和她在一起的时光，是他人生从未有过的体验。所有温暖的、幸福的、激动的、快乐的瞬间，并不能完全被此刻分离的痛苦淹没。

如果这就是结局，他应该为此感到满足。

接下来的分别很平静，他们与往常一样吃完最后一顿早餐，如同朋友般道别。

霍钦将宁佳书连同她的行李一起送上车。

“再见，保重。”

“你也是。”

替宁佳书关上驾驶座的车门前，霍钦努力试图笑一笑，却还是失败了，随着那笑容回落，抬起来想要抚摸她头发的手，也收了回去。

“我真的很欣慰。

“但我更后悔，佳书，我宁愿没有教过你这一课。”

02

遮光窗帘拉得严实，将所有的喧嚣格挡在外面，四周都寂静下来。

霍钦没有开灯。

昏暗的光线里，他的目光扫视房间的每一寸角落。

他几乎将宁佳书所有的行李都塞进了她的箱子，她的东西却依然在所有地方留下来。

从橱柜架子上沥水的碗碟到冰箱门上的便利贴，从洗手间并排摆放的毛巾、牙刷到沐浴露、洗发水，新选的格纹桌布、沙发上的抱枕……无一不昭告着她曾在这里生活过。

空气静得让人发慌，霍钦忽然再也坐不住，他解开衬衫袖口，起身找来纸箱。

这也是、那也是，这个杯子佳书喝过水，床套、被罩也是她偏要选的……时针走了一两个小时，他将每个角落的灰尘擦拭干净，所有东西整理好，找来胶带纸挨个封口，最后大汗淋漓地倚着沙发瘫坐下来喘息。

直到额间的汗又被风干，他听见阳台上传来小麻雀尖细的叫唤，叽叽喳喳——

刚刚封存的一切瞬间重新鲜活起来，这叫声突然触发他记忆中的节点。

霍钦立刻想到，那天下着小雨，他们从超市买完菜，佳书蹲在单元楼门口喂它芹菜叶子的样子，她回首的神情，像极了没戴红领巾被抓包的小学生。

雏鸟羽毛稀疏，在阳台上跳来跳去，只会蹦跶不会飞。

佳书叫它灰灰，虽然总傲娇不肯碰它，却怕它冬天冻死，叫宁母给它织了好几件彩色毛衣。

记忆从来都是细密的网链，一个节点延伸便能触发无数瞬间。

霍钦又记起来那年在西澳宿舍跟佳书一起养鸽子的事，鸽子被她喂完绿豆撑死了，他给她打电话通知噩耗，佳书听完就哭了起来。

他便没敢再说鸽子是被她喂食撑死的，那么多年以后再重逢，他才知道佳书那天哭是因为临近考试压力太大。

她就是这样随心所欲，率性得可爱。

霍钦回忆完才发现自己被逗笑了，可笑容转瞬就消失了，昏暗的房间依然平静。

死物他能全部收起来，活物却不可以。

霍钦迟钝地从地毯上起身，拍了拍身上并不存在的灰尘，重新扯开纸箱封口的胶带，将东西归位。

他不想做一个弱者逃避过往，就这样放着吧。

放到有一天，那些幸福的回忆都成为过往的烟尘，再想起能会心一笑却不再心如刀割的时候，也许就能释怀了。

宁佳书用最快的速度办理完停飞手续，把她的制服整齐地放进公司更衣室那间属于她的储物柜的柜底，钥匙逆时针一旋，就算锁上了。

“佳书姐，你这什么时候销假啊？”

才从人事部下楼，宁佳书刚好碰见查考评的江律，他匆忙小跑上来追问。

“我也不知道，只能看情况了。”

“那你飞到国外去了，和霍机长不是只能跨洋异地恋了？”

宁佳书低头，换了个话题：“好好加油，努力工作啊，今年争取挂上三条杠。”

“嗐，那也太远了，那么多人等着晋级呢，何况你这个师父还临时撂挑子了，我都不敢想。”江律连连摆手。

帮她拿着东西一路送到停车场，江律笑起来：“我也不问你是什么私事了。洛杉矶虽然繁华，但我们大S市也是国际大都市啊，还很有人情味。师姐，你可千万不要被外面的糖衣炮弹击垮，要早点儿回来！”

宁佳书启动引擎，降下车窗，架上飞行墨镜，一口答应他：“好。”

一切都处理好了。

她微笑着，水光从眼角渗出来。

落日后的S市是座不夜城，外滩灯火夺目，建筑高塔辉煌璀璨。

缤纷的光影倒映在江水的波涛中，江河与夜幕的天际连成一线，三三两两点缀着游过的渡轮。

宁佳书立在半岛酒店顶层的落地窗前，从最高处往下俯视远方的人间烟火。

身后就是专门服务总统套房的七八位侍者在替季培风收拾回洛杉矶的行李，还有专人在打包他的施坦威大钢琴，以防在空运过程中受到任何磕碰。

这位公子哥儿在顶楼住了几个月，服务生们都熟悉他的生活习惯和脾气性格，季培风几乎不需要指挥，眼神扫过，他们便能将一切事情做妥当。

他倒了一杯冒着热气的红茶，推到宁佳书手边，与她并肩站在一起往下望。

“很美吧，我回国的时候决定租这个套房，就是因为看见了这片江景。”

宁佳书点头。

“人类拥抱美好是永恒的天性，可是没人能凭爱意将它视为私有。”

季培风帮佳书稍微整理了下她风衣的领子，被她不着痕迹地躲开，季培风顿了一瞬，并不生气，再次将热茶递到她掌心里。

“你知道吗，佳书，其实富士山最早也属于德川幕府，后来被德川家康在1606年捐给了浅间神社，属于私人土地，到今天，日本人也需要向神社缴纳租金。你看，只要你喜欢，我可以帮助你拥有许许多多美好的景色事物。”

“我生活在社会主义国家，国家公有财产可不容你们万恶的资本家随意侵犯。”

季培风笑起来：“但是我们马上就可以回到洛杉矶了。”

“我有一座在马布里海边的房子，那里的黄金沙滩和海岸线都很美，每天在浪潮声中醒来，阳台上还会有停靠的飞鸟，你从前不是说喜欢住海边吗？你一定也会喜欢那里的。”

他使用的措辞，是“回到”。

洛杉矶是季培风的家，是他长大的地方，是他的身份、国籍停靠之处，却不是她的。

她的家在S市，她无法怀抱与他一样的归乡喜悦飞往那里。

脑海中闪过记忆碎片，宁佳书忽地想到那晚她躺在霍钦怀里发烧睡着，似乎喋喋不休胡乱说了许多梦话。

梦话说了些什么，醒来就忘得一干二净，那霍钦到底安抚了她些什么呢？

她脑袋都要想破了，只依稀想起一两句，声音好似又在耳边浮动。

他说：“我死后还会听见你的声音，我在墓中的灵魂依然欢欣。”

是了，那是《罗马假日》里的台词，在洛杉矶市中心酒店房间相拥的三天里，《罗马假日》是霍钦唯一看完的电影。

“……佳书，佳书？”季培风唤她，“你在想什么？”

“嗯？”宁佳书匆忙回神，“你刚刚说到哪儿了？”

季培风不厌其烦道：“我说，想亲自跟伯母道别，向她赔礼。她要是想你了，可以随时过来看你。”

“不用了吧，我弟弟还很小，不适合坐长途飞机。再说，我的工作就是满世界飞，我妈妈已经习惯了几个月见不到我的面。”

而且，宁母应该不想见到季培风。

在宁母的印象里，佳书已经是快结婚的人了，被忽然杀出的程咬金季培风截和，风光霁月的好女婿黄了不说，还得跟好不容易定下性来的闺女分隔两地。宁佳书跟她长谈那晚，宁母都快气死了。

拉着行李箱出门的时候，宁母还不死心地追到门口最后问了一句：“佳书，你想好了？你真的决定放弃霍钦吗？你上了飞机之后，可能一辈子也不会再遇见这样的人了。”

宁佳书默不作声地加快脚步下了楼，自始至终没有回头。

宁母从来都不是一个强势的人，到最后也只能无可奈何地接受宁佳书的选择，谁让是自己女儿欠人家的呢。

宁佳书走了一整晚的神。

这大概是季培风一年多里说话最多的一天，但他说十句，她往往只听进去了一两句，回答也很敷衍。

但季培风仍然打心底里感到快乐。

他干涸的情绪终于涌回胸口，无论开心也好失落也好，他至少能体会到自己真实地存活着，因此并不计较。

“谢谢你愿意陪我回洛杉矶。

“我真开心，佳书。”

飞机在晚上九半点从浦东起飞，航程十一个小时，到洛杉矶当地约下午五点。

一觉睡到那儿，倒时差就不怎么困难了

承运的航空公司是美国排行前三，常飞亚洲航线的塔玫航空，以准时准点闻名。

登机前，季培风先进舱门，宁佳书站在入口处，最后回望了一眼夜幕中的浦东，却见廊桥上有人匆匆跑来。

她心中一紧，在人越走越近后才看清面容，是和畅。

她说不清心中是失望还是庆幸，见他越走越近，开口问道："你不是在值班吗？怎么跑过来了？"

和畅跑到跟前便一把攥住她的手腕："佳书，真的，你别走。"

"你都有女朋友了，怎么还这样？！"宁佳书吓得一把甩开手，后退两步。

"不是，不是，我不是这个意思。"和畅连连摆手笨拙解释，"我昨晚去看霍钦了！"

宁佳书咬紧下唇，抬手阻挡他发声，也忍住自己口腔就要溢出的音节。她心里矛盾极了，既想从别人那儿听到霍钦的消息，又害怕有人将他提起。

"他怎么了？"

终究是最直接的念头占据了上风。

"现在是正月，阿姨叫他回家，他不回去也不接电话。阿姨拜托我去看他，我才知道他四五天没出门了，每天起床就开始打扫屋子、看电影、做饭、喝酒、洗碗，然后睡觉，不接电话也不跟人说话。我从前一直不服气，可是我真的想明白了，霍钦比我适合你。我死心眼一根筋，他比我还死心眼一根筋，他认定的事情就没有人能改变。

"连阿姨都被吓到了，天天在家里哭，以为是她除夕那天晚上说错话导致你们分手的，她现在只要霍钦打起精神，他想和谁结婚都不管他了。

“佳书，真的，我不是因为他是我兄弟，我摸着良心跟你保证，你不会遇到比他更爱你的人了。”和畅下结论。

宁佳书心痛如绞，这并不是她第一次听人说这句话。

“拜托你帮帮他，带他出去走走，介绍新的人给他认识，让他别难受了。”宁佳书嗓子哑了，她攥紧掌心，说道，“只是别再介绍我这样的。”

当年霍钦认识她，就是因为和畅过生日无意牵的线。

宁佳书正愁没机会走到霍钦面前，那天化了两个小时的妆，故意落座在他旁边，他视线中才第一次出现她的身影。

“佳书？”

季培风回头不见她，重新起身穿过走道朝她的方向过来。

宁佳书狠心闭眼转身。

“拜托你了，和畅。”

塔玫航空开始播放登机提示，空乘拉上帘子隔开头等舱与商务舱，嘈杂声渐渐小了。

季培风唤她好几声她都没答应，宁佳书闭眼陷入座位，极力忍住不争气的眼泪。

一位金发碧眼的头等舱外籍空乘挨着她脚边蹲下来，笑容甜美，询问他们是否需要什么服务。

宁佳书感觉自己又开始发烧了，有气无力地半睁开眼，但没有看她，只是盯着虚空轻声告诉她：“拜托不要对我笑，我心情很糟糕，不需要咖啡不需要饮料不想进食不看菜单，给我一条毛毯，除非紧急撤离否则连紧急备降也不要唤醒我，谢谢，我们洛杉矶再见。”

03

坐落美国西海岸南加州的洛杉矶，有许多人更愿意称呼它“天使之城”“梦想之城”“繁星之城”——似乎恨不得用所有美好的词汇堆砌来夸赞它。

这里有着终年明媚的天气，夏季享受日光，冬天享受温暖。它有着重峦叠嶂的圣盖博群山，壮阔的太平洋海岸，充满风情的美食沙滩，足以让每一位曾旅居的过客终生难忘。

宁佳书抱着冲浪板从海边回来，赤脚踩在沙滩上，脚底很快沾满了细小的沙子。

“Hey,Ning!”

有几个穿吊带背心、五官精致的拉丁裔女孩冲她打招呼，招呼她过去玩沙排。宁佳书绽开笑容，露出细白的牙齿，远远挥手，指了指冲澡那边的水龙头，示意拒绝。

她才放下冲浪板，立刻有人过来接住，在旁准备好防晒乳液和大毛巾。

是季培风家里的用人。

尽管已经有过多次，但宁佳书还是不大习惯被人这样事无巨细地服务。

宁佳书跟她道了谢，打开水龙头，站在阳光底下将头发和身上的沙子、泛咸的海水味都冲洗干净。

洛杉矶夏季的白天很长，到了傍晚阳光也仍然滚烫。

排排高大的棕榈树立在远处，刮来的风带着大海特有的清新潮湿，能远远闻见烤肉的香味，宁佳书深深地吸了一口气。

“饿吗？”季培风从凉伞那边过来，亲自接过毛巾交到她手上。

“还不饿。”宁佳书只胡乱擦了一下，便又递还给那白人，说道，“太阳这么大，一会儿就晒干了。”

“你从前很在乎会不会被晒黑。”季培风笑起来，“我记得那年你刚来洛杉矶改装训练的时候，每次来海滩都躲在伞底下，拿帽子捂得严实。”

“人都会改变，我现在觉得有颜色的皮肤也很美。”

佳书擦完乳液忽地想到一件事，道：“不如你去和她们玩沙排吧，我玩累了，正好你今天的运动量还不达标，姑娘们一定非常欢迎你这个前UCLA明星控卫。”

“不是每个人都看NCAA，也许她们都不认识我。”

“就算不认识，也肯定都抢着想要和你这样有着男模脸的型男共度良宵。”

季培风脸上的笑容淡了，他能读懂佳书的每一次抗拒。

“饶了我吧，佳书。”他轻轻摇头，摊开修长的十指给她看，“你忘了我现在重新开始弹钢琴了。”

篮球生涯让季培风永远地失去了抵达古典钢琴演奏巅峰的能力。

演奏专业曲目需要极其细微精准的肌肉记忆，打过职业篮球赛会极大破坏手臂联动肌肉记忆。

可以这么说，他从选择篮球那天起，就相当于放弃了成为职业钢琴家。尽管两年的休养时光令他从前每天八九个小时练出来的肌肉渐渐消失，但精敏的触键惯性却很难再找回来。

和宁佳书一起回洛杉矶后，季培风在老师的建议下，从十几岁擅长的古典乐转投流行音乐，几个月前参加了纽约茱莉亚音乐学院的试音，跟随以色列钢琴大师学习，技巧突飞猛进。

这两年多的沉寂让他焦虑抑郁，但也令他能以全新的视角重新理解音乐，体会这曾经在他生命中最重要的东西。

“不好意思，”宁佳书耸肩，“你知道你的身材总是让我忘记这些，无法把你和钢琴联系起来。”

“不关身材的事，是因为我打篮球打到了NCAA，弹钢琴却仍然是个无名之辈吧。”季培风又笑了，“等到哪天我能开独立演奏会的时候，一定给你留最好的位置，让你彻底忘掉我曾经是个篮球运动员。”

“我很期待那一天的到来。”宁佳书微笑点头。

他们边聊边走，沙滩上人太多，宁佳书话音没落，便同一个追逐嬉闹的白人青年撞了个满怀。

宁佳书还没来得及反应，那人已经跑远了，好在季培风眼疾手快地抓紧她的手腕，让她不至于摔倒再冲第二次澡。

“Hey!”季培风冲跑远的一群人喊，“What's wrong with you？”

他摘下墨镜朝前追了几步，显然生气了。

宁佳书拉住他：“今天是节日呢，算了吧。”

七月四日是独立日。这在美国是一个十分盛大的日子，洛杉矶各地不仅会有烟火秀，还有许多不同方式的庆祝活动。

就像今天，沙滩上的人比平日多了一倍都不止。

季培风摇头：“佳书，这边对游客开放的沙滩人群还是太杂，不够安全，下次你可以邀请朋友到我们的私人沙滩去。”

“沙滩上没了人还有什么意思。”

宁佳书踏上甲板，回身面对大海，她闭眼，感受着风卷起她的长发。

“这里喝完的冰啤成吨计数，吃掉的海鲜能堆起小山。就算混乱，但至少是充满生机、色彩和活力的。你们这些有钱人就是太讲究了，管它哪个沙滩，只要放下负担，敞开心扉跟大自然相处，人就会快乐很多。”

Santa Monica 海边是 66 号公路的终点，美国影史上最伟大的电影之一《阿甘正传》就曾在这里取景。

远远能瞧见往来的游客们停在终点牌前合照留影。

八点整，落日时分，天色缓缓暗下来。

粉红色的晚霞与远方的大海连成一线，甲板上的摩天轮完美地融入海平面与夜色中，沙滩上亮起彩灯。

他们面对面在餐厅顶层的花园露台上用晚餐。

这里有能俯瞰大海的大理石泳池，还能观赏城市的天际线。

厨师精心准备了餐食，以及刚从酒库取出来的香槟。

饭后甜点是脆皮章鱼配草莓酱、约克郡布丁，还有精致的奶油柚子。

露台中心的音乐喷泉旋转腾跃，有乐队在拉大卫·阿诺德的《独立日》小提琴曲，海滩上的巨型荧幕在放露天电影。

或许是节日的氛围太热闹了，反衬得人内心寂寥。

不知怎的，在这美妙的晚风里，宁佳书又感觉那种时有时无缠绕她的孤独感袭来，她忽然有些食不下咽，放下了叉子。

后来，季培风说什么，她都没怎么听进去。

直到独立日的烟花秀开始，她才抬头看去。

随着第一朵烟花腾空而起划破寂静，所有的烟花都争先恐后地绽开，流光溢彩，将天空照亮，如梦似幻，像极了流金的岁月。

美得让人生出一种人间不真实的错觉。

在所有人的欢欣喜悦到达顶峰的时候，宁佳书却在夜幕下仰头发怔。

她忍不住去想，大洋彼岸，霍钦此刻也和她站在同一片夜空下，仰望星空吗？

他有没有交了新的女朋友？

或者，就像此刻她在想念他一样，他是不是也想念着她？

宁佳书完全沉浸在自己的思绪中，直到听见季培风唤她才回神。

"佳书，你哭了。"

季培风不知什么时候开始凝望她，黑夜微光中映出他英俊的轮廓侧脸，眼睛里写满悲伤。

"是吗？"

宁佳书不想刺激季培风，匆匆把眼泪擦掉，说道："可能是因为我想起了我爸爸，他独自待在昆士兰，每逢节假日，一定很孤独。"

季培风也放下叉子。

"佳书，"他低低地叹了一口气，"其实你不必对我撒谎。"

气氛凝滞了很久，他轻声问道："我们回到洛杉矶的这些日子，你快乐吗？”

“快乐啊。”她笑起来，“不用工作，也没有压力，每天游泳运动、聚会社交，有很多时间可以做喜欢的事情。”

“那你……有一点点重新开始喜欢我吗？”

宁佳书顿住，她没有直接回答，只是道：“我会陪你好起来的，培风，这是我的责任。”

这就是她的回答了。

季培风其实已经预料到，但仍然免不了内心失落。

好在他已经好转停药，保持着运动量，也在医生的帮助下重建了情绪处理机制，不至于再像去年那样随时面临心态崩溃。

半年来，佳书是他最亲密无间的朋友，她做到了世界上所有朋友间能做到的。

她陪他登山、运动、练琴，鼓励他停药，去茱莉亚试音，和新的老师见面，开始新的人生。

她完全把自己的时间用来围着他转，期望他能恢复常态。

一切好像和他们从前刚开始恋爱时一样，可唯独，她不再喜欢他。

“所以……你仍然爱着霍钦吗？”他从嘴里努力吐出那两个陌生的音节。这也是几个月来，季培风第一次主动在宁佳书面前提到霍钦。

宁佳书想了很久该怎么回答，既能不撒谎，又不至于伤害他。

可是她最终发现，对于这个问题其实永远没有两全其美的办法。

“他是我从中学时候就喜欢的人，大概因为住进心里的时间太早，和任何人都是不一样的。”

宁佳书偏头俯瞰远方的大海。

“从十七岁到二十七岁，他在我生命里留下的烙印太深，所以很难忘记他。”

“如果没有认识他，你会爱上我吗？”

宁佳书努力在心中预设这样的可能，却还是无法得到答案，毕竟命运早已将一切安排好了。

抬头看了一眼季培风迫切的眼睛，她点点头。

“我不知道，也许会吧。”

“真好。”

季培风松了一大口气，身子后仰靠在椅子上。

“这样我至少能告诉自己，这辈子不能和你相爱，是因为遇见得太晚。”

他拿起香槟杯，隔空朝她举高，将剩下的酒一饮而尽，苦笑道：“真希望下一辈子，我能跑得快一些，排除万难，率先和你碰见。”

两人都沉默了很久，没再开口。

他们静静地聆听夜晚的波涛拍打海岸，潮声涌动。

钟声敲过十二点，人们的欢声笑语渐渐变淡。

司机载着他们从 66 号公路返程时，车上，季培风忽然发声。

他说：“你回去吧，回到霍钦身边。”

宁佳书愣了好几秒，反应时间慢得像过了一个世纪。

她转过头来仍然难以置信，愣愣地看着季培风，不知道该哭还是该笑。

“佳书，我的朋友。”

昏暗的车灯下，他深深地注视着她：“我为我自私的意志给你带来的困扰道歉。

“这半年来，我真的很幸福。但可能美好的一切就像今天晚上的烟火秀一样，无法握在手中。

“比起拥有你，我更想看见你快乐。”

宁佳书这次真的哭了，她的眼泪像珍珠断了线，怎么止都止不住。

她捏紧季培风递过来的纸，问道：“你确定自己痊愈了吗？”

季培风点头：“是的，你已经将我治愈了。”

“那你能保证不再生病吗？”

他笑起来：“这我能对心理医生保证，却不能对外科医生保证。”

宁佳书哭笑不得：“谢谢你，培风，我真的太感谢你了。”

“我才更应该感谢你。”

“不，是我要谢你！”

“那你能别再哭了吗？”

“我不想哭，可我真的忍不住！”

车从沿太平洋高速的山坡上下来，窗外的城市闪耀着万家灯火，整个洛杉矶像从宇宙坠入海滨的星辰，熠熠生辉。

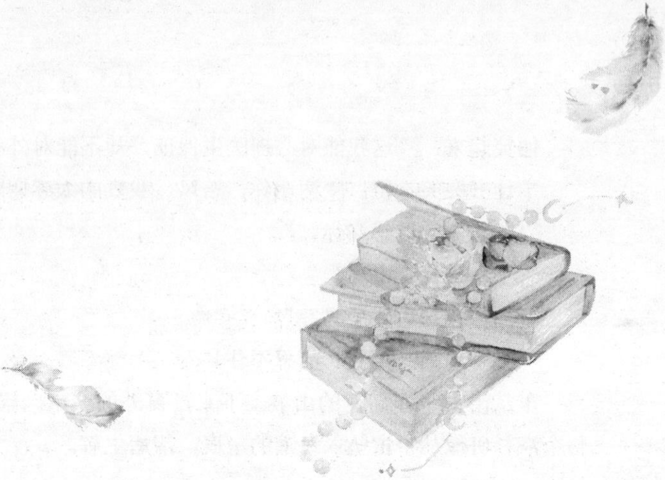

第十一章

错过一次、两次……还能有第三次机会重逢，毫无芥蒂地彼此相爱，她已经是天底下顶幸运的人。

01

“回国那天我就不去送你了，等你什么时候再来加州，千万告诉我，洛杉矶永远欢迎你。”

“好。”

宁佳书下车时，连脚步都有些飘。

夜幕中，季培风降下车窗，目送她的背影越行越远。

“再见，佳书。”他轻声默念。

不论什么时候，离别都像一场外科手术，凝望对方背影远去，无异于开膛破肚。

只是上一次他始终沉浸在恍惚的全麻中不愿醒来，这一次，却必须真切地在现实里感受苦痛了。

但坦然面对的清醒，反而比焦虑地在幻觉中沉醉要强上许多。

这段日子他一直在想，其实被强留在洛杉矶的佳书，和被困在单恋里的他没什么区别。他是如此自私，明明能感知她的痛苦，却要为了自己的快乐将她捆绑起来。

佳书的人生不应该这样度过，他爱的女孩，应该拥有幸福。

这又是他没办法给的幸福。

宁佳书当晚冲回房间就开始收拾行李，但真当她坐在行李箱上打开网页开始浏览机票时，急切中指尖却又顿住了。

视线穿过走廊遥望尽头，那边洗手间的镜子里映出她的身形轮廓。

她突然胆怯了。

到洛杉矶后，她剪短了头发，也瘦了许多。

自从夏天来临，因为隔三岔五去冲浪，加州的阳光已经把她的皮肤晒成小麦色，运动锻炼出瘦削的肌肉线条和健身房的完全不一样，更明晰也更修长。

除了五官没变，气质和一年前相差实在有些远，更沉静，也更野性。

熟悉的人在街上瞧见她的背影，估计也要犹豫一阵才敢相认。

就像她的改变一样，地球一刻不停地自转、江河永不倒流……世上没有什么是永远停在原地等待的。

她不知道现在的霍钦是不是已经走出失恋的阴影，开始了新生活。

她自作主张地出现，对他来说会不会和从前一样，又变成新的二次伤害？

霍钦的朋友圈动态最后一条，时间还是前年大年初一，那晚他们一起看烟火，外滩绚丽的夜空勾起了她的回忆。

那年他们约好要一起度过未来所有的春节，如果当时白纸黑字立下合同，她现在都不知道欠了多少违约金。

到洛杉矶后，她和国内的同事朋友几乎不再联系，也没有向任何人打听过他的现状。

唯一能窥知他一丁点儿消息的地方，就是黄豆豆的微博了。

作为微博拥有百万粉丝的大V，黄豆豆的流量比那些十八线小明星还要高些，评论区总有问她小舅舅、小舅妈的人。关于小舅舅的提问她倒是常回答，关于小舅妈，自从五六个月前她在一位粉丝发问下回复“分手了”，便再也没提过。

粉丝们的弹幕刷屏口号纷纷从“百年好合”换成了“今天也是立志当豆豆小舅妈的一天”。

宁佳书就是从她的回复里知道，霍钦什么时候换了发型，什么时候重学的科目一，又是什么时候拿回被扣下的驾照……

这种窥探让她有种回到中学时期的感觉，止步于远远观望，没有半分上前的勇气。

南半球正处冬季，昆士兰时间晚上十点。

宁佳书拖着行李箱，风尘仆仆地按响父亲家的门铃。

夜幕降临后的山谷，气温不到十摄氏度，风夹着细小的冰粒往人脸上拍。

宁父穿了羊绒大衣来开门。

门开的瞬间，她一言不发地飞快扑进父亲怀里，只有父亲的怀抱是温暖而安然的。

宁父并不急着出声，拍着佳书的背等了许久，等到女儿情绪稍微平静下来，才开口："外面冷，快进来吧，我给你煎了三文鱼，煮了面条，还做了乳酪布丁。"

客厅里的白色吊灯安静地将光线均匀地洒在地毯上，宁佳书洗过澡，裹着毯子坐在茶几前的地毯上，用叉子卷了面条裹满芝士碎塞进嘴巴。

她在飞机上没有进食，一路赶来消耗了太多的热量，吃得狼吞虎咽，并不顾及形象。

壁炉里烧着一笼火，偶尔传来木炭爆裂的细小声响。

直到宁佳书将盘子里的食物扫荡得一干二净，宁父才给她倒了半杯醒好的红酒。

"今天就喝这么多吧，喝完好睡觉。"

她裹紧毯子，往离壁炉更近的沙发上靠去，汲取温暖。

火光倒映中，葡萄酒晶莹的颜色在透明的杯子里摇晃。

"那年你学飞，也是这样忽然跑回来。"宁父放下醒酒器，在她对面坐下来，叹了一口气。

"孩子在外面不管受到什么委屈，最心疼的永远是父母。我到现在还记得当时的难受，真想帮你挡掉所有的风雨啊，不管是去找航校的老师还是揍哪个臭小子一顿，只要你一辈子快快乐乐的，不需要为任何事情伤心发愁。后来在农场待了一段时间，你忽然自己振作起来，跟没事儿人一样好了。我都不知道该庆幸当时没有强行插手你的人生，还是该为你的成长感到欣慰。

"就像那次一样，不管你现在有多难受，总有一天，时间会把所有的东西打磨得平整。这是命运的规律，也是它给每个人的磨难。你能遇到一个曾经深爱的人，拥有那么多幸福的或者心碎的回忆，已经比世上十之八九的人都要更幸运。

“未来的人生里，你也许还会遇到无数个让你难过的时刻，只有一点——

“不要在那个时候一遍遍后悔今天所做的决定，年轻的时候胆怯，往往会成为一辈子的遗憾。”

“爸爸……”宁佳书在火光中含泪凝望他。

“不管你做出什么样的决定，爸爸都会支持你。在我心里，你永远是我最爱的孩子。”

室温下的红酒顺着她的喉咙滚下肚，有涩味，也有苦味。

这一晚，宁佳书挨着壁炉在沙发上和衣睡了一夜。

一觉醒来，山谷已经出太阳了。

昆士兰的冬季，感觉更接近S市的十二月，白天和夜晚是两种温度，炉火已经熄灭，客厅开了窗，但并不冷，相反还有些暖和。

阳光穿过窗户落进来，白纱窗帘微微浮动。

餐厅桌子上放着早餐，宁父不知道在和谁通电话，刚刚挂断。

“爸爸，我看了最早回国的机票，明天凌晨就要走了，还能再陪您十几个小时。”

宁父一愣：“这隔了几个月好不容易来了，住一晚就要走呀？”

“不是您说的吗？不要在年轻的时候胆怯，等老了才后悔今天所做的决定。不想遗憾，我总要弥补做错的事情。”

“那倒也不必这么急。”

宁父开着皮卡带宁佳书到农场转了一圈，越过两座山头，便能瞧见另一座山上，漫山黄澄澄的橙子，已经有许多果农在采摘。

这些澳橙树是宁父买下农场的第二年种下的，前两年虽然也挂果，但数量不多，直到今年，宁佳书才第一次瞧见果实沉甸甸地挂满树枝的盛况。

“农场这个月还蛮忙的，我就买了两台机器做包装线，一台负责装网袋，到大城市的超市卖，另外一台挑大个儿的装箱出口国内。今年还正好赶上橙子荒，一上市就供不应求，二十多个学生都摘不过来。”

“能赚一大笔吗？”

“看样子是的。”

宁父站在山头意气风发、指点江山的样子，丝毫瞧不出他去年才刚做过心脏手术。

宁佳书下车跟在宁父后头，往那边的山坡上散步。

“这两天开小飞机的师父家里的孩子病了，正是紧要关口，你既然都回来了，走之前，就顺便帮爸爸给粮食撒一天药吧。”

宁父口中的小飞机，是架农用的轻型机，农场大，牛羊多，管起来费劲，于是宁父就从别的农场主那儿买了架二手飞机。

这边的农业高度现代化，从播种、打药到收割，基本所有的程序是机器操作，其他的事情有专人在管，除去农忙，能让宁父操心的事情还比不上国内做生意那会儿多。

撒药这活儿宁佳书倒不是第一次做，反正晚上再出发去机场也来得及，她便点头答应了。

销售农药的是昆士兰本地一所大学的农学院毕业生，配给之前，他已经来农场看过好几遍情况，又仔细告诉她剂量该怎么用。

宁佳书一一记下来，换了一条耐脏耐磨的牛仔连体裤，驾轻就熟地爬上飞机。

在农场起降不需要非常专业的划线跑道，在白天，一望无际的宽阔平坦的田野上，风向温和、天气晴朗，驾驶轻型飞机像驾驶自动挡汽车一样简单。

摸到久违的驾驶舱操作仪表盘，宁佳书刻意不去想的事情也浮上心头来。

申航领导给的假期其实早到期了，只是那时候正处在季培风试音的关键阶段，公司三番五次催促她结束假期回国就职，可她没有两全其美的办法，只能一再拖延到今天。

最艰难的那段时间，宁佳书想过，大不了就不再做飞行员了，反正她的家人都不希望她留在这个辛苦枯燥的行业。

云航被申航合并后，她并没有续签新的劳务合同。

律师告诉她，可以对旧合同提起申诉，除去洛杉矶三个月改装训练的违约金赔偿，她不需要为自己的解约支付任何费用。

那些钱还比不上她衣柜里的几个包的价格。

飞机驾驶的高度不算很高，她敞着窗，风哗哗灌进来，耳机的阻隔并不能挡掉飞机旋翼的声响。

从高处俯视地面，视角像极了航拍。

宁佳书能瞧见宁父独幢别墅院子里的大片薰衣草和玫瑰花，黑、白、棕不同颜色的牛羊在山脚喝水。边上就是堆满粮食的大储物仓库，以及新建的厂房，那儿还有棵比院子更高的枝繁叶茂的大树。

远方与蓝天白云接壤的是金黄色的田野，土地里还残留着上一季刚刚收割过后的冬小麦麦茬。

澳洲有着低至每平方千米仅有 3.2 人的人口密度，在内陆的大农场，这个数字还要更低。得天独厚的条件给了这片土地最安详静谧的田园风光，机械的劳作模式也让人更容易丢开烦恼放空自己。

宁佳书闷头工作了几个小时，中午只停下来吃了顿午饭，把草帽盖在脸上睡了会儿午觉，然后就带着保温杯里的鲜榨橙汁上了天。

这一次，直等到天快黑时，飞机才落地，滑进仓库门停下来。

太阳落山后天气便转冷了，山脚小别墅的烟囱在冒烟，大概是宁父做完了饭，在给壁炉生火。

宁佳书忙完出了一头汗，她精疲力竭，胡乱用毛巾一擦，换乘交通工具，开着皮卡下山吃晚饭。

宁父从上一任农场主手里买来的别墅是正宗美式殖民风格建筑，白蓝相间，门窗对称，十分洋气。不过被宁父在门口一左一右挂了对家乡又大又红的灯笼后，画风便有些迥异起来。

太阳一落山，红灯笼就亮了，勉强能照清小院子里的景物，别墅院子里停了一辆她从未见过的越野车。

宁佳书没有多想，扯掉手套，开门下车。

她得抓紧时间，吃完晚饭洗了澡，还得开车到机场赶回国的飞机。

宁佳书一边脱鞋进门，一边在玄关处喊："爸，你有朋友来了？"

然后，她立刻闻见了厨房里传来的香味，她已经近半年没吃过一顿正儿八经的S市菜，那甜里带着咸香的肉味几乎在一瞬间钻入她的口鼻。

嗅觉是人类最强大的感官，味道也往往要比场景记忆来得更深刻、更久远，人们能忘记许多事，却往往忘不了熟悉的味道。

宁佳书的动作迟疑着，鼻子翕动，又嗅了两遍，愣在原地。

她知道，这不是宁父做的饭。

毕竟这香味，宁佳书像熟悉宁母的手艺一样熟悉它。

她在厨房边上瞧了无数次，甚至知道这道菜应该在什么时候放糖，什么时机放醋。

是她的错觉吗？

她扶着门框的手在轻颤，不敢转身，害怕希望落空。

"伯父早上给我打电话，他说你很想我，我就过来了。"

不是假象，不是幻想，霍钦的声音是真真切切地在身后响起，低沉温润，和她梦境里的一模一样。

几乎就在他话音落下的一瞬间，宁佳书便落泪了。

她能听见脚步在朝自己走近，来不及切换哽咽的嗓音赶紧大喊："你别过来，我浑身都是汗，没换衣服也没洗澡。"

拥抱从身后如期而至，在她的腰上收紧。

“无所谓，我也好不到哪去。”

伴随着一声喟叹，似是满足又似缅怀。

早上接到电话后，霍钦便托同事买了最快的飞往昆士兰的机票。

S市没有直达航班，只能在墨尔本转机，到了布里斯班又换乘火车，火车换大巴到镇上，最后花光身上所有的现金，才租到一辆加满油的越野车开过来。这一天复杂曲折的旅程也算得上“人在囧途”了。

幸而他最终还能赶在太阳落山前抵达这里。

02

太阳从山峦那边彻底落下，橙黄色的云朵和天空彻底暗下来，拉起夜幕。

吃完饭，宁佳书裹上羽绒外套，和霍钦并肩在院子的台阶上坐下来。

南半球有种微小的生物叫蓝光萤火虫，白天瞧不见，只有夜幕降临，才能从泛出的微光里寻到它们的踪迹。

置身在这样的院子里，往往叫人生出一种在银河系漫游的错觉。

“今年S市开春的时候，灰灰飞走了。”

分别大半年，霍钦原本有很多话想说，谁知起头只想到这件事情来。

“它学会飞了吗？”

“也许吧，有天我买菜回家，发现窝里只剩几根羽毛了。”

“我妈白给它织那么多毛衣了。”宁佳书感慨。

“它不属于阳台，天空才是它的家。”霍钦说到这儿，偏头看向她，“佳书，你怎么从来不告诉我你对禽类毛羽过敏？”

宁佳书心里“咯噔”一下，问道：“这是谁跟你说的呀……”

“何西告诉我的。”

“我就知道，”宁佳书磨了磨牙，小声嘟囔，“这个嘴上没门的家伙……”

“她还告诉我，上高中的时候，你俩就认识我了。”

宁佳书脸涨得通红，伪装多年的暗恋突然曝光，像是衣服被剥了个精光的羞耻感从头到脚将人包裹。

她再也忍不住了，气急跺脚：“她怎么连这都说呀？！”

“我反而很感激她。”

何西退租公寓前，把宁佳书所有留下来没带走的东西打包送到楼上。送东西或许是个借口，重点是，她站在门口对他吐露的那番话。

霍钦从不知道，原来在他没有丝毫察觉的青春里，他早早地和佳书在同一个操场上上过体育课，参加过同一场航模大赛，挤过同一间阶梯教室……

无论是演讲还是主持，他中学时期值得回忆的每一段时光，在照片之外的角落，也许都曾有她的参与。

他要感谢何西，因为她将他从未见过的佳书告诉了他。

如果他们的爱情是一段弧，那这道碎片，已经足以将所有的缺失补足。她在感情中的所有的虚张声势、满不在乎，恰恰是因为她过于在乎。

“她还跟你说了些什么？”宁佳书气呼呼地问。

“也没有很多，她就说你其实一点儿也不喜欢鸽子，说你们曾经拿到过我的社交账号。”霍钦说到此处有些好奇，“账号都拿到了，你当年为什么不加我呢？”

宁佳书撇撇嘴，沉吟半晌才讲：“我说了你可不准笑。”

“我保证。”霍钦承诺。

宁佳书这才放心，说道：“因为账号是我们班一大群女孩子一起拿到的，我才不想跟她们一样，成为暗恋你的女生中的普通的一个。

“我发誓要做你真正的女朋友。”

事实上，大家把记着账号的字条抢来抢去，宁佳书在一旁双手抱胸面带不屑。

“大惊小怪，老子发誓早晚有一天要把霍钦追到手！”这是当年宁佳书心里的话。

霍钦食言了，因为笑容不受控地从他的嘴角蔓延到脸颊，就连眼角眉梢都浸透着喜悦。他的笑声低沉又爽朗，霍钦不常这样笑的，任谁都能听出他有多开心。

宁佳书恼羞成怒地拍他：“你不是保证过了吗？”

“对不起，佳书，”他肚子都笑疼了，只能捧腹，一只手阻拦她的袭击，“我是没想到你这么有志气，真的做到了她们所有人都做不到的事。”

宁佳书本来生气来着，一听这话又得意起来：“那是，我发的誓就算翻山跨海也要做到的。”

“没有翻山跨海那么难吧，”霍钦纠正，“我认识你之后，不是很容易就喜欢上你了吗？后面都是我在追着你跑的。”

“才不是！你这就忘了？”

宁佳书说到这些陈芝麻烂谷子的难处能讲个三天三夜：“我考上民航大学的时候你已经到了航校，我到航校的时候你都快毕业了。我都使尽浑身解数了，你眼睛里还是看不见我，好不容易在一起，还因为和畅的事情跟我吵架……”

霍钦被控诉得哭笑不得：“佳书，你在倒打一耙吗？我哪里是和你吵架，我是爱之深、责之切。是你一声不吭地跑回昆士兰，再回来时就带个男生到我面前打晃。”

“我不这么做，等着你来跟我说分手吗？”宁佳书振振有词，“按我当时对你人品的了解，和畅都被停飞淘汰，只能转地面了，就算勉强继续下去，我们的关系也根本不可能往下健康发展的。”

霍钦竟被她噎到语塞。

这话竟然有道理，如果没有分开后各自沉淀的那些年，他不会知道自己有多想她、多爱她。

太长久的得不到会变成人一生的执念。

好在和畅自己并不后悔，他转到地面以后发展得不错，三五年一升，现在已经是公司中层干部。

航校当时那关口肯定要处分其中一个人，大概率会是宁佳书，所以和畅庆幸停飞的是自己。宁佳书的飞行技术、危机处理能力都比他强，换成地面，人际关系处理却未必比他游刃有余。

他们都阴差阳错地找到了各自最合适的位置。

宁佳书继续问霍钦："你第一次认识我，还记得是什么时候吗？"

"记得，和畅生日。"

"比我认识你晚了四年。"宁佳书轻哼，"本来我根本不想去参加和畅的生日会，听说你也去，我才去的。那天我化了两个小时的妆，你看都没多看我几眼。"

"这你就误会我了。"霍钦喊冤，"主要是一直盯着女孩子看不礼貌，偷瞥一两眼就得适可而止了。"

"真的！"宁佳书惊呼，指着他说，"你真偷看我了，都看哪儿了？"

霍钦别开头不想答，被宁佳书双手扳着他的脑袋转回来，眼睛晶亮的："看哪儿，看哪儿了？胸还是腰，还是腿？"

"我记得你的眼睛和嘴巴。那天晚上被灯光照得亮晶晶的晃眼，像泡过的冰糖水，感觉很甜。"

宁佳书终于满意了，又问："那你是什么时候喜欢上我的？"

"你每次靠近我的时候。"

霍钦对异性爱恋的萌动来得很晚，青春期都快结束了，他才终于体会到姗姗来迟的情窦初开。

宁佳书在爱情里确实称得上是无师自通的高手，无论是她周身弥漫的荷尔蒙气息，还是微风轻浮撩动的长发，轻挑的眼梢，一颦一笑，她总是能轻易在凑近一个人的时候，将人心神抓紧。

这种初见时肤浅又表面的了解，已经足够让许多人深陷其中。

霍钦和别人不一样的是，他有定力，理智往往大过情感。他悄无声息地压制住自己的触动，又和她相处了很久。

直到某一天，他觉得再也控制不住这份情感的时候，才向她表明了自己的想法。

……

“我那时候真的一点儿都感觉不到你喜欢我，都要放弃了呢，还好你抓住了最后的机会表白。”

霍钦愕然：“你不是发过誓吗？”

“那我也不能愚公移山啊，反正这个誓，我不说又没人知道。”

“你可真是……怎么说都有理。”霍钦哭笑不得。

身后檐下挂着成对的红灯笼，花香弥散在昆士兰的夜空中，温度有点儿低，但宁佳书把头埋进霍钦的颈窝后就感受不到寒意了。

院子里养的几只牧羊犬也不再叫，饱餐后趴在一处取暖，安静地入眠。

虽然损失了一张从昆士兰回国的机票，但宁佳书无比感谢上天还给她这样一个夜晚。

第二天一早，霍钦难得被在他之前起来的宁佳书敲响房门。

她穿了休闲运动服，粉色卫衣外面套一件羽绒马甲，活力满满，还戴了帽子防晒。

“走呀，我和爸爸陪你去镇上还车，顺便吃饭，回来还可以去摘橙子。”

她的长发被剪到披肩，跟她二十岁时候霍钦第一次认识她时的样子很接近了。

连笑容也如此，青春天真，不含一丝阴霾。

澳洲的内陆是大片大片的农场，有时方圆几十公里都见不到人影。中国人始终很难脱离人群，宁父当初也是考虑到这一点，买农场时买在了离镇子不远的地方。车开得快些，他的别墅距离镇上只要十分钟车程。

到了镇上，配套设施就比较完善了，学校、艺术馆、天文馆、体育馆、游乐场、大型超市，一应俱全。全镇有十几个华人，宁父都认识。他们在超市采买完，去餐厅吃了饭，还顺路去上回救他一命的老朋友那儿喝了杯茶，顺便收获了朋友家人从国内寄来的一箱真空腊肠。

后备厢被填得满满当当的，回家路上，霍钦开车，佳书坐副驾驶位。

宁父高兴了一整天，似是终于想起来一件特别重要的事情，问道："小霍呀，你爸妈同意你和佳书的事儿吗？"

霍钦赶紧点头："同意的，我爸爸跟奶奶之前就很喜欢佳书，就是我妈妈……她有一些自己的想法，但是现在也想通了。"

"这个事情可不好勉强的哦。"

宁父把话说在前头："我就一个女儿，肯定舍不得她受一点儿委屈，只要结了婚，就是要和你们家每一个人相处的，但凡有点儿矛盾，大家心里都不好受。"

"请您放心伯父，我会尽我最大的能力保护佳书，不让她受一点儿委屈。而且，我妈妈并不勉强，她现在是真心实意同意我们的事情。"

说起来这个，霍钦偏头问她："你还记得去年除夕当晚，中环上的连环车祸吗？"

"当然记得。"宁佳书奇怪他怎么会突然提这个，但还是感慨，"那天最前面的小轿车里的驾驶员都不知道有没有活下来，我记得满地都是和雨水混在一起的血，第一次见到车祸现场，吓得我心都快蹦出来了。"

"他活下来了，就是出血量太大，输了很多血。"霍钦告诉她。

"你怎么知道？！"宁佳书内心的惊诧都快要写在脑门上了。

"因为另一辆SUV里的一家人，是我堂兄堂嫂，还有他们的女儿。"

“竟然还有这么巧的事？”宁佳书都惊呆了，“那你堂兄他没事吧？”

“断了两根肋骨，好在当时没有随意移动，裂口没有伤到内脏，住了一个月就出院了。他们出院后一段时间来我家做客，刚好我侄女在我房间瞧见了你的照片。她说，是你给了她一条毯子，还帮他们一家人包扎了伤口。你还告诉她，你是飞行员。我听完就知道她没有认错。”

“你妈妈是因为这件事改变了对我的看法？”

“是这样没错。她一直以为我因为自己喜欢，所以美化你的形象，但最后被证明事实并非这样，佳书你确实是一个很好的人。”

这件事确实让霍母放下了偏见，但最重要的还是她看到了儿子的决心。

霍钦不是一个能轻易被改变的人，从他童年时立志要继承父亲的职业，十年过去，就算高考分数高到足以轻松进入国内任何一所TOP10 院校，也依然坚定地选择了民航大学这一点就能看出来。

霍母终于意识到，霍钦也许并不是在威胁自己，而是真心实意地觉得，他能爱宁佳书一个七年，也会爱她下一个七年，再下一个七年。

僵持下去也许她终究能赢，但是毁掉的可能是霍钦的一生。

宁佳书就这样柳暗花明地获得了未来婆婆的认可。

“这是什么神仙凑成的巧合？S 市这么大，连老天爷都不忍狠心对待我。”宁佳书满脸兴奋。

宁父一头雾水：“小霍你再仔细讲讲，我怎么还晕头转向、稀里糊涂的呢。”

“就是去年除夕，佳书在中环遇到连环车祸，恰巧帮我受伤的堂兄一家处理了伤口，事后小侄女来我家做客，认出了照片上的她。我那个堂兄是博导，在东风弹道研究所工作，平时还带学生，所以直到除夕才回 S 市。我妈刚好特别喜欢他们一家人。”

宁父看向女儿问道：“佳书你没事吧，怎么这么大的事都没跟我提过？”

“我在后边堵车呢，隔了快一公里，后来就赶着飞去加州，这不是没空儿说嘛。”

消化了一会儿，宁父不由得感慨：“别说，你们这还真是上天注定的缘分。”

兜兜转转那么多挫折，也没把这对孩子分开。

在大城市待久了，农场里什么事物都能令人感到愉快新鲜。

宁佳书先是和霍钦轮换开小飞机给种粮食的耕地撒完了药，带着他光顾完农场的每一片风光，又兴冲冲地和雇来兼职的各国留学生们一起摘了两天橙子，吃着无公害蔬菜，闲暇时撸撸牧羊犬，开皮卡放放牛羊，提前过上了田园牧歌生活。

一天早晨，霍钦突然问她：“佳书，你有计划什么时候回国吗？”

宁佳书一愣，自从霍钦来了之后，她就没想过这个。

回国便意味着马上要迎来一大堆乱七八糟的严苛的考核，回到申航，回到天空，回到她的岗位工作。

这种感觉像是要给一匹脱缰的野马套上缰绳，让已经习惯了自由松散的日子的野马重新钻入那被定义好了的条条框框里去。

很久之前，宁佳书选择航空大学是为了追上霍钦的脚步。到后来，她的目标是成为申航 A330 最年轻的机长。

如今两个目标都达到了，现在让她回去工作，好像已经失去了最初的动力。

她喜欢天空没错，但她既不缺钱，也不缺生活的意义，为什么要逼自己重新适应那些枯燥乏味的日子？

霍钦已经熟悉宁佳书到瞧见她犹豫就知道她在想什么的地步了。

佳书向来对她不感兴趣的东西是眼角都不带瞅一下的，还喜欢三天打鱼两天晒网。

很多时候，可能她自己都不明白自己想要什么。唯一可以肯定的是，强逼她去做一件事，就像硬按牛头喝水，只能适得其反。

霍钦心里叹气，面上却还是微笑着，把剥好的橙子递到宁佳书手上，提议道："不如我们再租一次Cessna 182，穿越大平原，到墨尔本去吧？"

宁佳书听完，立刻便同意了。

那年去墨尔本，是宁佳书一生中最美好的记忆之一，她一直想找机会重走一遍当年的路线。

霍钦这个想法正好撞宁佳书心口上了，当下她便兴冲冲地说道："我们什么时候出发？我随时都可以！正好冬天的圣灵群岛很美，我们还能在那边住一晚，还可以去看大堡礁！"

03

霍钦提前查看沿路气象状况，在网站预订飞机，做好飞行计划，挑了个晴空万里的早晨开车到大镇郊外的机场。

他们都有执照，所以并不需要教员随行。

把车摆在停车坪上，两人下车前都换了轻便保暖的飞行夹克，和机库的前台打好招呼。

因为是一家新通航公司，所以小飞机内部陈设都还挺新，外部漆成蓝白相间的颜色，装载了最新的卫星导航和雷达气象系统。

和上次稍微有点儿不同，上回宁佳书还没拿到执照，这次坐主驾驶座的变成她了。

把飞行包甩到机舱后头，按照安全程序，他们例行大致检查了一遍飞机性能，重新熟悉一下驾驶舱，戴好对讲机，便进入跑道滑跑起飞，很快与塔台告别。

像这样目视条件好的天气，不需要时刻情绪紧绷，开飞机时是非常放松舒服的，只要做好飞行计划，他们大部分时间不需要联系空管，自己找到在航图上标记了的地面参照物，就能保证不迷航，顺利到达目的地。

对航路更熟悉的话，甚至不需要配航图，靠记忆就能找到航向飞行。

跟在空旷的平原上开车不同，在天上开飞机的感觉是三维的，更洒脱也更自由。

把窗子打开，瞧着地面城镇在视线中变成越来越小的矩阵，那感觉简直妙不可言。

宁佳书的头发顺着风流拂动，飞机螺旋桨的声音很大，只要一摘下耳麦，就像在夜店蹦迪，说话得凑近对方耳边才能听清，交流全靠对讲，但她的心情仍然非常不错。

霍钦显然也很开心，甚至开始回忆从前在航校的往事，他问道："你还记得咱们学飞时候吗？冬天大清早起来在航校停机坪吹冷风，抱着鼓风机给飞机引擎加热。"

宁佳书当然记得，说道："你别说，我从前还挺怕冷的，那年从西澳回国后，就再也不怕S市的冬天了，可能就是那时候把皮肤脂肪层练厚了，变得抗冻了吧。"

"这就是你冬天坚持露脚踝的理由？"

"哈哈哈，我就是不抗冻也要穿裙子露脚踝。"佳书被他逗得仰头笑，"你不知道吗？何西平常翻个指甲盖能冲男朋友哼哼几天，但每次打完痛感七级的美容针还能擤着鼻涕跟医生说下次还来！女人都这样。"

霍钦听得头皮发麻，问道："你也打算去做吗？"

"我目前还没受到太多地心引力的困扰，过两年去吧。"宁佳书耸肩，"毕竟我都二十八岁了，可能某天忽然醒来照镜子，皮肤就松弛了呢。"

霍钦想了半晌，认真地说道：“佳书，其实你不需要受这份苦，因为衰老焦虑烦躁。你老了，我也会陪你一起老。”

“可是很多男人衰老得比女人缓慢。”

宁佳书不服气：“你骨相那么好，四十岁都不需要担心皮肤松弛的事情，仍然会有一堆小姑娘朝你扑上来。”

“你就喜欢睁着眼睛胡说八道。”霍钦生气地戳了戳她的头，“我们认识这么多年，在这方面我让你操过一点儿心吗？就算有一天你皮肤不再紧绷，脸上长满皱纹，可我爱的还是你啊。”

“无论年轻的还是衰老的，每一个时刻的你。”他强调。

“那倒是。”宁佳书心里美滋滋的，又道，“但抗衰还是要做的，只要好看，我就开心。只要开心就不觉得受罪，人本来就是来世间受苦的。”

她把话讲完，最后给他塞了一颗糖：“我也爱你。我保证，以后再也不会让你操心了！”

霍钦反应了好几秒才意识到宁佳书保证的是什么，他忍了半晌，嘴角还是不受控地上翘。

“那你最好要说话算话。”

窗外是蓝蓝的天空和大团的白云，隔着飞行墨镜，他们相视一笑，然后就听耳麦里有四川话传来——

“我讲你们两个，差不多得了哈，莫棱个儿整（别这样）。”

“啥？”

猛地在异乡听见国内方言，宁佳书一脸蒙。

管制员幽幽地清了清嗓子，把口音强行扭到川味普通话频道：“我们这儿，禁止占用空中频率对单身狗发放‘狗粮’。”

他说完还用英文复述一遍，频道内立刻传来一阵大笑。

宁佳书这才发现，刚刚跟塔台脱波以后无线电通话按钮没有关，监听频率的地面管制员是个华人，从头到尾都听到了。

频道内其他人虽然一句也听不懂，但你侬我侬的氛围还是能感受的，全程愣是没人出声打断他们。

闹这么个大乌龙，两人强忍着笑挂了地面频道。

从两人起飞的位置到墨尔本大概一千四百公里，但是他们并不打算直飞，就慢慢绕，沿着路上的景点飞行，反正边玩边飞。

小飞机的时速保持在两百公里左右，航程两天一夜，中间在不同的机场过站停靠，顺便休息加油。

昆士兰州冬天的海边，飞高了甚至有点儿热。

正午充沛的阳光洒在湛蓝的大海与黄金海岸上，整条海岸线绵延近六十公里，依傍大海拔地而起的大都市，高楼林立，摩登与自然天衣无缝地结合。

没有一个位置，比飞机上高空的俯瞰更能记录它们的美。

中午，他们的飞机在市郊降落，给飞机加油，顺便吃个午餐。

不过休息两个小时，在停机坪上的飞机机舱内已经被晒得挺热了，刚进去就闷出一头汗。

这次换霍钦坐主驾驶位。

起飞前，宁佳书的手持小风扇偶尔转到他那边，给他降降温。

“热吧？”

“不热。”霍钦的头发已经微湿了，不过仍摇头笑起来，“我大三刚到西澳那时候，赶上历年夏天最高温，不小心摸上去，安全带金属扣能把手背烫出泡。你坐稳吧，我带你兜兜风。”

霍钦所说的兜风，是真兜风。飞机起飞后不久，就路过通航公司提供给学员的一片练习空域。

他像教员给学生们做失速训练一样，后拉驾驶盘，将飞机仰角抬到最大，到后面机身几乎与地面垂直，抬眼望去就能瞧见天空。飞机像是在高空翻了一个筋斗云，然后绕着海岸盘旋了一圈。

整个过程，宁佳书兴奋得像坐了冲入云霄的过山车，这可比坐超跑副驾驶位刺激。

“还热吗？”

“再来一次就不热了！”宁佳书眼睛发亮。

离开昆士兰的空域后，他们晚上并没有按照原计划在目的机场备降。原因是原定飞行计划的航线后段天气出现变故，天黑后，他们临时备降在一个小机场。

澳洲地域太宽阔，超过五六千人的小镇一般已经配备起降机场，降落之前，宁佳书确定自己从没在地图上见过这个小镇的名字，但小镇机场塔台的欢迎方式倒是令她终生难忘。

飞到五边接入频道的时候，霍钦跟塔台那边聊了几句。

对方大概以为他们是度蜜月的新婚夫妇，就在霍钦进近的瞬间，突然打开了机场全部的灯光系统。

“Surprise！”

塔台那边声音粗犷，一听就知是个彪形大汉，他给了两人一个浪漫的惊喜，欢迎他们落地。

饶是宁佳书在空中已经见过无数美景，还是忍不住被此刻所震撼。

绚丽的灯光将整个机场照亮，如同白昼。

还好手机就拿在手上，打开相机赶在落地前拍好小视频，顺带发了个朋友圈。

机场地勤告诉他们，小镇人休息得比较早，机场往返镇上的大巴已经停了。不过他们可以选择在FBO（固定运营基地）的走廊上睡一夜，那里有他们提供的软椅、热水和插座。

旅途中的意外，往往能变成绝对无法再来一次的珍贵回忆。

就像他们出发之前，也绝对想不到会临时降落在一个通过地图都很难找到的微型机场。吃完泡面，借员工休息室冲了澡，他们并肩坐在走廊上，披着同一件大衣刷宁佳书的朋友圈。

并不像她想象中那么凄惨，反而有点儿温馨。

不，也可能是因为在霍钦怀里，做什么都很温馨。

地上摆着他们出发前带的东西，还有早上打包的食物，用FBO茶水间里的微波炉稍微热一下就能吃，还可以蹭热水泡咖啡。

饿的时候，什么东西都能吃得挺香，再泡一杯咖啡灌下去，人生就圆满了。

两人都发出满足的喟叹。

“像不像在航校的时候，大家用小厨房的微波炉加热一下，挤在机库的大桌子上一起吃饭？”

“还蹭教员的咖啡和奶精！”宁佳书仰头抢答。

他们的距离很近，洗发水的香味在呼吸间萦绕，霍钦低头吻了下她的鼻尖，像蜻蜓点水，温润又柔软，带着过电一般的酥麻。

这是他们重逢后的第一个吻。

肌肤相触的一瞬间，他们对彼此的肌肉记忆便又都回来了。

微信“叮叮”提示有新进回复，只不过他们全身心都在彼此那儿，再也分不出余光查看。

“我没看错，驾驶座的男人是霍钦？你俩复和了？”

“航空男女的爱情也太浪漫了吧！”

“呜呜呜呜，忍了七个月终于可以开麦了，我想你，小舅妈！”

……

翌日，他们在机场简单洗漱，吃过早餐。

瞧着航路天气好转，他们便再次启程。

最后一天，航程大半靠近内陆，不挨海了，这条路线也终于和几年前他们飞过的那一条重叠。

一望无际的宽广草地与天际接壤，唯有穿过的铁道线将大平原一分为二。

视线尽头远远能瞧见有火车头缓慢移近，霍钦突然看向她。

“佳书，要追高铁吗？”

这一眼含了千言万语，窗外的螺旋桨声渐渐大了。

随着平原上刮起的侧风，年少时飞扬的激情重新爬上心头，他们都想再做一次不再年轻的事情。

不必回答，霍钦已经懂得她的想法。

他往右扳动驾驶盘，机身往左侧切近，在最后一刻，把操纵权交到宁佳书手中。

他们之间的默契甚至不需要言语交流，宁佳书把油门拉到最大。

近了，更近了！

他们从上往下俯瞰，飞机却同样也是高铁上所有乘客的风景，探头就能隔着窗户在触手可及的天空瞧见与高铁竞速的飞行器。

莫名的情绪在胸口涌动，这一瞬间，宁佳书久违地想起了她选择飞行后的每一个重要的时刻。

大三到西澳，和室友煮火锅的第一天。

迟到被教员罚擦飞机，学生证上被打了圆孔，以儆效尤。

那年毕业典礼上，教员亲手给她佩戴飞行徽章。

还有入职云航，领到的第一套制服——皮鞋、毛背心、肩章，还有飞行箱。

……

很奇怪，这些她以为早已被遗忘的东西，竟依然清清楚楚地盘桓在她心底。

她突然记起最初喜欢上飞行的那一刻，那时，她也像此时万丈豪情，踌躇满志。

04

“爸爸！我打算和霍钦从墨尔本直接回国了，你什么时候有空到镇上把我的行李寄过来。”

宁父接到电话的时候，正在厂房检查生产线包装橙子。

这些箱装的澳橙未来也会进入渡轮的货舱远渡重洋，回到北半球的中国去。这一瞬间，宁父叹了一口气，深深觉得，生女儿怎么跟种了棵橙子树似的，辛辛苦苦培育大，果实却摘给别人吃了。

佳书明明讲好了多待一阵子，说回国就回国，连声招呼也不打。

“你要回去工作了？”

“嗯！”宁佳书嘴甜地恭维他，“谢谢爸爸，让我长这么大不愁吃不愁穿，不过我也不能躺着过一辈子。做飞行员虽然辛苦，但人生这么长，总得做点儿充实的事情，是吧？”

宁父悄悄叹了一口气：“不论怎么选择，只要你觉得快乐就好。

“你快乐，爸爸就是幸福的。”

宁佳书终于以女主人的身份，正大光明地搬进霍钦的家。

当初带出国的行李箱一个不少地重新带回来，填进这间屋子的每一个角落。

宁母带着弟弟来做客，被霍钦住房里的一尘不染惊呆了，悄悄把宁佳书拉到一边：“霍钦这么爱干净，以后会不会嫌弃你不做家务呀？你在家的时候我通通包办了，结婚以后你可得勤快点儿……”

宁佳书还以为宁母慌里慌张是要干吗，一听这事儿翻了个白眼。

“妈，我成年后跟霍钦住一起的时间加起来比跟你住一起的时间还长，我的生活习惯怎么样他都清楚的，你瞎操什么心啊。再说，我做不了，还不能请钟点工啊？”

“别什么都花钱花钱，就算你请个五星饭店厨子来家里，也比不上自己亲手给他做的菜好吃啊。男人是需要温暖、需要哄的……”

“我还是觉得五星饭店的厨子做菜好吃。”

宁母瞪她。

宁佳书赶紧拖长调子推着她回去：“妈，快别用你失败的婚姻经验来指导我了，该怎么做我都知道啦——”

进门前，宁母从坤包的小兜里掏出一张卡，说道：“喏，给你的嫁妆。”

“妈，我要这干吗？你留着吧。”宁佳书塞回去，说道，“都不够我买几只包的，我爸给的够多了。”

宁母又瞪她：“你爸是你爸，我是我。怎么花是你的事，给不给是我的事。”

“那行吧，我留着，给弟弟以后上学用。”

没等宁母再说什么，宁佳书打开衣柜道：“妈，你过来，我昨晚把旗袍挑出来了，你试试看，选套合适的旗袍在婚礼上穿。”

“你的衣服我哪里塞得进去？”

“你喜欢哪个款式，我拿去让裁缝一模一样做一套不就成了，就找你最喜欢那个老师傅。”

宁母做了半天心理建设，说道：“不行，你这个颜色太亮了，不适合中老年人啊。”

“怎么不行啊，您是丈母娘，穿亮点儿怎么了？”佳书凑到她妈耳朵边说道，“总不能被霍钦他妈压下去吧？”

宁母本来还怯怯的，一听这话立刻回头道：“她穿的什么，也是旗袍？你给妈选吧，要不我这段时间少吃点儿，争取少改点儿尺寸，把腰身塞进去。”

反差之大简直叫宁佳书捧腹。

宁母隐约知道上回两个孩子分手有一部分是霍母的原因，虽说现在结局都皆大欢喜了，但心里还是憋了一口闷气。

她生出这么漂亮的孩子，谁有资格嫌弃？

从回国决定结婚到领证，宁佳书只花了一个月时间。

她在八月挑了个黄道吉日，没有邀请同事，只简单叫了些亲戚朋友，在礼堂室外露天举行婚礼。

婚纱和排场都一切从简，简直不符合宁佳书一贯走的奢侈路线。

“怎么回事儿？你婆婆苛待你啊？连个化妆师都没有，那么小一个礼堂就把婚结了？”

何西想穿伴娘服很久了，不料宁佳书压根没给她机会。

“是我自己想简单点儿。她就一个儿子，知道我不想大办还不乐意呢，非要给我花钱。”

“给你花钱还不要，你不趁这时候找点儿存在感，结了婚等着被人捏圆搓扁吗？”何西看她的眼神简直像在看傻子。

宁佳书对着镜子别头纱，闻言，挑眉斜了她一眼。

“你兴奋个什么劲儿啊，我还没说完呢。卡我收下了，这不刷完穿我身上了吗？”

何西进门时就觉得这婚纱漂亮得闪人眼睛，不问也知道是自己承受不起的价格，但真听见宁佳书把一整场盛大婚礼的钱花来买条裙子时，贫富差距还是把她心态的小船打翻了。

霍母的气派，从头到脚写的都是“贵妇她妈”。她给的卡，随便想想也知道是多大一笔！

何西低头看自己的掌心，想到刚才就是这双手毫不温柔地替它拉上背部拉链，系了丝带，心中忽然升起一股罪恶感。

两秒钟后，她开始痛捶宁佳书：“啊啊啊，你还是人吗？你怎么舍得花这么多钱买条裙子？”

“因为我只结一次婚呀。这会是我一辈子最珍贵的藏品。我穿完就留给我女儿，我女儿穿完还能留给她女儿，多好。”

“你怎么知道你一定会生女儿？”

“我许愿了。”

宁佳书捧着花出门前，最后一次回头凝望镜中上完妆的人。

她从未见过自己的眼神这样温柔静谧，坚定明亮。

每个人都不理解她为什么要这样仓促地把自己嫁掉，可是，一样东西往往只有失去过才能叫人学会珍视。

在洛杉矶的近两百个日夜里，她无数次绝望地幻想，她的人生还会不会迎来这一刻。

真好，上帝满足了她的愿望。

错过一次、两次……还能有第三次机会重逢，毫无芥蒂地彼此相爱，她已经是天底下顶幸运的人。她不在乎排场，不在乎多少人见证，她只想用最快的速度将一切美好的东西套牢，从此都属于她，再也不离开。

宁佳书销了婚假再回到申航，大家都还有点儿反应不过来。

“什么情况，你这就结婚啦？”

师兄向北还想不通，飞机进入巡航又开始喋喋不休：“佳书，你这人生进度条上简直是绑了火箭啊。三年前你进申航，第一次跟飞，做二副，还是跟在我后边的吧……”

他目光无措地从后面的观察位移到右座，又移到主驾驶左座，绝望地说道：“现在你一个女孩子都升了机长又结婚了，怎么我还是个副驾，还是条光棍儿？”

“师兄。”宁佳书正填单子呢，闻言抬手拍了拍他的肩膀，以示安慰，“吃咸点儿，看淡点儿，毕竟世上像我这样的幸运儿不多。”

“何止幸运，都赶上天选之女了。你瞧你进申航以后，连遇两次事故都毫发无损，又被表彰又拿奖金，年刊也上了，机长也升了，连申航的航草都让你拐跑了。任可雅那么豪横的后台，跟你的风头比也差远了！”

宁佳书故作惊讶，捂嘴：“这事儿都让你发现了？嗐，你别说，我有时候也怀疑我是上帝老人家的私生女来着，怎么我许的愿他个个都听见了呢。”

向北目光里满是有口难言的苦涩，上下扫她一眼。

宁佳书整整制服领扣，自信地挺直腰背道：“怎么这样看着我？”

“你写满得意的漂亮脑袋让人巴掌痒痒。”

“师兄，你从前可不是这样的，非要对未婚女性和已婚女性两副面孔相待吗？”

“唉……”向北长叹一口气，“霍教员他到底知不知道自己老婆这么嘚瑟？”

“他就喜欢我这么嘚瑟。”

……

端着咖啡进驾驶舱的3号猝不及防、莫名其妙地就这么被冷冰冰地塞了一嘴“狗粮”。

果然富贵不还乡，如锦衣夜行啊！

宁佳书心里感慨，还是回来S市好，这么秀完一通，她感觉自己真是神清气爽。

拥有百万粉丝的大V豆豆的小舅妈归位，刷了一波热度。

申航宣传部门正愁没主题，借着素材，出了一期霍钦与宁佳书的内页，飞行员夫妻档专题。

内部刊物不外售，向来只夹放在飞机座椅靠背后头供乘客翻看，谁料半个月下来，印刷的杂志竟快被拿光了。

按照申航的规避守则，他们都是飞行员，成为夫妻以后，就永远不能再被安排执行同一航班。借着这次机会，申航的大数据智能系统给他俩拨了一点儿额外优待。

比如，局方为了保障长期高空工作的飞行员的身心健康，增进搭档们彼此之间的了解，会强制航空公司每年定期组织活动，分批派飞行员到疗养基地进行休整，申航也有休养名额和时长规定。

出国大半年，宁佳书本来已经做好了剩下这半年忙成陀螺的准备，没料到接近年末还能遇上这样的好事——排到和霍钦一起到疗养院公费度蜜月！

长达两个星期的例行疗养套餐完全是为新婚夫妇量身定做的！

鸳鸯浴！

——就是温泉山庄集体泡温泉。

手牵手在电影院洒泪拥吻！

——局方组织观看教育电影“空中浩劫”系列。

夫妻运动！

——在航医敦促下进行的体能训练。

绝了！宁佳书趴在床上晃脚，翻着 iPad 里公司发来的日程安排表，啧啧称赞。

“你的书要带吗？”霍钦在床尾替她收拾行李。

“带什么书呀，玩儿还不够呢。”宁佳书翻身回头瞧他一眼，撒娇，“老公，泳衣多带几套吧，我到了那边要每天泡温泉！”

霍钦指尖顺着柜里她那沓泳衣上划一遍，合上抽屉不大情愿地说：“佳书，疗养院也不只是我们俩去，还有其他同事呢，你每天穿这些不行吧？”

宁佳书瞧他蹙眉，试探道：“那我就在房间里穿？”

好吧。霍钦重新拉开抽屉，默不作声都收了进去。

虽然没能参加他们的婚礼，但六部的同事们从宁佳书回国、领证到婚礼，都在朋友圈围观了全程。单身狗向北原本以为这已经是对自己最大的惩罚，万万没料他们竟然还能公费把恩爱秀到疗养院来。

能想象吗？360 度 4D 荧屏环绕音效里，空中浩劫世纪大空难两架飞机相撞爆炸起火的瞬间，他心提到嗓子眼不敢看，忽然发现前头依偎的两颗脑袋。

晚上，他兴致勃勃地趁大家进行集体活动，带上游泳圈找个没人的池子泡温泉。突然，他发现对面有对在泼水嬉戏的年轻夫妻。

盘山公路五公里长跑，跑到一千五百米时他已经喘得要断气，紧接着，眼睁睁地瞧着两口子肩并肩从他视线里跑远。

向北踹了一脚路边的花花草草，叫道：“啊啊啊啊！我上辈子造了什么孽？”

“向北怎么了？”霍钦隐约闻声，奇怪地回头看。

“工作压力太大了吧，”宁佳书解释，“这不就和我们一起疗养来了吗？”

宁佳书长期保持体能训练，路程过半后还能勉强和霍钦跑并排。

只是听见妻子的喘息渐重，霍钦还是将速度一再减缓，胳膊伸到一侧，让她扶稳借力。

快到山顶时，两人已经出了一身汗。

“不行了，我跑不动了。”宁佳书手撑膝盖，弯腰喘息，“不是说五公里吗？我怎么感觉早就跑过了呢？”

“对啊，终点已经过很久了。”

“啊？”宁佳书回头看，“路上插旗了吗？你怎么不提醒我？”

“因为我想带你到山顶看一次日落。”

霍钦转身回头，眼睛漆黑明亮，微微笑起来：“往年都只有我一个人来，他们都是跑一半就回去了。”

宁佳书瞧他那么期待，不忍拒绝，但腿软又忍不住想往下坐。

“那要去也行，我们稍微休息一会儿。”

霍钦快步回到她面前，背对她蹲下身子。

“等会儿太阳落山就看不到了，在我背上休息吧，我背你。”

过山风沿着盘山公路拂来，带着草木的清凉，掠过霍钦沾着汗水的鬓角。宁佳书趴在他坚实宽厚的背脊上，晃了晃小腿。

“累不累呀？”

“我是男人，背老婆不累。”

宁佳书被霍钦不可多得的甜言蜜语灌得心花怒放，问道：“那下山还背吗？”

霍钦脚步顿了一下。

他似是经过了很长时间的认真思考，才开口告诉她：“佳书，只要你愿意，我就可以背你一辈子。”

山路很长，虽然还没到山顶，但宁佳书觉得此时的风景已经足够壮阔。

瑰丽的余晖将山那边的天空染成大片粉红，夹着橘色、金橙的波浪，像打翻了画家的颜料桶，迟暮的晚霞美得叫人不敢正视。

夕阳归山海，天地万物安静下来。

人一生不知能遇上几次这样的落日。

霍钦的左脚踏过映出最后一缕霞光的落叶，然后终于听到宁佳书在耳边轻声呢喃。

“你知道我愿意的。”

他们曾一同吹过南半球冬天凌晨六点的寒风，极速追逐过南澳大平原的高铁，在几千英尺的高空俯瞰缀在布里斯班海域的圣灵群岛……无数个夜晚交缠拥吻，伴着彼此的呼吸深眠。

宁佳书的呼吸已经平缓，反而是霍钦累了，隔着背脊都能清晰地听到他胸腔里心脏的搏动声。

她轻轻地将脑袋依偎在男人的肩膀上，轻声问他：“霍钦，一辈子这么长，你会后悔跟我结婚吗？”

晚风将他的答案送来：“你明知道我不会后悔。”

是这样没错。

他们都再也找不到一个与自己如此契合的、曾共度过青春年少也将一起度过未来漫长岁月的人。

番外一

一家三口

宁佳书的女儿小叶子上小学那年，何西终于结婚了。

是的，没错，新郎就是夏图南！

这对新人历经三回暑假档《情深深雨蒙蒙》的重播，轮回了两遍《申航意难忘》、一次《机港生死恋》，终于修成正果跨入婚姻殿堂。

婚礼当天，宁佳书休假期间难得一觉睡到天亮，没听见闹铃响，掀开被子起身，才发现女儿已经拎着书包，抽着鼻子在卧室门口等她了。

见宁佳书醒来，小叶子葡萄一样圆鼓鼓的眼睛瞬间泛红，泪珠子就断了："妈妈，我上学要迟到了……"

宁佳书心里"咯噔"一下，她脸也没洗就把孩子抱起来哄着："小叶子，你是不是缺心眼儿啊？妈妈没听见闹铃，你得叫妈妈呀。"

"可是，可是……爸爸说你睡觉的时候不要吵醒你，让你多睡会儿。"她抽泣着含混不清地说着，眼泪噼里啪啦地往下掉。

"你怎么不会随机应变呢？你爸爸说的是他在的时候。今天爸爸去伦敦了，你不叫醒我，谁来送你上学？"

"哇呜呜……"小叶子把头埋进她的颈窝。

黏糊糊的眼泪流到自己脖子上时，宁佳书的慈母心肠能量条彻底宣布耗空，她伸出一根指头把小叶子的小脑门推开："不准哭！"

"你妈还能让你上学迟到吗？"

小叶子听完"慈母"的呵斥声，"啪"的一声吹了一个鼻涕泡，停止了哭泣："可是……离早自习只有十五分钟了呀。"

"大人不会撒谎。给你一分钟去冰箱里拿面包和牛奶，妈妈刷牙洗脸结束就下楼发车。"

新家是小叶子上幼儿园那年，霍母替小叶子提前选好的名校学区房。

因为S市早高峰太多车子和红绿灯，送孩子上学正常车程在二十五分钟左右。但宁佳书开车风格比较狂野，偶尔会在道路规则内疯狂试探，尤其是像这种女儿上学要迟到的紧急情况下。

“坐稳了啊。”宁佳书提醒，从后视镜望过去。

只见小叶子双手抓紧系好的安全带，在后排的儿童座椅上瑟瑟发抖。

“瞧你那点儿出息。”宁佳书点火，挂挡踩油门。

引擎与排气管轰然发出声响，出库的轮胎与塑胶地面摩擦滑出一声高亢尖锐的噪声。小叶子眨个眼的工夫，车子就已经驶出车库，到了地面。她颤着声给全家地位最高的人拍马屁：“妈妈真厉害！”

宁佳书把垂到额前的长发往后撩，说道：“那当然，毕竟你妈妈是开飞机的，上千的时速都飞过，这么一丁点儿路怎么能让你迟到。”

抵达学校门口时还富余两分钟，刚好够她从学校门口跑到教室。

小叶子慌慌张张地拎着书包下车，和上五年级的舅舅在即将关闭的学校大铁门前碰了个正着！

濒临迟到二人组同时递给对方一个同病相怜的眼神，异常默契地撒腿朝教学楼拼命跑，边跑边聊。

“好巧，小叶子！今天又是我姐送你上学呀？”

小叶子点头：“今天外婆也强迫你吃营养早餐了吗？”

“我们可真是难舅难外甥。”

“哎，谁说不是呢！”

……

爸爸出差的第五天，小叶子想他，想他，还是想他。

小叶子早餐连吃五天水煮青菜、水煮鸡蛋、水煮牛肉、水煮鸡肉等水煮万物后，生无可恋地发出来自灵魂深处的呐喊。

“妈，我爸什么时候回来？”

宁佳书翻出 iPad，打开排班表瞧了一眼：“再过两天吧。”

“阿姨乡下的小孙孙什么时候能生出来？”

“已经生了，就是还得照顾儿媳妇坐几天月子。”

宁佳书已经察觉出她的言外之意，放下叉子道：“你觉得你妈做饭这么难吃吗？”

“没有呀！”小叶子睁大眼睛说瞎话，“我这两天上早自习可精神了，一点儿也不困，舅舅说应该就是不沾荤腥吃素的原因吧。”

“他就是想吃你午餐盘子里的肉，你听他糊弄你！早自习清醒那是因为夏天过完了，降温了，冷的。”

“哦。”小叶子委委屈屈地戳了一块西蓝花塞进嘴巴。

“你也不是幼儿园的孩子了，遇到事情要多动动脑筋，不要你舅舅说什么就是什么。”宁佳书叹气，“怎么就没有遗传到我的聪明劲儿呢？尽学你爸爸一根筋了。”

“学到爸爸的正直守信，遗传到妈妈的脸，奶奶说我集合了你们的优点，这样很好。”

“胡说，你奶奶就只看到我的脸，妈妈分明还有很多其他优点你没有遗传到。”

小叶子撇嘴，没有回话。

她才不觉得自己是笨蛋。她可聪明了，每次都考班里第一名！妈妈上学时成绩常年在中游，还不如她呢，就是爸爸交代她多让着妈妈。

谢天谢地，星期天当晚，小叶子的爸爸终于回来了！

才听见门外的脚步声，在桌前写作业的小孩屁股已经坐不住了，欢欣地跑到门口踩上小板凳，从猫眼里往外瞧，隔着门板喊道：“爸爸！我叫你一声你敢答应吗？”

霍钦：“……”

他不在家的这几天，佳书懒得带孩子的时候肯定又让她看了不少电视剧，看《西游记》都看得中毒了，又换新暗号。

隔壁邻居正好出门下楼，霍钦扶着额头遮住脸，凑近门板压低音调说道：“可怕你叫上千声，我就答应你万声，开门吧，金角大王。”

霍钦送孩子上学的早晨和宁佳书送孩子上学的早晨，是截然不同的情景。

周一，从早餐开始就营养均衡、荤素搭配，连牙膏都挤好了，就等女儿到洗漱台这里来。

熟悉的味道又回来了！小叶子在床上睁开眼睛，感动得快要泪流满面了。她狼吞虎咽地吃完焦香荷包蛋，伸筷子又去戳另一个，霍钦提醒她：“不行哦，冰箱里今天只剩两个鸡蛋了，这是妈妈的。”

“可是妈妈还没有起床。”

“那也应该留给她，妈妈也需要吃的。”

“哦。”小叶子从板凳上滑下来，一溜烟跑进卧室，凑到妈妈耳朵边说话，“妈妈，冰箱里今天只剩两个鸡蛋了，我可以吃你早餐里的荷包蛋吗？”

宁佳书睡得半梦半醒，感觉耳朵边突然打了雷。

“吃吧吃吧，妈妈要睡觉。”

“妈妈同意了。”

小叶子心满意足地走出卧室，打开保温箱把鸡蛋拨到自己盘子里。

霍钦收拾的动作顿住，说道：“我不是说妈妈倒时差，早上不可以吵醒她吗？”

“可是妈妈告诉我，想达到目的得学会随机应变，这才算遗传到她的机灵劲儿。”

天哪，又教了六岁的孩子什么奇奇怪怪的东西！

宁父说得没错，他们家教育果真常年在冰与火间纠缠。

番外二

公主们

何西的婚宴在酒店举行，还是闺密宁佳书上一年级的孩子放学回家抽时间给她当的花童。

“小西阿姨，你今天真美呀，婚纱也好漂亮。”小叶子小心翼翼地摸了摸何西洁白的裙子长摆。

赞美别人是小叶子每日例行的马屁课程。

何西双手捏捏小孩儿柔软的脸蛋，说道：“我们小叶子最好看，你这胶原蛋白阿姨是一辈子也无法拥有啦。”

“阿姨，胶原蛋白是什么？”

“就是年轻人才有的东西。”

“原来我奶奶天天给我熬鱼头汤，是希望我永远长不大吗？”小叶子恍然大悟。

“噗！”何西笑得补口红的手一歪，用指腹擦掉画出去的部分，悄悄打听，“小叶子，你妈和你奶奶的关系怎么样呀？”

小叶子闻言，小小的脸上写满不属于她这个年纪的忧愁：“唉，就那样呗。”

“什么样？你仔细给阿姨说说嘛。”

“奶奶老说妈妈不做家务，不打扫卫生，事情全推给爸爸做，还动不动耍小公主脾气……”她扳着指头数完，又道，“然后每次悄悄讲完又让我别告诉妈妈，她就是讲讲。

“妈妈数落奶奶老公主病了，布尔乔亚，古板，架子大……”这次小叶子的十个指头都不够用了，不停地说着，“也是说完又叮嘱我，不准跟奶奶告状。”

她刚上小学的情商还理解不了这么复杂的人类哲学，疑惑地发问：“小西阿姨，你说既然妈妈和奶奶都觉得对方是公主，为什么不能相处呢？迪士尼里的公主们都是好朋友呀。”

“哈哈，这个……”何西努力想了半晌怎么让眼前这个真正的小公主不至于失望，但最终，她失败了。

“小叶子，阿姨刚办婚礼，这种婆媳课题还没有研究。可能天底下的婆婆和儿媳都是这样相处的吧，你别问为什么，照着做就是了。”

小叶子突然觉得妈妈说得没错，何西阿姨上学的时候应该是个笨蛋。只有笨蛋才会被老师点到不懂的题目的时候，仍然站在黑板前假装思考半晌，却无法填进正确答案。

小叶子从会走路开始，就被奶奶抱在怀里进行钢琴启蒙。

艺术家出身的霍母打定主意要把乖孙女培养成钢琴大师，刚从产房抱出来那会儿，就摸着婴儿还攥得紧紧的没松开的小手满意地道：“瞧我孙女，指尖多漂亮，多修长，多适合学钢琴呀。”

全家人只能面露不忍地听她一本正经地胡说八道。

果然，等小叶子练钢琴练到六七岁，霍母的同事，国内音乐学院某知名教授建议：“小叶子的音乐天赋一般，不管是听觉还是节奏感都只比普通孩子稍好一些，没有遗传你的天赋。我觉得学一点儿开发智力，陶冶情操挺好的，想往职业路线发展的话就算了吧。别折腾孩子了，给她个快乐的童年，她学习成绩这不挺好的吗？”

霍母当即就怒了。

冒着优雅端庄、高贵冷艳人设崩塌的危险，她骂骂咧咧地从沙发上起身：“你会不会看啊？我家小叶子这么聪明的孩子，能练到拉赫了，你敢说她没天赋，你脑子出问题了吧？”

“你平时教学生一套一套的，怎么轮到自己孙女就拎不清。会弹只能说明孩子练习刻苦，不能说明她有天赋。”

……

霍母当天和好朋友大吵一架，宣布断交后，心情崩溃地领着小叶子回了家。

她把孩子交给霍父后就回房间大哭了一场。

这天的雨也好大，比当年霍钦跟她拍桌子说非宁佳书不娶，年夜饭都没吃完就追到洛杉矶去的那天还要大。

无论如何，小叶子还是继续学钢琴了。

好在霍母把心态调整过来后，就不太去强求孩子的练习时长，也算还给她一个解放天性的童年。

暑假就找个音乐学院技术不错的钢琴老师带一带她，自己负责早晚接送，剩下的时间照旧去和小姐妹们打麻将。

只是这天她手气好得不行，麻将桌上下不来，便把接孩子的任务转交给了霍钦。

霍钦刚下班，又开车直奔音乐学院。

教小叶子钢琴的老师是个年轻姑娘，青少年时期就在国际上拿过几个有重量的奖杯，可惜后来手指跟腱出了点儿问题，只能退下来教书。

因着自己的学生模样生得漂亮，她一直猜小叶子的爸妈应该长得还不错，没料第一次见面，就被霍钦的神仙颜值震撼到了。

这哪里像是一个小学生的家长？换身衣服都能进八点档演偶像剧了吧！

“老师，小叶子今天听话吗？”

隔着琴房玻璃，霍钦等孩子弹完最后一首曲子，回头和老师交流了一下。

“当……当然，”老师的脸“唰”地红了，她像是回到了当年飞机上碰见偶像跟他要签名的时候，“小叶子非常自律，都不需要我督促，休息的时候也在专心练习。”

霍钦又礼貌地跟她客套了几句，耐心等孩子收拾乐谱出来。

那老师却觉得自己恋爱了！

母胎单身的她甚至想好了自己的孩子取什么名字，飘飘然忘记了这是一个有家室的男人，直到霍钦自然而然地接过女儿的粉色小水壶和书包，又将孩子抱起来。

“跟老师说再见。”霍钦微笑着道。

小叶子听话地冲老师招了招手：“苏老师明天见呀。”

刚刚生出的粉色泡泡全然破灭了。

父女俩自然不会知道苏老师心中一段突然萌芽，又悄无声息被扼杀在摇篮已经销声匿迹的暗恋，回家的路上还有说有笑。

“爸爸，奶奶昨天给我讲了你和妈妈年轻时候的爱情故事呢。”

“啊？”霍钦顿觉无语，“你还小，奶奶怎么给你说这个？”

“也没细说。我们班同学最近都在追那部新播的偶像剧嘛，我也打开看了一点儿，然后奶奶就把电视关了，说你们年轻时候的爱情故事拍成电视剧比这还荡气回肠呢。”

霍钦：“……”

为尊重女儿的表达权，他忍了半晌，直到小叶子发言完毕后才评论道：“你和爸爸上的可能不是同一所小学。爸爸一年级的时候，班里同学都还在讨论动画片。听爸爸的话，小孩子不可以跟风看这些奇奇怪怪的东西。”

“那等我长大了，你会把你的故事讲给我听吗？”

“当然。”

……

大都市夜幕里的霓虹灯光穿透车厢，落在人身上温暖而闪亮。

走走停停的车流中，只余一片欢声笑语。